荨麻开花

Nässlorna blomma

Harry Martinson

[瑞典] 哈里·马丁松　著
斯文　石琴娥　译

中国国际广播出版社

图书在版编目（CIP）数据

荨麻开花 /（瑞典）哈里·马丁松著；斯文，石琴娥译.—北京：中国国际广播出版社，2022.1
（北欧文学译丛）
ISBN 978-7-5078-5062-8

Ⅰ.①荨… Ⅱ.①哈…②斯…③石… Ⅲ.①长篇小说－瑞典－现代 Ⅳ.①I532.45

中国版本图书馆CIP数据核字（2021）第231111号

著作权合同登记号 01-2020-5255

Copyright©The Estate of Harry Martinson.First published in Swedish 1935.
Published in the Simplified Chinese language by arrangement with the Grayhawk Agency Ltd.
Simplified Chinese Translation Copyright©2021 by China International Radio Press Co.,Ltd.
All rights reserved

荨麻开花

总 策 划	张宇清　田利平
策　　划	张娟平　凭　林
著　　者	［瑞典］哈里·马丁松
译　　者	斯　文　石琴娥
责任编辑	笈学婧
校　　对	张　娜
封面设计	赵冰波

出版发行	中国国际广播出版社有限公司［010-89508207（传真）］
社　　址	北京市丰台区榴乡路88号石榴中心2号楼1701 邮编：100079
印　　刷	环球东方（北京）印务有限公司

开　　本	880×1230　1/32
字　　数	180千字
印　　张	11
版　　次	2022年1月 北京第一版
印　　次	2022年1月 第一次印刷
定　　价	59.00元

版权所有　盗版必究

"北欧文学译丛"编委会

主 编

石琴娥（中国社会科学院外国文学研究所）

副主编

徐　昕（北京外国语大学欧洲语言文化学院）
张宇清（中国国际广播出版社有限公司）
田利平（中国国际广播出版社有限公司）

编　委
（以姓氏汉语拼音为序）

李　颖（北京外国语大学欧洲语言文化学院芬兰语专业）
王梦达（上海外国语大学德语系瑞典语专业）
王书慧（北京外国语大学欧洲语言文化学院冰岛语专业）
王宇辰（北京外国语大学欧洲语言文化学院丹麦语专业）
余韬洁（北京外国语大学欧洲语言文化学院挪威语专业）
赵　清（北京外国语大学欧洲语言文化学院瑞典语专业）
凭　林（知名学者）
张娟平（中国国际广播出版社有限公司）

绚丽多姿的"北极光"

——为"北欧文学译丛"作的序言

石琴娥

2017年的春天来得特别地早，刚进入3月没有几天，楼下院子里的白玉兰已经怒放，樱花树也已经含苞待放了。就在这样春光明媚、怡人的日子里，我收到中国国际广播出版社文史编辑部主任张娟平女士打来的电话，想让我来主编一套当代北欧五国的文学丛书，拟以长篇小说为主，兼选一些少量有代表性的短篇小说、诗歌等，篇目为50部左右。不久之后，中国国际广播出版社负责人和张娟平主任又郑重其事地来到寒舍，对我说，他们想做一套有规模、有品位的北欧文学丛书，希望能得到我的支持，帮助他们挑选书目、遴选译者，并担任该丛书的主编。

大家知道，随着电子阅读器和智能手机的普及，越来越多的人通过电子设备来阅读书籍。在目前的网络和数码时代，出现了网络文学、有声书和电子书，甚至还出现了人工智能创作的作品，纸质书籍受到极大冲击，出版纸质书籍遇到了很大困难。有的出版社也让我推荐过北欧作品，但大都是一本或两本而已，还有的出版社希望我推荐已经过版权期的作品，以此来节省一些成本。而中国国际广播出版社却希望出版以当代为主的作品，规模又如此之大，而且总编辑又亲临寒舍来说明他们的出版计划和缘由，我被他们的执着精神和认真态度所感动，更被他们追求精神品位的人文热情所感动。我佩服出版社的魄力和勇气。面对他们的热情和宝贵的执着精神，我怎能拒绝，当然应该义不容辞地和他们一起合作，高质量、高品位地出好这套丛书。

大家也许都注意到，在近二三十年世界各国现代化状况的各类排行榜上，无论是幸福指数，还是GDP或者是人均总收入，还是环境保护或者宜居程度，从受教育程度和质量、医疗保障到养老、失业等社会保障，还有从男女平等到无种族歧视，等等，北欧五国莫不居于世界最前列，或者轮流坐庄拿冠夺魁，或是统统包圆儿前三名，可以无须夸张地说，北欧五国在许多方面实际上超过了当今世界霸主美国，而居于当今世界发达国家最前列，成为世界现代化发展中的又一类模式。

大家一般喜欢把世界文学比作一座大花园，各个时期涌现出来的不同流派中的众多作家和作品犹如奇花异葩，争妍斗艳。北欧文学是这座大花园里的一部分，国际文学中，特别是西欧文学中的流派稍迟一些都会在北欧出现。北欧的大自然，由于地理位置、自然环境和气候条件，没有小桥流水般的婀娜多姿，而另有一种胜景情致，那就是挺拔参天、枝叶茂盛的大树，树木草地之间还有斑斓似锦的各色野花和大片鲜灵欲滴的浆果莓类。放眼望去，自有一股气魄粗犷、豪放、狂野、雄壮的美。北欧的文学大花园正如自然界的大花园一样，具有一股阳刚的气概、粗豪的风度。它的美在于刚直挺立、气势崴嵬。它并不以琴瑟和鸣般珠圆玉润和撩拨心弦的柔美乐声取胜，却是以黄钟大吕般雄浑洪亮而高亢激昂的震颤强音见长。前者婉转优雅、流畅明快，后者豪迈恢宏、气壮山河。如果说欧洲其余部分的文学是前者的话，那么北欧文学就是后者。正如鲁迅所说，北欧文学"刚健质朴"，它为欧洲文学大花园平添了苍劲挺拔的气魄。以笔者愚见，这就是北欧五国文学的出众特色，也是它们的长处所在。

文学反映社会现实。它对社会的发展其功虽不是急火猛药，其利却深广莫测。它对社会起着虽非立竿见影却又无处不在的潜移默化作用。那么，北欧各国的当代文学作品中是如何反映北欧当代社会的呢？它对北欧各国的现代化发展是不是起了推动促进作用了呢？也许我们能从这套丛书中看到一些端倪。

北欧五国除了丹麦以外，都有国土位于北极圈或接近北极圈。北极光是那里特有的景象。尤其到了冬天夜晚，常常能见到北极光在空中闪烁。最常见的是白色，当然有时也能见到五彩缤纷、绚丽多姿的北极光。北欧五国的文学流派众多，题材多样，写作手法奇异多姿，犹如缤纷绚丽的北极光在世界文坛上发光闪烁。

北欧包括5个国家：丹麦、芬兰、冰岛、挪威和瑞典。讲起当代的北欧文学，北欧文学史上一般是从丹麦文学评论家和文学史家勃朗兑斯（Georg Brandes，1842—1927）于1871年末在丹麦哥本哈根大学所作的《十九世纪文学主流》算起，被称为"现代突破"。从19世纪的1871年末到目前21世纪一二十年代的150年的时间里，一大批有才华的作家活跃在北欧文坛上。在群英荟萃之中，出现了几位旷世文豪，如挪威的"现代戏剧之父"亨利克·易卜生，瑞典文学巨匠——小说家、戏剧家斯特林堡和荣获诺贝尔文学奖的第一位女作家、新浪漫主义文学代表塞尔玛·拉格洛夫，丹麦1944年诺贝尔文学奖获得者约翰纳斯·维尔海姆·延森，芬兰批判现实主义作家尤哈尼·阿霍以及冰岛1955年诺贝尔文学奖获得者哈多尔·拉克斯内斯等。本系列以长篇小说为主，也有少量短篇和戏剧作品。就戏剧而言，在北欧剧作家中，挪威的亨利克·易卜生开创了融悲、喜剧于一体的"正剧"，被誉为"现代戏剧之父"，是莎士比亚去世三百年后最伟大的戏剧家。瑞典的奥古斯特·斯特林堡所开创的现代主义戏剧对世界戏剧产生了重大影响。戏剧是文学的一部分，所以我们在选编时也选了少量的戏剧作品。被选入本系列中的作家，有的是北欧当代文学的开创者，有的是北欧当代文学中各种流派的代表和领军人物，都是北欧当代文学中的重要作家，他们的作品经历了时间考验。

在北欧文坛中，拥有众多有成就有影响的工人作家是其一大特色。有的还获得了诺贝尔文学奖，成为世界级的大文豪。这些工人作家大多自身是农村雇工或工人，有过失业、饥饿或其他痛苦的经历，经过自学成为作家。他们用笔描写自己切身的悲惨遭遇，对地主、资产阶级的剥削和压榨写得既具体细腻又深刻生动。正是他们构成了北欧20世纪以来现实主义文学的主流。在这些工人作家中最突出的有丹麦的马丁·安德逊·尼克索和瑞典的伊瓦尔·洛-约翰松等。对这些在北欧文坛上占有重要地位的工人作家的作品，我们当然是不能忽略的，把他们的代表作选进了这套丛书之中。

除了以上这些久享盛誉的作家外，我们也选了新近崛起的、出生于1970和1980年代的作家，如出生于1980年的瑞典作家乔安娜·瑟戴尔和出生于1981年的挪威作家拉斯·彼得·斯维恩等。他们的作品在北欧受到很大欢迎，有的被拍成电影，有的被搬上舞台。这些作品，虽然没有经历过时间的考验，但却真实地反映了目前北欧的现状，值得收进本丛书之中。

从流派来看，我们既选了现实主义作品，也不忽略浪漫主义、超现实主义和意识流的作品，力求使读者对北欧当代文学有个较为全面的印象。从作家本人的情况看，我们既选了大家公认的声誉卓越的作家的作品，也选了个别有争议的作家的作品，如挪威作家克努特·汉姆生，他是现代挪威、北欧和世界文坛上最受争议的文学家。他从流浪打工开始，1920年成为诺贝尔文学奖得主，晚年沦为纳粹主义的应声虫和德国法西斯占领当局的支持者，从受人欢呼的云端跌入遭国人唾骂的泥潭，而他毕竟是现代主义文学和心理派小说的开创者和宗师，在20世纪现代文学中扮演了承上启下的转型角色。我们把他的"心理文学"代表作《神秘》收进本丛书。这部作品突破传统小说的诸多常规要素，着力于通过无目的、无意识的内心独白，以及运用思想流、意识流的手法来揭示个性心理活动，并探索一些更深层次的人生哲理。1978年诺贝尔文学奖得主、美国作家艾萨克·辛格说："在我们这个世纪里，整个现代文学都能够追溯到汉姆生，因为从任何意义上他都是现代文学之父……20世纪所有现代小说均源出汉姆生。"我们把这位有争议的作家的作品选入我们的丛书，一方面是对北欧和世界文学在我国的译介起到补苴罅漏的作用，另一方面也可进一步了解现代文学的来龙去脉，以资参考借鉴。

20世纪60年代中期，瑞典出现了一种新兴的文学——报道文学。相当一批作家到亚非拉国家进行实地调查，写出了一批真实反映这些地区状况的报道文学作品。这批从事报道文学的作家大都是50和60年代在瑞典文坛上有建树的人物。如瑞典作家扬·米尔达尔是这种新兴文学——报道文学的代表人物之一，他的《来自中国农村的报告》（1963）成为当时许多国家研究中国问题的必读参考材料，被译成十几种文字多次出版。他的这本书材料详尽、内容真实、记载细腻而风靡一时。还有福尔盖·伊萨克松通过访问和实地采访写出了报道中国20世纪70年代真实状况的作品。这些文字优美、内容详尽的作品为西方读者了解中国起了很好的桥梁作用。他们的作品是在我国改革开放之前来中国写的，今天再来阅读他们当时写的作品，从中也能领略到时代的变化、改革开放的伟大成就。

总之，我们选材的宗旨是：尽量把北欧各国文学史中在各个时期占有重要地位的作家的代表作收进本丛书。本丛书虽有45部之多，是我国至今出版北欧丛书规模最大的一部，但是同150年的时间长河和各时期各流派的代表作家和作品之多比起来，45部作品远不能把所有重要作家的作品全部收入进来。

本丛书中的所有作品，除了极个别以外，基本都是直接从原文翻译，我们的目的是想让读者能够阅读到原汁原味的当代北欧文学。同英语、俄语、法语等大语种翻译比起来，我们直接从北欧语言翻译到中文的历史不长，译者亦不多，水平不高，经验也不足，译文中一定存在不少毛病和欠缺之处，望读者多多包涵，也请读者给我们提出宝贵的建议和意见，便于我们改进。

本丛书能够付梓问世，首先要感谢中国国际广播出版社执行董事张宇清先生和副总编田利平先生，田总编是在本丛书开始编译两年后参与进本丛书的领导工作的，他亲自召开全体编委会会议，使编委们拓宽思路，向更广泛的方向去取材选题。没有他们坚挺经典文化的执着精神和开拓进取的勇气，这部丛书是不可能跟读者见面的。我还要感谢本书所有的编委，是他们在成书过程中做了大量工作，从选材、物色译者到联系有关国家文化官员和机构，都付出了辛勤的劳动。不仅如此，他们还亲自翻译作品。没有他们的默默奉献和通力合作,这部丛书是难以完成的。在编选过程中,承蒙北欧五国对外文化委员会给予大力帮助和提供宝贵的意见,北欧五国驻华使馆的文化官员们也给予了热情关怀,谨向他们致以衷心的感谢。对编选工作中存在的疏漏和不足,还望读者们不吝指正。

2021 年 10 月
于北京潘家园寓所

石琴娥，1936年生于上海。中国社会科学院外国文学研究所北欧文学专家。曾任中国－北欧文学会副会长。长期在我国驻瑞典和冰岛使馆工作。曾是瑞典斯德哥尔摩大学、丹麦哥本哈根大学和挪威奥斯陆大学访问学者和教授。主编《北欧当代短篇小说》、冰岛《萨迦选集》等，为《中国大百科全书》及多种词典撰写北欧文学、历史、戏剧等词条。著有《北欧文学史》《欧洲文学史》（北欧五国部分）、"九五"重大项目《20世纪外国文学史》（北欧五国部分）等。主要译著有《埃达》《萨迦》《尼尔斯骑鹅旅行记》《安徒生童话与故事全集》等。曾获瑞典作家基金奖、2001年和2003年国家图书奖提名奖、第五届（2001）和第六届（2003）全国优秀外国文学图书奖一等奖、安徒生国际大奖（2006）。荣获中国翻译家协会资深荣誉证书（2007）、丹麦国旗骑士勋章（2010）、瑞典皇家北极星勋章（2017）等。

根据斯德哥尔摩阿尔杜斯出版社 1974 年版翻译

"一滴露珠反映出整个世界"的瑞典作家

——1974年诺贝尔文学奖获得者哈里·马丁松

《荨麻开花》（*Nässlorna blomma*，1935）能够付梓出版使我十分高兴，这不是客套辞令，更不是题跋作序的应景之词，因为这是我"翘首企盼"30多年之久的一件事情。20世纪80年代末我们应一家出版社之邀，翻译一位瑞典诺贝尔文学奖获得者的作品，我们选了哈里·马丁松的两部代表作《荨麻开花》和长诗《阿尼阿拉号》。当时，电脑还不普及，翻译都是靠手在方格子纸上一笔一画写出来的，我们称之为"爬格子"。修改也很麻烦，用涂改液涂，或用纸条贴，有时不得不整页重新抄一遍。斯文和我在30多年前就这样"爬格子"，翻译了这两部作品。那时候，每星期只休息一天，所以每天晚上下班后和周日就是我们"爬格子"的时间，不知"爬"了多少个夜晚和周日，反正在翻译期间，没有在子夜之前睡过觉，不管睡得多晚，第二天，尤其是斯文，照样早早起床去上班。那时候我们年纪轻，干劲足，看到手写稿子的厚度一天天增高，尽管感到吃力，但心里还是蛮高兴的。经过一年多的艰苦努力，这两部作品终于在1992年上半年完稿，我们把厚厚一摞有1000多页的手写稿寄给了出版社。不久，我们俩就去了国外工作，直到1998年回国。回国后我们就询问作品出版情况，得到的回答是：作品没有出版，由于人事变动，稿子也找不到了！我们一再催问，又过了好多年，总算告诉我们说只找到一部《荨麻开花》，另一部《阿尼阿拉号》不可能再找到了。对我们这样的知识分子来讲，那时也只能自认倒霉了。不过，找到一部总比一部都没有找到好，也算是一种安慰吧。这部找到的"翘首企盼"30多年的稿子，遗漏很多，不过总算失而复得，又即将付梓出版，当然使我十分高兴啦！

那么我们当时为什么选哈里·马丁松和他的这两部作品呢？马丁松是个孤儿，从小干过各种苦活，没有上过多少年学，依靠刻苦自学成才，最后成为颁发世界著名的诺贝尔文学奖的瑞典学院院士，由于他的著作又获得了诺贝尔文学奖，成为世界著名的文豪，一度被人评为"最金黄"的无产阶级作家。他的《荨麻开花》是部自传体小说，反映了20世纪初叶瑞典的真实社会，是他的代表作，而《阿尼阿拉号》是部史诗，是瑞典诗歌史上里程碑的杰作。马丁松当水手时，到过印度、日本和新加坡，但是没有到过中国，可是他却向往中国，有些作品的灵感来自中国道家哲学。早在20世纪30年代，他就在文章中提到老子和庄子；1945年出版的诗集《信风》受到《道德经》的启发。受中国文化影响的作品还有20世纪60年代出版的诗集《从草丛中眺望》，以中国为题材杜撰的历史剧《魏朝三刀》（1964）和散文集《陀螺》等。他的私人图书馆里还藏有1946年版的、英国汉学家翻译的《170首中国诗歌》。像这样一位励志作家，其有些作品同中国又有渊源，我们认为是值得向我国读者介绍的。

哈里·马丁松（Harry Martinson，1904—1978）出生于瑞典南部布莱金厄省的亚姆斯霍格镇。他6岁时，父亲病故，母亲丢下7个孩子只身前往美国谋生。马丁松被送进教区福利机关，福利机关又把他交给收费最低的农家领养。1919年，15

岁的马丁松离开瑞典在外国轮船上当司炉工、水手，在德国、法国漫游，乃至漂洋过海，到印度和南美洲等许多地方流浪漂泊，他没有受过多少正规教育，却在各国的"社会大学"中学习锻炼。长期的流浪、苦难的经历，再加上异国情调和海洋风光，为他日后的创作提供了丰富的素材。散文《无目标的旅行》（1932）和诗集《再见吧，好望角》（1933）对他这一段的经历作了记述。

1927年，马丁松因肺病不得不结束7年漂泊的海上生活，回到瑞典，在首都斯德哥尔摩和第二大城市哥德堡干零活，当过搬运工和伙夫等。在当水手期间，马丁松已经显露出文学天赋，在工会杂志《水手》和进步刊物《火焰》等刊物上发表诗歌。《鬼船》（1929）是他发表的第一部小说。同年，他同比他年长15岁的工人女作家海尔佳·斯瓦兹（她更为人熟知的名字是莫阿·马丁松）结婚。1941年，两人解除婚约，次年，马丁松再婚。马丁松还是瑞典知识分子进步社团组织"五个年轻人"诗社中的重要成员。

《荨麻开花》的主人公马丁出生时父亲有个杂货铺，家境还算不错。由于父亲不善经营，生意破产而早亡，母亲丢下7个孩子，独自移民美国。马丁和他的姐姐们都成了孤儿，瑞典公共福利机关把他们交给收取最低报酬的农家领养。马丁被送到农庄上领养的时候还不到7岁，小小年纪，除了要干繁重的家务和农活外，还受到养父母的虐待，经常挨打受饿，他忍受不了这样的剥削和虐待，常常离"家"出走。凄惨的童年使他渴望得到家庭的温暖。这一切在《荨麻开花》中有极为生动的描述。

长篇小说《通向钟国之路》（1948）中的主人公鲍里是一

个用手工做卷烟的工人，他不喜欢机器，喜欢做一个自由自在的人，是一个漂泊不定而又与世无争的流浪汉。他在瑞典各地流浪，帮人用手工做卷烟，有时也帮人干农活，饱尝辛酸和痛苦，但是也享受到了夏季农村瑰丽的景色。这位具有哲学气质的流浪汉鲍里在很多方面实际上是作者本人的化身。这部作品使他在瑞典的声誉和地位大为提高，而且使他成为北欧乃至整个欧洲的重要作家。1949年，马丁松作为第一位工人出身的作家被遴选为颁发诺贝尔文学奖的瑞典学院十八院士之一。

马丁松除了是小说家外，还是一位有创造才华、才思敏捷又多产的诗人。他的诗作浩繁，在诗歌创作中成就卓著。他的诗作大致可以分成三类。

第一类是对童年和以往经历的回忆，他这方面诗歌的特点是非常精练、概括、集中、流畅，充满了生活气息，读来情趣盎然。

> 童年时的村姑仍旧在我的记忆之中；
> 记得她们的灵魂
> 显露在忧伤而放荡的眼神中；
> 记得她们的胸脯高高耸起
> 身上裹着暖和的粗毡裙袍———曾是
> 　　强国的古代遗留的纪念物。
> 好斗的嘴巴像刈割干草一刻不停地
> 　　聒噪；
> 她们围在干草仓里合唱赞美诗；
> 蜷曲在芫菁堆中进入梦乡；
> 装酸奶的陶罐摞在田埂上。
> 气鼓鼓地嘟囔埋怨

圣·奥尔加①怎么去了爱达荷②。

这是诗歌《村姑》的第一节。诗一开端就写出了村姑们的外貌和特征。我们仿佛亲眼看到了那些眼神忧伤而放荡、身段硕大健壮、穿着褐色或黑色粗毛毡裙袍的女人。她们碰在一起就叽叽喳喳，一边干活一边闲聊家常，说三道四，俄罗斯圣女奥尔加跑到美国爱达荷州去朝圣之类的无稽之谈就是这样流传开来的。在干完活之后便不择地方呼呼地睡上一觉，缓解疲劳。短短几句便把瑞典农村妇女写得活灵活现，令人不得不佩服诗人细致的洞察力和精练概括的功力。

第二类是对海洋、大自然景色的感情抒发。

六月之夜
现在太阳不落山了，③
它的光芒使人眼花缭乱。
夜晚的边缘变成晨曦
不早也不晚。

大海挽留住黄昏余晖
在镜子般的水面上滑曳

---

① 奥尔加（？—969），俄罗斯女圣人，950年赴康士坦丁堡皈依基督教。
② 美国的爱达荷州。圣·奥尔加从未到过美国，更未去过爱达荷州，此处系瑞典农村中的讹传。
③ 瑞典的北部地处北极圈内，夏天太阳不降到地平线以下，有白夜之称。

在波浪顶峰上跳动
水面还没有暗下去，就
反射出初升旭日的火焰。

六月之夜是白夜，
像一个露华正浓的清晨。
撩掉了夜晚的面纱
波光潋滟的大海一片明亮。①

北欧的六月之夜是奇妙的，几乎明亮得像白昼。天色刚刚骤然变黑，太阳刚刚擦着地平线，立即又反弹跳跃，冉冉升到中天，四周又一片明亮。诗人在这首《六月之夜》小短诗里描写的正是这样瑰丽多姿的美景。他把景色写得出神入化，捕捉到一瞬间最美好的景物形态，并栩栩如生地描写了出来。

第三类是从科学和哲理的角度去探讨人生，如1956年发表的长篇叙事史诗《阿尼阿拉号》，共有103节，其梗概如下：地球上发生了核大战，核辐射消灭了一切，几乎使地球毁灭，宇宙飞船阿尼阿拉号满载着8000名劫后幸存者逃离地球，飞向火星。由于飞船偏离既定轨道，迷失在茫茫太空之中，搭乘飞船的难民们所面临的只能是最终的死亡。长诗栩栩如生地描绘了末日来临的可怖场面和宇宙飞船上难民目睹地球毁灭的惊恐心理，试图由此说明人类发明了先进科学，而科学又使人类走向灭亡的思想。这也是诗人从科学和哲理出发探索人生的尝试。诗人虽然预言了人类的愚蠢招致地球的毁灭，然而他并不是彻底悲观的。长诗的最后部分写道，虽然飞船上导航仪器失

---

① 石琴娥、雷抒雁译。

灵而在宇宙中盲目飞行，但是24年后终于能够在适合生物成长繁衍的火星着落。飞船上的8000名难民虽然都已经死了，所幸的是留下了两个活着的细胞：自然和宽容。它们化成一男一女，在没有生命的火星上撒下了宽容忍让和乐善好施的种子，终于使火星成为一个拥有人类的智慧和才能，而没有人类的贪婪自私和蝇营狗苟的乐园。

这首诗奠定了哈里·马丁松在瑞典诗坛上的泰斗地位。这首叙事诗在艺术上有不少重大突破，独树一帜的艺术风格更增添了它的艺术魅力，使它成为瑞典现代诗歌中的珍品，也成为瑞典诗歌史上的一个重要里程碑。不仅如此，这部力作也是现代欧洲诗歌中的一部重要作品，奠定了马丁松作为斯特林堡之后瑞典文学最伟大作家的地位。这部史诗在1959年被改编成歌剧，在瑞典和欧洲许多国家历演不衰。

马丁松的创作风格以浪漫主义为主，间或有神秘、悲观色彩。无论是诗歌还是小说，他都十分讲究字斟句酌，他喜爱自己造词，这种风格在瑞典被誉为"马丁松风格"。有不少词是词典上找不到的、他独创的词，有的既贴切入微又浅显易懂，也不免有一些晦涩难懂的词，不过一旦了解了他造的词的用意后，会更深刻地了解他的作品。例如，《阿尼阿拉号》里的"宇宙飞船"（原文Goldonder）一词就是诗人煞费苦心用两个词拼凑在一起创造出来的，前半段原来词意是征服者，尤指16世纪侵占墨西哥、秘鲁等国的西班牙殖民者，也可以转意为"征服者的古老梦想之国"，后半段则是一般空中运载工具的结尾缀音。诗人把这些词的原意、转意和词音结合在一起创造了新的词，意思已不是普通的宇宙飞行，而是"一艘空中运载工具所进行的一次不知目标的、大胆的探测飞行"。

马丁松多才多艺，他的文学作品有诗集、长篇小说、随笔、游记、剧本和广播剧，他还能作画，创作了很多油画，主要是工人画像和自画像以及异国情调的风景画，马丁松还为自己的作品作插画。1974年"因他的作品通过一滴露珠反映出整个世界"而同另一位出身贫苦的瑞典作家、瑞典学院院士埃温德·雍松（1900—1976）分享了诺贝尔文学奖。

石琴娥

2020年12月25日

于潘家园寓所

斯文，原名王建兴，中国前外交官，在北欧工作生活二十多年，1998年以中华人民共和国驻冰岛大使的身份退休，结束了外交生涯。在五十多年的岁月里，他翻译出版了许多北欧作品，如《萨迦》《埃达》《红房间》等，并为大百科全书文学卷、历史卷和戏剧卷撰写北欧词条。

石琴娥（1936—   ），文学翻译家，北欧文学研究专家，投身外交事业多年，后调入中国社科院外文所工作。曾获瑞典作家基金奖、中国外国文学图书一等奖、国际安徒生大奖等重要奖项。2010年因其在翻译与文化交流方面的杰出贡献获颁"丹麦国旗骑士勋章"，2017年被授予瑞典"皇家北极星勋章"。译有《埃达》《萨迦》《尼尔斯骑鹅旅行记》《安徒生童话与故事全集》《斯特林堡戏剧选》《易卜生——艺术家之路》等经典作品，并著有《北欧文学史》《北欧文学论》《北欧文学大花园》等。

小时候我听故事。
没牙的嘴巴在深秋中讲述:
种子撒到沼泽地上
会像得了麻风病;
鲜花遭到麦角菌的侵害
便变得异常丑陋。
童稚的我站在火炉旁边,
浑身冰凉直打哆嗦。

一

听人说这大概是1894年秋天的事情。奥拉夫·托玛逊背井离乡到南方之国的最南端去谋生，经过十一载风雨春秋，终于返回家园了。有一天，在澳大利亚的塔斯玛尼亚，他收到了一封信，便用剪羊毛的大剪刀把信剪开。

亲爱的奥拉夫，快回家来，因为现在可以领遗产了。

汉娜和维尔高特

他在茂密肥硕、颜色深绿，几乎捏一把就可以挤得出油来的青草上把剪羊毛的大剪刀擦干净，打点一切之后就踏上长途跋涉、绕过半个地球的回家旅程。

他从墨尔本发了一封信回去："我就要大踏步地赶回家去啦！"在新西兰的惠灵顿，他给自己买了一些漂亮好看的衣服。他本来是应该等到了伦敦才买新衣服的，因为旅程是那么遥远，结果待到那年11月，他回到瑞典的布莱德纳斯推开家门的时候，浑身上下的衣服已经半新不旧、皱巴巴了。不过少小离家老大回的喜悦心情却分毫不减。

"你到底回来啦，我的好小弟弟，"那位满脑子怪念头却有点傻的汉娜说道,"一跑就跑得那么远!欢迎回来!从塔斯玛尼亚群岛漂洋过海回来。不过你是乘船回来的吗?"

"不是,我是乘着一辆滑动独轮小推车回来的。"他开玩笑说道。他们三兄妹就相互拥抱拍打。奥拉夫·维尔高特和汉娜都纵声大笑,笑得那么开心,就像他们三兄妹曾经在一起哈哈大笑时那样。

然后就是回想过去,回想所有的昔日往事,大家在一起的日子,曾经有过的、息息相通的感情,而记忆把这一切都放大到毫发分明的地步。

他们悄声细语地谈论着过去的日子,深深沉湎在昔日的回忆中,又一起登上欢乐的金字塔之巅,放声大笑:哈哈哈,哈哈哈。哦,那些日子,啊!

甚至过去的痛楚苦难也陪着他们一起登上了欢愉的高峰,在回忆当中是苦中带甜的。

那天晚上只消一点点烧酒,只消几滴使喉咙发烧的甘醇就足以令人欢乐陶醉,足以令人醺醺然了。任何一把小提琴都不消拨动琴弦就叫人心痒难抓,不能自已。哦,今天晚上是多美的一夜啊!团圆相聚有说不尽的话,比烈酒还要使人酩酊大醉。

他们谈了个通宵,直到天将破晓,他们仨热泪盈眶,千言万语说不完的、孩提时代的伙伴终于昏沉沉地睡了片刻,心里甜津津地觉得人生已经馈赠给他们最热烈、最广博的礼物,不仅仅是因为团聚那一刻的欢愉,而且是因为体会了久别重逢的心情,离别时的惆怅、牵挂时的忧思、不知经历了几个冬春的梦魂萦绕,如今回味起来全都化为欢乐。

他们终于相聚团圆了。

"他到底从塔斯玛尼亚群岛回到家来啦。"汉娜这么说道。

二

然后就到了商量划分遗产的那几天。不过他们仍旧保持住了暖融融的和睦关系。尽管如此，遗产本身毕竟带着铜臭，容易引起猜忌疑心。在金钱或爱情力量所及的地方总免不了有钩心斗角和卑鄙自私，总要在人们的生活中散发出狼皮的气味。所以需要时常通通风。

三

不管怎么说，每人得到了一笔18000克朗的遗产。除此之外，在塔斯玛尼亚群岛还积攒下来719英镑。有了偌大一笔钱在手上，奥拉夫·托玛逊便开始胡花滥买、游手好闲，还跑到埃勒曼湖边去酗酒。

有一天晚上，他在石楠花遍地的荒野上邂逅了那个女人。他们俩立即坠入情网，而且把彼此的命运相连在一起。她的肚皮赫然隆起来了。在他们的女儿伊纳兹出生前的一个月他同她结了婚。

现在有妻室、有女儿，要养家糊口了。他沉吟斟酌良久，然而仍旧缺乏深思熟虑，竟又做了一桩荒唐的买卖。他是属于那类暴发户式的新兴中产阶级，对于耕耘劳作是嗤之以鼻的。

在靠近尼特王家领地的大森林边沿，有一栋大而无当、华而不实的房子，那是前任王室林务官的宅邸，现在要出售。这栋宏伟的建筑物看得他两眼灼灼冒出火星。

"好极啦！"奥拉夫叫道。（其实哪里有一点可以说得上好！）他已经被塔斯玛尼亚群岛宠坏了，看惯了草原牧场的广袤开阔、一望无垠，于是他决定不惜钱财买了这栋埃勒曼湖边大而无当的宫殿。

现在他着手进行装修，那真是一项浩大的工程。这栋房子从来就没有被认真丈量过，整整三层楼不知有多少间高大宽敞的房间，吞噬了一车又一车的家具和装修材料，而且可以说几乎是盲目地瞎折腾，因为他要把底层的三大间迎面朝外的房间改装成杂货铺。

后来他时常坐在屋沿四周饰有怒目圆睁的北欧式龙头木雕的、古色天香的高大平台上，有时候他吹吹笛子以作消遣，但是他始终不能够狠狠心肠把塔斯玛尼亚的一望平沙忘得一干二净。他一点都不爱看书，对他来说天地乾坤该是极目无际和广阔无垠的，而决计不能全神贯注于某一样事物，比方说看本书啦，唱支歌曲啦，或者是好不容易弄到手的别的消遣物品等。那个女人（如今已初为人母）十分爱他，而他也十分爱她。他们在月光下，在这个平台上，情话喁喁，缱绻万千。然而却总有一个第三者无时无刻地不介入进来，一个黑色的阴影或者说是一个大千世界的魔影在追随着他，拍着他的肩膀。他懒得去弄清楚，自己究竟想不想再外出去闯世界，但一种烦躁不安自始至终困扰着他。他不在乎这个，却又挥之不去，这使他深受折磨。打从伊纳兹渐渐长大，开始牙牙学语的时候起，他的心情好了一些。在这段时日里，木匠已把那个杂货铺的门面装修就绪，于是他便择吉开张，白天都坐到柜台背后去等候顾客驾临。杂货铺门上，招牌高高挂起，天蓝色底上用黄色字写着店名。咖啡杯和表链都用绳索挂在窗户上，就像农村小店里司空见惯的那样。店堂的地板上堆着一麻袋一麻袋的咖啡豆，还有一桶桶的腌鲱鱼。货架上放着玻璃罐装的柠檬糖。在库房里，堆着一袋袋像接生婆的身材那样浑圆臃肿的面粉、麦麸、豌豆和杂豆等。煤油桶盖得严严实实，在那些肚皮凸出的木桶里装着蓝色黏稠而气味呛人的煤油。在购物纸袋上，奥拉夫也印上了这样的字样：雷金纳德·斯特林公司。这是他在塔斯玛尼亚的时候所用的名字。

店铺里的货物是由一艘名叫"斯维亚"的小蒸汽轮船溯流而上运到埃勒曼湖的。每天来一次。那个船长是个留着红胡须的年轻人，他除了这个湖以外不曾到过别的水域。在那时候留长须的不光是老头儿，有些可以被人家称为小伙子的人也是胡须满面的。这个湖面上萍踪飘忽的船长，大概是所有船长当中最形单影只的了，因为这艘船上就只有他孤零零一个人。他除了驾船营生之外，还有一个小农庄，由他的妻子和女儿照料。他们一家在王室领地的大森林边沿上离群索居。紧靠着一排排高大参天的云杉树处有一个长满了睡莲的岬湾，那艘小蒸汽轮倒是可以通行无阻，开进岬湾里，因为它没有规定得过于死板的航道，可以迂回绕行进去。尽管这样，那艘小蒸汽轮却从来不曾驶进去过，它不想去打扰睡莲。

那个地方叫作特洛尔岬湾，也就是说山妖岬湾。奥拉夫倒曾经去那里求过一回婚，结果无功而返。山妖岬湾并不见得是个稀奇古怪的地名，不过那地方有这个名字倒挺熨帖。一排排云杉树组成了一垛围墙，葳蕤翁郁，有如披上了光泽闪闪的貂皮一般。在碧水如黛的岬湾里，朵朵睡莲皎洁雪白，仿佛是一只硕大的黑眼珠上滚动着一颗颗晶莹的泪珠。

那么人们不免诧异，在这样一个僻静的地方，拥有这艘小蒸汽轮船的那家小公司究竟是靠什么来过日子的。湖泊的这个岬湾伸展到王室领地中，王室拥有这里的一切。在瑞典，外界对这个地方是闻所未闻的，根本就不晓得全国有一片最茂盛、最漆黑的山妖森林。这是一片名副其实的、采伐得出粗大圆木、充满传奇故事的大森林。森林里不断有响声，每隔十来步远就有一只松鸡扑扑地飞起来，整个大森林就回荡起嗡嗡的声息，仿佛在飞机远远没有发明之前这里已经响起了引擎声音。在飞机发明之后，引擎响声仍旧不绝于耳。大森林里的鸽子逍遥地栖息在那些早在卡尔十世时代就已在这里扎根生长的参天大树的巨大树枝上，那些树枝至今还结出累累球果，而这些球果又啪嗒啪嗒地掉落到了这些古树自己不断长高而造成的树际深渊之中。这里尖削入云天的山峰倒不多见，但是却有不少云杉树的尖峰，在它们的外面还有一眼望去像金字塔般形状，而且生气蓬勃、不断长高的针叶松。还有不少树木形状奇异，有的状若笨重而沉闷的圆塔，有的像是意气忧郁的尖塔。

在这些森林中，有时候可以听得见黑鸟半带苦恼半带欢乐的咕咕叫声。那声音叫起来恍若山妖的孩子们躺在森林边缘，用嘴巴咕噜咕噜地吹皱水面。是呀，这是一片奇怪的地方。

至于说到那艘在这片20英里长的湖面上来回行驶的小蒸汽轮船究竟靠什么来维持生计，它在夏天主要是运载那些热衷于植物学的游客到这个岬湾去。他们是去观赏考察在瑞典别的地方濒临绝迹而在这里却还随处可见的一种野生草本植物。

这种在埃勒曼湖硕果仅存的草本植物也在急剧减少中。

时光荏苒，如今来光顾这家杂货铺的顾客越来越多了，奥拉夫养成了在店铺打烊之后还待在店里的习惯。

每天晚上都有一些在铺子里待得很晚的顾客，那些从山坡农舍里来的编筐匠人常常想要到这石楠花遍野的王室领地来泡泡小酒馆。如同所有能够整天坐着埋头干活的能工巧匠一样，他们都是讲故事的好手。这一带的匠人大多由于职业上的缘故而走南闯北，几乎人人都到过波拉美尼亚。他们人人都有一个独特的绰号，而且他们对绰号十分在意。对于得到这个绰号所引起的流言蜚语也非常留心。每个人都孜孜以求地为他或者她的逸事传闻提供尽量丰富的内容。可以说，他们正在扮演某种角色，是为逸事奇闻而活着的。整个西部原野上都在上演着这副众生相，一出包罗万象的话剧，人们相互之间都在演戏。这种添油加醋、捕风捉影的游戏往往可以一讲就是好几年，甚至整整一生。久而久之，这些传闻就变得十分错综复杂，时而逗人发噱，时而令人捧腹，不过也有时涂上一层阴郁的色彩。倘若经年累月地进行观察的话，就可以清晰地看出这个种族的人民是如何在这片国土上把他们演出的这种特殊的喜剧世代相传下来。

如今，雷金纳德·斯特林公司的店堂里夜夜高朋满座。

都是那一批能侃善聊的家伙。他们大谈特谈自己是如何编筐织篮的，如何顶礼膜拜神灵的；谈论自己的亲身经历和风流韵事，还谈论自己的妻子和外遇，甚至森林里的邂逅。他们倒不是泛泛空谈，还讲究些实际，因为编织篮筐就是他们的现实生活。至于其他一切都或多或少地交给神灵和命运安排了。

奥拉夫很喜欢默默地倾听那些人的闲聊，常常在柜台上捧出大把大把的鼻烟丝来款待大家，若有女主顾在场，他还会拿出一点糖果来。有时候在他们滔滔不绝、侃侃而谈的濡染下，他也忍不住讲述一下塔斯玛尼亚那边剪羊毛的状况。那时，他总是情不自禁地用眼睛瞄着墙上挂着的、从塔斯玛尼亚带回来的那把巨大的剪羊毛的剪刀，那把剪刀至今被肥壮的美利奴绵羊的脂肪滋润得闪闪发光。

不过斗转星移，世事莫测地变迁。他经历过妒忌、欠账，也曾经嗜好过烧酒。他的妻子贝蒂又接二连三地怀孕生崽，承欢膝下的队伍越来越大，在贝蒂和他自己还没明白过来如何维持全家收支平衡之前，他们已经儿女成群了，当然还算不上太多，只不过有5个。然而这支队伍是可以马上再扩大的。那栋硕大的房子如今不再寂静无声，而是回荡着哭闹嬉戏，有了生气。他不得不把那把羊毛剪刀收起来，生怕孩子们拿去剪纸玩耍。他不再有空闲和心思坐在有龙头的平台上吹笛消遣。再者还有一桩惹人心烦的事情：他同贝蒂爱得太深，非但如胶似漆，而且到了难舍难分的地步，彼此都向对方索取太多，要求又是那么模糊不清和绝不退让，有许多又并非能用语言表述得一清二楚的。总之，他们要求的是海市蜃楼般的奇迹出现，要求的是绝对的天堂生活，而且要年复一年地有着优裕非凡的享受。当这一切并没有像飞毯那样翩然而至的时候，他们便互相捆起耳光来。有好几次，他还拿出一把大手枪来久久地瞄准着她。1906年秋天，他在书桌上留下一封信就离开了家。信上说，他曾用手枪来瞄准，对一个被自己称为心爱之人的人举枪恫吓，而且那么长时间，他真心地感到羞愧。他要出门一两年，让自己的心情平静下来。至于养家糊口他是责无旁贷，自会寄钱来的。

她痛哭了很久，跑遍了那栋大房子里的所有房间，呼喊着他的名字。

当她重新发现那把被他收起来的、塔斯玛尼亚的大羊毛剪刀时，她的心情轻松了一些。他大概不会跑到塔斯玛尼亚去。她猜想他不会跑得太远，也许只是到英国去，这样她又有了希望。

为了安全起见，她又清点了一下自己的子女，7个孩子一个不少。这么说来，他没有随身带走个把。她心里的一个新的安慰是，最小的那个总算是个男孩子，现在已经2岁了。"感谢上帝恩典，总算有了你这个男孩子，马丁。"她一把眼泪一把鼻涕地抽噎道，然后又放声大哭起来。

鱼雁不曾传书，半点音信全无，直等得人难忍难挨、柔肠寸断。后来总算来了一封家书，说他已经长途跋涉来到一个很远的地方。真是上帝怜悯，到底知道了他还活在人间。

在那两年里，他一直远在大西洋彼岸的一个城市里站着开有轨电车。哦，真是难为了他，跑到那么远的地方去谋生。不过，总算上帝与他同在。

"哦，上帝啊，要是我们也能随着白星星号路线前去团聚那就好啦。"她对孩子们说道。孩子们都点点头，有的哭起来，有的咯咯笑。他们的年龄不同，理解力也大有差异。大女儿伊纳兹却闷声不响地坐在一旁，双眼怔怔瞪着地板。

维尔高特和汉娜有时过来安慰他们，这样安慰的时光往往对最令人感到寂寞的苦涩还是有些帮助的。他们坐了很久，为贝蒂大声念报纸，玩多米诺骨牌或者做别的消遣——常常用干果做赌注来扔骰子博输赢。这样可以消磨漫长的黄昏。不然的话，简直寂静得可怕，尤其在孩子们都入睡之后，那么多间高大空荡的房间一齐回荡起寂寞的呼喊，那万籁俱寂的回声日复一日、年复一年地萦绕，叫人如何受得了。

汉娜也絮絮叨叨聊起来没个完。她为人古道热肠而且心胸开朗。她并不是一味地消遣时光，而是用倾诉衷肠来排忧解闷，这对贝蒂是莫大的安慰。既然这个家里没有什么书籍，贝蒂也对书籍毫无兴趣，汉娜只好自告奋勇地担当振聋发聩的书籍了。根基浅薄而境况日下的瑞典中产阶级家庭大抵都有这样低俚庸俗的通病。

大凡中产阶级可以分为4个类型：（1）有教养有钢琴的；（2）有教养而无钢琴的；（3）没有教养却有钢琴的；（4）没有教养也没有钢琴的。

住在尼塔的这一家子属于第4类。

从美国波特兰寄来的信倒不可谓不频繁。他并没有忘掉她。

叫她惶惶不安的不是别的,而是他对前途已毫无把握,对他们继续在尼塔生活下去的经济基础失去了信心。他在信中悻悻地说,他对当初买下这栋华而不实的房子懊悔不已,痛恨自己不该在劣质白兰地喝昏了头的情况下买下它。

亲爱的贝蒂:

那一次买下这栋房子把银行存款统统花光了,而且花得不在刀刃上。倘若不是把钱都投进这栋像魔鬼的血盆大口的房子里去,而是买一栋小得多也舒适得多的房子,我们的日子本会好过得多。那样你也就可以在自己的院子里生活得像模像样,可以像孔雀一样站在大门口挺胸开屏。可惜对这一切你只好不存幻想了……

她把这封信拿给她总能推心置腹的汉娜看了。

"哦,这副腔调我已经熟悉透了。你放心好啦,他很快就会回来的。"

汉娜果真未卜先知、料事如神。常言道,家里百合花的颜色只有自己知道。因为就在一个半月以后，他竟然出现在了大门口：蓄起了金黄色的胡须，头戴宽边帽，嘴角上挂着吟吟笑容。

现在他们又重新有了一段短暂的幸福日子。

不过幸福忸怩作态地端坐在它的交椅上，顾盼挑剔，既害怕刮风下雨，又对所有的回忆都十分敏感。它既不能拍打太重也不能爱抚太轻。主要的是最上乘绝佳、恰如其分的祈求哀告，命运之神的暗中保佑关照，再加上足够而又恰到好处的啤酒。

时间不长，夫妻之间重又失和，龃龉诟骂再起。贝蒂倒果真挺起胸脯站在大门口，只是一会儿就气鼓鼓地搬到房后小屋去单独过了。奥拉夫开始同一个甜妞儿终日嬉戏，她的名字叫烧酒。他渐渐地从她那有些歪斜的放大镜般的玻璃瓶身来看待人生世事。埃勒曼湖边王室领地上的这栋别墅坐落得实在过于偏僻，所以当家里闹得天翻地覆的时候，这里就再也无法吸引鸟儿前来歌唱。

离这里不远的布特霍尔特又开起了一家新店铺，它成了老店的竞争对手。那个店主人很具有吸引顾客的魅力。于是在他那里鸟儿婉转歌唱，阳光终日明媚。那是因为这家唱对台戏的店铺找到了合适的位置来采花酿蜜，而埃勒曼湖旁的尼塔庄园却成了人世的蜂房中一个僵死的细胞。这层道理他早就应该想到，然而却偏偏不曾想过。结果，雷金纳德·斯特林公司连1英镑都拿不出来了。

马丁

一

　　第一个记忆是夏日傍晚。公路又干又硬，从他们家门口经过。院子里，孩子们的嬉戏欢笑和叫喊声喧哗热闹。在绿荫底下，姊妹俩在吵架，大声嚷嚷着骂人的话，还互相撕扯着头发。而他自己趑趄地沿着卵石铺的甬道朝外走去，甬道两边都点缀着一团团身体蜷曲而呈圆形的贝壳，一直到大门口都有。姊妹们大声喊叫，吩咐他不许跑到门外去。可他正忙着去追逐一只黄色的小飞蛾，那只飞蛾在他眼前扑扑振翅，上下飞舞，一刻都没有停下来，就像树上落下来的一片叶子被秋风吹得在半空中飘荡。它不肯落进鹰鸟的肚子里，它还要逃避孩子的追逐，因为这两者都是飞蛾这一族最害怕的天敌。孩子们对于飞蛾来说不啻是猛虎和鳄鱼。这场追逐在不断进行。飞蛾和孩子一前一后匆匆地越过那些190年高龄的埃及贝壳，来到了大门旁。飞蛾从栅栏缝里钻了出去。那孩子疾如电石星火，踮起脚跟，伸手抓住铁把手，用整个身体挂在把手上。大门终于打开了。那只飞蛾已经飞到公路对面去了。那孩子哈哈大笑地奔过去，却不料脚下一滑，摔了个大马趴，十指伸开，双手掌心紧贴路面。一辆自行车疾驶而来，从孩子的手指和手掌上轧过，前后两个轮子都碾轧过去。自行车一溜烟朝前逃逸了，院子里随后传来了一阵阵怒骂声。马丁仍旧躺在路上，啼哭不止，十个小手指头因痛楚而抽搐颤抖。母亲从院子里奔了过来把他抱进屋去。他放声号啕，黄昏时分的天空在他的眼睛里被咸涩而雾蒙蒙的泪水浸泡得模糊不清，而且摇曳不定。半个小时之后，这一切总算过去了。他睡熟了，手指用浸湿的布条包裹起来。他那时刚刚3岁。

　　他最初的记忆全是这样：那总是同痛楚联系在一起的。有一次他在玩耍的时候被一个碎玻璃瓶割破了大拇指。天是那么湛蓝，院子里和附近的田野都是阳光普照，一个和风习习的春天。他抬头看看碧蓝的青天，一个劲儿地啼哭，手上鲜血淋漓。后来他的手裹上了白布，而且不能用这只手去玩耍，白布里的伤口肿疼得厉害。他老是想看看那里面为什么这样疼痛和肿胀。另外那只手忍不住要知道一下这只手的状况。可是却总招来一顿责骂，说是不许去动它！后来那只手全好了，另一只手也就忘掉了这码事。接着又过了几个月，但这段时间里的事情他记不清了。然后，有一次他从楼梯上摔了下来，每一级梯阶都像一个邪恶的木匣一般狠狠地撞击他，他的前额磕碰得非常厉害。他一声不吭，惊吓和想要啼哭纠缠到了一起，反倒结成了一个沉默的死结。待到恐惧放开了对声带令人瘫痪的扼制，凄厉的哭声响彻了整栋房子。于是他们闻声而至，房门被砰然推开。他被扶了起来，又拍又哄地被抱进房里去。从厨房里散发出来刚刚磨好的芥末的辛辣气味，他在尖叫啼哭之际还被那股气味呛得连连打喷嚏。于是他忍无可忍，狂暴得手脚乱打乱踢，一面尖声号哭，一面拿手去抓他们。

前额上隆起了一个大肿块。他至今还记得头上那个大包。"比鼻子还大哪。"那些站在他周围仔细端详着他的人说道。

他们站在四周小心翼翼地看着他,这是他习以为常的,对他来说,他们是理所应当的。他啼哭的时候,他们务必要跑过来,把他扶起来抱一会儿。然而那时候他还不懂得后来生活当中称为手足情深的那种温暖。她们只不过被叫作姊姊罢了。对于妈妈,他一味地要求疼爱和照顾,不惜撒娇耍赖,有时还怒气冲冲。要是有人能为他哼一首别开生面从未听过的儿歌,他会喜欢得不得了,而那个为他哼歌的姊姊也就马上成了他最贴心的人了。当儿歌哼完后,这种感情就会陡然凉下来。他正好是一个3岁孩子似懂非懂的阶段,集混沌与敏感于一身,既有点明白事理,却又无比自私。现在他尖叫大哭啦!他在被抱起来的时候俨然像个小霸王,而家里所有人都成了他颐指气使的奴仆,都慌得手忙脚乱,尽管在他大喊大哭的作威作福面前不免心里暗自烦厌和怨怼。过了个把小时之后,他从人家捧到他面前来的一面镜子里看到自己头上的那个肿包。他看到了镜中的自己,便朝着镜中人的脸上一拳打了过去。

他对再小一点时候的事情什么都想不起来了。当他长大成人之后,这才明白个中原委:他只是个婴孩,还没有能力分辨青红皂白、是非好歹。在妈妈眼里,他不过是个吃奶的孩子、一个听从摆布的附属物、一个希望的寄托,或者说是一个肉团团、圆滚滚的,两只大眼睛骨碌碌的小生命,有嘴巴有眼睛有手脚会动来动去的小东西。其实在那时候,他的小脑袋里就已经渐渐有了朦胧不明的、盲目地保护自己的意识和饥则啼、饱则眠的求生欲念了。不过那时候小脑袋里没有留住什么东西来多想想。再说那时候完全与外界隔绝的生活方式委实也没有留下多少东西可以叫人养成再想一想的习惯。而从出生时起就生活在户外草丛中经风雨见世面的蛞蝓幼蛇要比他更聪明灵活得多，更能自我生存和更有主见，其奥秘也在于此。

后来他还记得，3岁时他有了思维，那是有了距离的观念，他明白过来距离是怎么回事，明白了时间和空间的远近。不过这也是他用整个身心经受了初通人性的惊吓和喜悦才明白过来的，才醒悟出的模糊晦涩、一知半解的道理，其实那是别的动物也能明白的。他的自私自利之心增大起来，而同时也渐渐形成了一些别的个性，比方说灵活开朗啦、随机应变啦。这时候他第一次有了自己的立场态度。

到了4岁，他像他的姊姊们一样，走到甬道外边，把小屁股撅得老高，俯身侧耳去细听路边点缀的那些埃及贝壳不断发出的呜咽声。他也会独自一人跑过去看看"船上的男孩"，那是一棵生长在靠近大门口的花圃里的花。从这时候起，他对青草和形状有点扭曲的圆花坛，还有远处的森林边沿和四周的开阔有了一些认识。这是他第一次鼓起勇气来想点什么，是第一次隐隐约约的沉思遐想。同时，他的鼻孔里吸进清新的空气，感觉到了一股湿润而舒服的芬芳，那是夜空中荡漾着的绿草、露华和泥土的幽香气息。从那以后，他有一段时日安生得多，不大喜欢吵闹啼哭了。这种心态发展得很快，不久后遇到有人无缘无故地纵声大笑时，他就干脆挑明了说他不喜欢。这样他就开始涉足人生，非但自己要在世上扎根下来，而且还想要去影响周围的世界。

二

那以后有段日子，当他走到"船上的男孩"眼前，他会发现伊纳兹也在那里。她是大姊姊，也是他心目中最好的姊姊。她用双手做出手势来表明世界是多么大。她画出一条地平线，双眼凝视着远方，很远很远的地方。

青草、卵石、飞蛾，这些使他忙得不亦乐乎。而她却在沙土上画着地球是圆的。

他老爱问伊纳兹各式各样的问题，而她也尽其所能地回答，并且娓娓地解说，还用双手不停地比画。有时候他就躺在她的怀里睡熟了。她给他讲了一个又一个他并不太懂的故事，大多是叫他安静和催眠的故事。

随着夏天一天天过去，他愈来愈黏在伊纳兹的身边。她是众姐妹中最文静的，也是最懂事的。其实她对他倒真是长姊如母了。

三

伊纳兹是个细高挑儿，人长得很瘦削。她的前额高大宽阔，朝外隆起。她长着一双金鱼眼，鼓囊囊朝外凸出，而且分得很开。她的双腿瘦骨嶙峋，十分难看。由于是第一胎，而且是婚前怀孕的，说不定想过办法打胎或服用麻醉药，这就难免使胎儿受到影响。再说，她又是出生在女人流行穿紧身衣服的年代，胎儿也只好跟着母亲随遇而安，适应时尚了。结果，她的背脊十分软弱，要花很大力气才能挺直腰板走路，正因为这样，她走路的姿势也是做作的、不自然的。她的双手瘦得几乎透明,甚至清洗剂和去污粉都无法使它们变得红润起来。这是一个羸弱多病的女孩子的双手。她有一把红松木镶嵌表面的吉他,这是她10岁生日时候得到的礼物。她要求店里的伙计用清漆把它漆得锃光雪亮,可以映照出糊墙纸的花纹和房间里半明半暗的光线。没有人能碰它一下,她在任何情况下都戒心重重地站在吉他旁边看住它,别的姐妹们都嘲笑她太小气,可是她却寸步不让。她想要把吉他保养得十分整洁漂亮。"这是我得到的礼物,"她说道,"说不定给我的礼物是最小的。不过等我长大了,孤零零一个人的时候,我终究可以拿出来看看呀。"她是大姐姐,把事情看得最透彻,所以也就比别人明白事理。二姐和三姐常常半带惊愕、半带倨傲地瞅着她那张苍白的面孔。她就像一个脸色死灰的、会算命的人那样坐在吉他底下,这样就在姐妹之间造成了一些猜妒。她把生活弄得不可知起来。为什么她要那样走路,而且还偏偏爱"动那样的脑筋"呢?

马丁事先一点都不知道动静，甚至连搬家这个字眼儿都不知道，他们全家已经搬到另外一个地方去住了。"我们现在住得很糟糕。"伊纳兹设法解释说。这地方委实糟糕，常常有闷雷般的轰鸣，连天地都震颤起来。"我们住在采石场旁边。"她说道。

"我们破产啦。"

"能让我看看破产是什么东西吗？"马丁央求道。

"那是看不见的，它不是什么可以看得见、摸得到的东西。"

既然看不见、摸不着，马丁只好凭空想象，他想出来了，那大概是个开酒瓶软木塞的螺丝钻。

不管怎样，一个新的天地闯进他们的生活，新的嘈杂、新的呼喊、新的动作，连每一天都是新的。大地上冒出了头戴毡帽的男人。无论孩子们到哪里去玩耍，他们都会看到无底深渊般的石坑，四周有许多手拿炸药的人，川流不息地走动，他们的嘴巴不是在骂骂咧咧，就是在唱歌或者大声关照什么。这些人的一生都是在隆隆的轰鸣声中度过的，他们就像伊纳兹的书里所描写的那些出没在克里比格大石山的岩石缝隙之间的强盗一样。他们用铁钎在山上凿出一个个洞，把铁钎一槌又一槌地深深打进山里去，然后埋好炸药点火放炮。"点火！"他们大声喊叫，然后就一群群地撤到山口这边来。山上整日隆隆轰鸣，四周的村落也随之摇晃震动，天天如此，而且是从早到晚一刻不停。到处都严禁通行。举目望去，但见山上一片狼藉。洞穴相连，森林破坏殆尽。林木间豁开了一张张血盆大口的石坑。到处飘逸着木炭和油烟的气味，绞车机房四周弥漫着雾蒙蒙的蒸汽。几乎每个人都在大声喊叫：小心留神！留神小心！

他们全家人住在一栋黄色的房子里，那栋房子正好坐落在一个名叫大西伯利亚的石坑边沿，遇到有大爆炸的时候碎石乱飞，石屑如雨点般向这栋房子袭来。因此，这栋房子朝向石坑那一面的窗玻璃上千疮百孔。

大家对这栋房子议论纷纷，说是那个石坑放炮爆炸愈来愈朝西面来了，这栋房子的处境非常危险，理应拆掉。不过也有许多人认为这种说法未免夸大。只要房屋的梁柱还支撑得住，就干脆让它留在那里算啦，要是信以为真，相信轰隆隆的爆炸声和混土碎屑飞溅就会把那栋房子掀翻，那未免太愚不可及了。要知道，这栋房子先要在山坡上滚出好几米远，才能到达坑边，然后再翻进坑里去。所以说，这栋"黄柜子"没有什么危险。没有"黄祸"！它还是可以待在它原来的地方。上帝保佑吧。

说这栋房子危险的言论甚嚣日上，结果使得这栋房子大大贬值。到了后来，不得不刊登广告以一笔少得可怜的数目卖出去。

由于这个缘故，马丁被别的孩子称呼为"小中国人"，因为他们实在想不出别的绰号来称呼这样一个稀奇古怪的男孩，他们的父母竟然搬进"黄祸"里去安身，那么不叫他这个绰号还能叫他什么别的呢？这是马丁在其生命中第一次受到别的孩子的欺负。他觉得很有意思，非但没有反唇相讥，反而兴高采烈地回到家里来说给伊纳兹听。

"他们都觉得我们挺有意思。他们把我们叫作中国人。大家都说我们是中国人。我们是中国人啦，伊纳兹。"

"傻瓜。"伊纳兹正忙着在一只盛满石炭酸的桶里冲刷着一只蓝色的小瓶。她冲洗完毕后就把它煮沸了一遍。马丁认认真真地在旁边看着。

"为什么那个瓶子是那种蓝颜色的呢？伊纳兹，你为什么要煮它呢？"

"不要问得那么多，"伊纳兹说道，"那是爸爸的。先出去再玩一会儿，一会儿我们就要吃饭了。"

自从他们全家搬到这里来之后，她就一直忙得不可开交。为什么她要讲这样的话呢？为什么现在她不大关心他了呢？他若有所思地走出去找别的孩子玩了。他发现孩子们都瞪大了眼睛站在绞车机房跟前，围观着一台吭哧吭哧、声音喧哗而蒸汽四喷的绞车在吃力地曳重提升。那巨大的绞盘在徐徐旋转，拖曳着一根粗铁绳朝向豁着大口的石坑里降下去。"往下放！"站在下面坑里的人们吆喝着。"往下放！"马丁朝底下看去，但见每当那台机器拉紧一下那根粗铁绳，一块足足有栋房屋大小的四方形巨石就在坑底上向前蠕动几下。孩子们看得心醉神迷地相视而笑。这对他们来说是一个新的天地。他们跃跃欲试，想要上前去出一把力，可惜那些东西叫人有劲儿使不上，它们不是飞蛾，而是铁的机器和花岗石。

"小心留神哪，孩子们！你们不许站在这里碍事！"绞车手走出来说道，"这里没啥可以玩的。那边的旗杆上马上就要升起爆炸的信号旗，我们就要点火起爆啦！"

他说完之后重新回到他的操纵轮旁，浓雾般的水蒸气裹住了他，连人影都倏忽不见了。粗铁绳又伸出来再吊起一块巨石。一连好几个星期，这群从静静的内湖埃勒曼湖滨搬来的孩子们，爬高涉低走遍了这一带坑口边沿，为的是要寻找一处可以看得清楚而又不被人吆喝撵走的所在。可惜都找不到。坑区附近哪里都不许他们停留，总是有人说这里危险，把他们撵走。随时随地都有危险这倒一点不假，因为有的是带电的，还有的是因为熊熊的火焰和灼人的蒸汽。起重机朝向四面八方左旋右转，像是一个巨大的巴掌，随时会朝你捆将过来，至于站在它面前挡住它道儿的人，那就只好靠上帝保佑了。在一个最大的陡坡上矗立着一座底下装着轮子的蒸汽机，为了防止它陷入泥土里，在轮子底下垫了一小段铁轨。它的轰鸣声吵得吓人，它的形状像是一只巨大的瓶子。从铁瓶颈上冒出如墨一般黑的滚滚浓烟。一个留着黑色长须的老头站在旁边照料炉火！"留神小心哪！"他叫喊道，"起重杆要拐过来啦！"说得一点不错，当他们刚刚跳开身去，在蒸汽机上悬挂着的那根起重杆已旋转过来了，像是一座铁桥般在他们身后紧追不舍。"这些可恶的小鬼！"那个长着黑色长须的老头气咻咻地拼命叫喊，手里还举着一根铁棍在空中挥舞。

"他们生我们的气了，"维拉说道，咬了咬嘴唇，"我们要是靠得太近，他们会把我们弄死，或者让我们受别的什么伤害的，"她用小姑娘的尖嗓门呼喊起来，"不过我们总算看清了他们到底是副什么模样的人。"

他们十分惊吓地转身来瞅，生怕那个满脸黑胡须的人追赶上来，而且要打他们。他们都已经做好准备，若见他举着铁棍奔过来的话，他们马上拔腿就逃。幸好他开始唱起歌来，往炉膛里添煤拨火，再用长长的铁通条伸进那个大瓶子里去，然后他抓住操纵杆，把起重杆旋转回去。哦，那大瓶子吐出来的浓烟真厉害，遮天蔽日，就像满天乌云笼罩一样。

辘辘饥肠逼得他们只好返回那栋黄房子里去。在回家的路上，他们拐进一座树林，为的是要避开新的铁酒瓶。树林里倒还安静些，没有人在那里吆喝"小心留神"，不过随处可见许多树木被作践糟蹋得不像样子。一片片像碟子般厚薄的蓝色花岗岩石片横七竖八地躺在蔓越橘丛中，它们都是爆炸时飞出来的。有一块像菜盘大小的石片锐利得像刀刃一样，深深砍进一棵白桦树干，白花花的树浆从疤痕处流出来，溅在蓝色石片上。那里早就站着两个大孩子在观察动静。当奥拉夫家的孩子问起的时候，他们告诉对方说那是今天早上发生的事情。奥拉夫家的孩子们觉得那几个孩子很容易接近，打算同他们交朋友，就问东问西起来。

"我们是新来的，"他们告诉说，"这片林子里石片飞来得多吗？"

"嘿，你们不妨自己看看。"另一个孩子口气老成地说道，用手指指满地狼藉的花岗石片说，那些石片到处都是，连灌木丛也挂满了石片。有个孩子还补充了一句：

"有一回，有个老头儿在这里被砍掉了脑袋，"他转身朝向另一个孩子说道,"你是知道的,就是他,那个名叫扬·格伦贝格的,5年前发生的事。"

"是的,没错,就是他。"另一个孩子说道,他抬起一只脚踩在蔓越橘丛中,一边孩子气地朝着灌木丛啐唾沫:"是呀,我敢说格伦贝格家那段日子真是够受的。"

"是呀,我也是这么想来着。"那个少年老成的孩子也大人腔调十足地说道,一边也啐起唾沫来。他们各自掏出一个小包,往鼻子里塞了一小撮鼻烟,过了一会儿又偷偷地啐掉。

奥拉夫家的孩子们个个都瞠目结舌张大了嘴巴,既因为看到小孩嗅鼻烟,也因为听到了砍掉脑袋的事。

"他死了吗?"马丁结结巴巴地问道。

那两个采石工人的孩子满脸老气横秋地睥睨了他一眼,不过还是装出耐性十足的样子。

"不错,他死掉啦!"有一个说道,一边抬起头来看看天色。

他仿佛是在对着云朵说这句话的,石坑上空乱云飞滚预示着快要下雨了。

"真可怕。"奥拉夫家的孩子们说道,一个个毛骨悚然。

另外一个孩子吐出了残留在嘴里的鼻烟碎渣。他说道:

"是呀,碎石片把他的脑袋砍了下来。"

"真吓死人啦,"奥拉夫家的孩子们又说道,有很长一段时间吓得几乎语不成声,"想想看,想想看,难道就是在这里吗?那块尖石片真的飞到这里来了吗?"

"是呀,那块石片就是'嗖'的一声飞到了我们站在这里的地方,"一个孩子回答说,"'呼'的一家伙就把他的脑袋……"

"真太可怕啦!"奥拉夫家的孩子齐声叫嚷起来。

"嘿呀,"那个男孩子说道,"这类事时常发生,用不着少见多怪的。"

他用出奇无动于衷的神情瞧了瞧他们,然后用手背抹干在他将来长大以后要长出胡子的嘴角。

"这类事情三天两头都有,知道吧。不过,我们该回家啦,喂,尼尔斯,老爸肯定是愿意我们给他搭一把手的。"

另一个男孩点了点头。

"是呀,我们该走啦。"他似乎找了个借口想要走开,眼睛骨碌碌地看着奥拉夫家的孩子们。

他们扬长而去。

"那么,再见啦,"他们边走边说,"我们还会见面的。"

"好呀,再见啦,是,是的,再见吧。"奥拉夫家的孩子们一起结结巴巴地说道,一个个都像比目鱼那样瞪大了眼睛,看着这两兄弟。尤其是尼尔斯的哥哥真是叫他们佩服得五体投地。在回家的路上,马丁也学着他的腔调,不时抬头看天上的云彩,还不断地朝着蓝湛湛的煤渣小路上啐唾沫。

"我们回家可要告你这样乱吐口水。"维拉说道。过了一会儿,她又说道:"唉,他只是学那个孩子的样。不着调的男孩子。"

"他们还真像大人那样抽鼻烟哪。"布蒂尔说道。

她们就这样唠叨不休地你一言我一语。既然真相已经被拆穿,马丁也就不再啐唾沫了。他们走到了自家门口,走上摇摇欲坠的台阶,走进那栋黄色的房子,那就是他们的新居。屋里飘出了最简单的饭菜味儿，煎腌鲱鱼、土豆和奶汁酱。伊纳兹站在房门口迎着他们。

"我已经把屋子收拾干净了。请你们全都把灰尘掸干净！马丁，你要好好地洗洗，要把双手洗得干干净净的。布蒂尔，你去搬柴火。维拉，你来帮我揉揉面团。"

真糟糕。布蒂尔和维拉娇气惯了，不情愿地小声嘟囔着，她总是让人去端水、搬木柴，要不就是揉面，然后又是端水、搬木柴，没完没了，老大不乐意地伸出了舌头。不过伊纳兹却不顾这一切，自顾自站在那里监督着。她自己的胳膊、头发根和鼻子上都沾上了面粉。她的双颊像在发烧，双眼冒出异常的光芒。

"你们都别闹了，大家都要洗干净，"她说道，"爸爸病倒了。"她拿起一块手帕，干咳了几声，在这段时间里，那几个妹妹弟弟走进厨房。她一边咳嗽，一边讲话。妈妈走出来，脸色阴沉地打量着他们。

"他要柠檬。我们家里有吗，伊纳兹？"

"没有。妈妈你是知道的，我们没有柠檬。"伊纳兹回答说。

母亲目光灼灼地瞪了女儿一眼。伊纳兹的腔调里有一层尽在不言中的含意使得她老大不快。她返身进去又马上折回来。

"你不许多嘴多舌，伊纳兹。"她吩咐说。

伊纳兹对她瞅了很长时间，然而一言不发，不过，可以看得出来，她是想说点什么，她的内心里是有好多话要说的。做母亲的却把眼光低垂了下去。伊纳兹终于鼓足勇气一针见血地说道：

028

"还有什么东西可以翻出来拿去典当一下，好买一两个柠檬。"

"唉，还没有山穷水尽到这般地步哪。"母亲咕哝说道，重新摆出居高临下的架势。

"布蒂尔，你穿件干净的罩衫，上街去买三四个柠檬来。"

布蒂尔听到可以不用再搬柴火自然高兴，跟着母亲进到房间里去换衣服。

"这个鬼丫头倒高兴啦，不消再干活啦。"维拉妒火中烧地说道。她掀开揉面盆的盆盖，漫不经心地用掌心拍打着已经发起来的面团。"拍呀，拍呀，打你这家伙的肚皮。"她一边戏谑地哼着，一边斜视着正往桌上撒面粉的伊纳兹，幸好伊纳兹心事重重，根本没有听见。

"你是一个多事的家伙。"维拉嚷嚷道，这一下伊纳兹听见了。

"你怎敢犟头倔脑起来！"伊纳兹反唇相讥道，"你还以为日子过得跟过去一样！你真是同妈妈一模一样！可是你睁开眼睛好好瞧瞧吧，娇小姐！我们现在住在采石场边上的黄色破木屋里，在这个中国宫里。爸爸病得要命。还是想想我们怎么过日子吧！"

伊纳兹挺直了身体，陷入沉默，她的脸颊上燃烧起了两团很不自然的红云，眼光也像在发烧。她埋怨地瞅着维拉，维拉浑身一震，不敢再窃窃暗笑了，也沉默起来。两姐妹相互注视良久，早先她们从来没有这样细看过彼此。到了后来，维拉的两只大眼睛里热泪盈眶，闪烁着星星光芒。她的嘴巴一翕一合似乎要说些什么，但是憋了大半天只悄声细气地说了一句：

"伊纳兹！"

"嗯！"

"究竟怎么啦，伊纳兹？你告诉我好吗？"

伊纳兹目光看着桌面。

"完啦，一切都没有指望啦，"她说道，"只要是……"

这时母亲走了出来，她赶紧咽下话头。她们两姐妹噤若寒蝉，重新埋头干家务。母亲站在炉子旁边烧烫一把头发钳子。她一言不发，两姐妹偶尔小声咕哝。当母亲把头发钳子烧烫之后要回到房间去，在门口，她又转身过来说道：

"女裁缝来了。我今天要试衣服。她就坐在堂屋里。伊纳兹，你过一会儿端杯茶来，再拿点小点心来。听见了没有！"母亲说道，声调半带梦幻，半带勉强。

"妈妈，妈妈，可是我们一丁点儿茶叶都没有啦。"

伊纳兹的脸颊上又泛起了深深的红云，她这副样子表明她已经长大了。

"我们家里这么穷，喝点咖啡凑合一下行不行？"

母亲往房门口走了一两步，又折身过来把头发钳放到炉火上去，那头发钳已经开始凉下来了。她的双手软绵绵地垂在腰际，声音也像在做梦般地有气无力：

"谁说我们家穷啦？"

他是在1910年12月3日凌晨去世的。

病榻前无人侍候。他们看到他昏沉沉地睡过去,都蹑手蹑脚地走出房间,但愿他安生睡一觉,第二天早晨会好一些。

很快万籁俱寂,连悄声说话都停止了。时钟敲响了一点钟。

忽然间,奥拉夫从枕头上抬起头来,顾盼环视这个房间。他总算把他们支开了!他的眼睛半张半合,眼神迷茫而倦怠,似乎浑身的力气都已经被高烧销蚀殆尽了。不过他总算支走了他们!现在他成了孤家寡人,没有人来监视着他了。他把身体朝一面翻过去,一侧屁股上的褥疮直到这人生的最后时刻还在折磨他。

他闷声不响、一动不动地躺着想心事,双眼顺着铺在地板上的地毯望过去,地毯消失在黑暗之中。床头灯只照亮了床沿前很小一块地方。一圈晦暗不明的灯光在地板上映出一个光斑,仿佛是一只有气无力的眼睛,瞪眼瞅着天花板。这是赞美孤独的光轮,它的光线映亮了这样的事实:人总是孤独的,命运是孤独的、冷冰冰的,即使生活在社会之中,生活在家庭之中也是如此。

这样过了一刻钟。他毫不动弹地躺着,睁大了眼睛,他翻过身来后就一直是那个姿势，毫无睡意，在等待死亡。他费尽力气要想从那昏暗的光斑再往远处看看，可惜眼前一阵阵云翳，如今他的目力已经愈来愈弱了。

他听到从房间那一端传来钟表的嘀嗒嘀嗒声响。他伸出手臂，想要抓住钟摆：你快停下来！不许再走啦！那声音叫人听得心碎！可是那条手臂耷拉下来，声音渐渐沉寂。不过他果真叫喊出声了吗？是呀，他相信他叫喊了，无论如何透过即将开始的永恒，向时钟发出了呐喊，叫它休得在最后的时刻再来吵人，而是要让每个人在不知不觉中奔赴黄泉。不过这台座钟——尼塔庄园残留下来的陈设大概要比他自己行将就木的病体和意志更加接近死亡。钟摆慢悠悠地晃动，一来一回慢得出奇。就仿佛是那个制造这台座钟的钟表匠在发号施令，叫他一步步走向永恒，叫他的生命源泉愈来愈软弱，叫他迈入虚无，叫他去遨游回天乏术的永恒空间。他不消苦思冥想便觉察出来，原来生与死并不相干。直到这时他才探索起人生的奥秘，想要打破这一谜团，然而为时已晚。所以他只好伸出双臂，喃喃叫喊："上帝啊！上帝啊！"

然后又见一阵昏眩一阵迷茫，精神、意志在命令躯体从死神的怀抱里站起来，从死神的手里逃出来。

咽气的情景谅必如此，因为家人进来时看到他僵直地坐在摇椅上，身上的衣服穿得十分凌乱，背心和上装的纽扣都十分可笑地扣得七歪八扭，光着脚，头上还戴了一顶旅行帽。他整个身体朝前趴着，双手死死攥住窗框。窗户开着，晨风飕飕，冷雨如注。窗是他自己打开的，大概来不及从死神怀抱逃脱出来就咽气了。当贝蒂打开房门时，一阵狂风把那顶帽子从他头上吹了出去。帽子被风吹得顺着陡坡骨碌碌滚了下去,跌落在外面的一个石坑里,那个名叫大西伯利亚的石坑。她失声惊叫,但是他纹丝不动。如注的雨点飘进来打湿了他的头发。

女裁缝买了三捆黑布，五米黑色绉纱，还有一些黑色绸子和像煤炭一样的纽扣。

大雨滂沱。那是12月份，整个村子弥漫着圣诞大餐的香味。在窗口边的面案板上，放着一个个发酵得松软白净的面团，形状活像刚刚造出来的新的人体一般——倘若果真有造物主的话。

从玩具商店传出来人们在试吹喇叭的声音，刺耳的聒噪声，那些玩具喇叭是铅皮或者玻璃做的。

有一天，母亲带着孩子们出去，全家撑着五把雨伞，他们顺着村里的小街走去。

在五顶黑雨伞底下，母亲像鹰隼护雏一般看着孩子们。他们默不作声地走着，不过有时候也朝四周看看，心里被死神和圣诞节弄得一片迷惘。

他们很快来到了裁缝店。女裁缝笑着欢迎他们，请他们脱掉外衣坐下来。她一边量着尺寸，一边痛惜在节日即将来临之际死神攫去了他们的一家之主。她一不留神又自作聪明地说了一句：不过过节那几天上帝也没有空了。后来要试穿丧服了，她满嘴抿着大头针，这才收住了话匣子。这会儿沉默反倒令人消受得多。孩子们坐在那里似乎在休息，相互看来看去。除了马丁和希杜尔之外，人人都痛哭过。那两个孩子年纪还太小，只晓得自顾自，明白不了别的孩子懂得的事理。伊纳兹的双眼又红又肿，一看就明白，她曾经在晚上呼天抢地向天上的上帝哭喊过。母亲站着，在摸着黑色的衣料。她从一个孩子看到另一个，神情肃穆庄重，似乎一切都在不言之中。她的声调低沉柔和，然而微弱疲倦，就像往常一样难以捉摸出喜怒哀乐，尤其对于幼小的孩子来说更是如此。他们对她不大了解，因为他们毕竟同她太密切了，而且又是最后生出来的，更要娇惯一些。那几个大的姊姊对她了解得多一些，更深刻一些，相互更不可调和。她们对她看得更清楚，也更严峻。从她们的表情上就可看出，情况似乎就是这样，也露出了端倪。不过，她们之间对母亲的了解也是各不相同的。

那两个大一点的姑娘已经开始关心衣服"合不合身"。她们悄声向女裁缝交代哪些地方还要合身一些，尤其是臀部周围。她们悄悄地用双手一处处摸来摸去，然后不厌其烦地絮絮提出意见。那是艾丽斯和维拉。伊纳兹是倒数第二个走上前来量尺寸，她对这一切无动于衷，甚至好像是违心来到这里的。她几乎漠然地让人为她披上绉纱衣料。她愁眉苦脸、目光凄惨地站在那里，听凭人家在她细高瘦削的身躯上摆弄来摆弄去，就像在房间里插起一面丧幡似的。她瞅瞅母亲，母亲却有意避开她的目光。女裁缝屈膝跪下，折起裙衫的折边，嘴里抿着大头针，活像一个插满了针的针插。她时不时地说一两句话，声音是从鼻子里哼出来的，说说对衣料的看法，还有说到胸围和臀围，拿裁缝的行话来说就是身段和腰身。最后是母亲走过来试尺寸。她用带着悲伤的目光和声音察看和议论起下摆和臀部是否合适；还有她那雍容肥胖的身材是否衬托得出来；转起身来裙裾能不能撑开：看看走起路来能否恰到好处地足尖微露，看看整袭裙衫能不能像喷过水的黑豹皮那样熨帖在被称作维纳斯小丘的小腹上；还有黑色的胸衣是不是把乳峰高耸地托起来。

女裁缝聆听吩咐，不时点头并且画出要改动的记号。她们俩人谈得如此契机投缘，以至于把死神，把滂沱大雨，把四周的孩子们忘记得一干二净。她们大概在寡妇丧服的阴森森的树林里走迷了路。

她们在试完尺寸后又冒雨走回家去。雨伞摇晃趄趔，恰似烟雨朦胧中隐隐约约的五个葬礼祭亭一般。从采石场传来隆隆的爆炸声，就像地壳深处在施放致敬的礼炮。村里的小街颤抖起来，碎石横飞，朝着那幢破产的黄房子迸溅过去。

葬礼倒简单得难以想象。丧服的花费太多以至于再也拿不出钱来操办葬礼筵席。抬棺材的脚夫只喝到了咖啡、吃了面包。除了灵柩车外，还有3辆车把全家人和参加葬礼的人载到了墓地。教堂墓地里有许多食尸体的鬣狗，它们的目光紧紧地盯住棺木，以及那3只现成买来的、只有松针柏枝扎成的、像伸出了一根根巨大如钩而又黑乎乎的鲱鱼骨头一样的花圈。整个送葬队伍踌躇走着，毫无生气、寒酸相十足，穿过一座世态炎凉、贫穷、处处受人白眼的活地狱。

那6个脚夫轻手轻脚地抬着他朝着入土为安的路上走去。他们对于那些鬣狗凶狠的目光毫不在意，这种克制能力真有英雄气概，也是十分美好的，这是葬礼中唯一可敬可叹之处。

当棺材沉放下去之后，四周挤满了人，好像从全世界各个角落里一下子钻出来许多人，就像变戏法变出来的，活像是葬礼上的小精灵那样拥来挤去。马丁被人推搡得摔到墓穴里，趴在棺材盖上，吓得放声哭喊起来。这一下人群像炸开了锅一样，顿时沸沸扬扬地议论起来，说那是个不祥的征兆，预示着这个男孩子要短命夭折。他听见了这些话，刚被人拉上来就拔腿从墓穴旁边往外奔跑出去，哇哇啼哭不停。在教堂墓地门口，伊纳兹追上了他，尽管她是他最心爱的、最好的姊姊，可是他仍然朝她又踢又打，还伸手去抓她。闹腾了半晌，她总算制服了他，把他领到外面去，好让他不再去打扰墓地里的死者。可是不知怎么的，她自己怒不可遏，干脆领着他回家去了。

后来有一段时日，马丁眼前开始出现稀奇古怪的景象，看到别人所看不见的事物和动静。圣诞节的来临对他来说仿若是个鬼出现的时刻。伊纳兹最清楚是怎么回事，她体贴地放下了活计，寸步不离地陪着他。他被眼前出现的可怕景象吓得哇哇大哭的时候，伊纳兹就会走到他身边，好生安慰他，使他平静下来。她为他解释为什么眼前会看到云层里蹿出巨大的马儿来，其实并不可怕，那只不过是窗帘上的影子在晃动。为什么地板上有条黑蛇在蠕动呢，其实那只不过是通火用的炉叉的影子在移动。为什么一条杂色的粗布地毯会七扭八歪地像条大毛毛虫那样蠕动，而且还朝他靠拢过来，那是冬天的阳光透过窗户玻璃照到地板上的缘故。

解说光线的幻觉还算容易，可是她要说明白声音的幻听那就殊非易事了。当他耳朵里响起嘈杂的声音，吓得大哭起来时，她不得不假戏真做，把那些声音的责任都揽到自己身上。

"你难道听不出来，这是我在喊叫吗？"这一来姐弟俩都笑出声来。

眼前出现幻觉、耳朵里出现幻听的状况大约持续了整个冬天，也就是3个来月。大森林对面的土丘上积雪消融，露出蓝湛湛的花岗岩和黑魆魆的泥土。80米深的采石坑苏醒过来迎接春天。幼小的白桦树身上尽管嵌着锋利如刀刃般的青色花岗石片，仍然傲然挺立在深渊旁边，树梢的枝杈已经开始泛红，在三月的和风中嗖嗖作响。

用作墓碑的石板一排排竖得笔直，似乎在接受春天的巡礼。工程师手持雨伞从这一堆走向那一堆，把每一块都仔细检查认可。然后将它们装运出口，运到荷兰和德国。在那边，它们在亡灵的城郭里继续笔直地站立。

采石这个行业是依赖死者亡灵而生存的，所有开采出来的石板都用于坟墓或者墓碑。

有一天，马丁同伊纳兹一起坐在窗口旁，她拍拍他的脸颊，抚摩他的头发，可是这一次却比往常时间要长得多。她大概有话要讲。他盯住了她的双眼，他的目光意味着一个新的问题，一个和他在冬天向她提出的成百上千个问题全然不同的新问题。

她看见了他的目光，她总是猜得透他的心思。于是她再次摸摸他的头发，并且说道：

"伊纳兹务必要去躺一会儿啦。现在你要听我的话，以后白天你都要跟着艾丽斯。"

她挽着他的手在那几间房间里走来走去，把艾丽斯找到。那两姐妹对视了一下，相互使了个眼色，然后走到一边去说话。

"他现在已经全好了。"伊纳兹说道，"星期一你领他到学校去。你知道，妈妈已经变得那么古怪，还有……"

她刹住了话头，想看看马丁是否在听她们讲话。她看到马丁找到了一样东西——一只掉了脑袋的石膏羊——在玩耍，她又继续轻轻地说道：

"我已经病得很重了，这你是知道的，艾丽斯。说不定我就此一病不起。"

到了下午，她果真躺倒在病榻上了。这时候屋外已经大地回春，鸟语花香。她只好躺着听听春天啼鸟的啁啾，她为自己而悄悄地落泪。她满心希望了再希望，但愿有朝一日她能够再享受一个真正的，真正的春天。后来她迷迷糊糊地睡熟了，从知觉的时空中沉没下去，毫无力气地坠入一个要把她的躯体和精力消耗殆尽的可怕境地，她在发烧，浑身炭火般地在烧灼。

在她病倒之后，家里的一切更是一落千丈。全家最有主心骨的人、全家的灵魂，像被一只黑色大鸟抓住了。全家人的最后一个光点快要熄灭了。在此以后，命运之神更加随心所欲地、肆无忌惮地施虐，前面的人生变得更加黑暗了。

艾丽斯领受坚信礼，毫无操办，过得非常简单（亦是不得不简单）。有一天，她收拾好一个网篮，穿上最好的衣裳站在门口。母亲同她低声交谈了几句。

"但愿在病情不可收拾之前，疗养院能为她腾出地方。"

她们朝伊纳兹躺着的房间瞥了一眼，她还在发烧，已经烧得不省人事了。艾丽斯走进去，吻吻她的前额，算是告别。她想得很简单，不能流泪哭泣。这样艾丽斯就走了，她离家而去了。（在1910—1911年那段时间里，肺结核像瘟疫一样在采石场里肆虐。）那时候艾丽斯还没有留起长辫子，两个蝴蝶结在她颈脖两侧一闪一闪，如同两只真的蝴蝶追随着她出了房间，"再见"，"再见"。

艾丽斯跟着一批编织篮筐工匠的女儿一起动身到波拉美尼亚去，一去就再也没有回来。

年轻人纷纷外出，逃避肺结核的传染。

马丁开始上学了。维拉和布蒂尔同他做伴，她们俩早已上学，维拉快要念完书了。在那个鸟语花香的春天早晨，她们俩把他夹在中间一起去上学。

"你会念A、B、C吗？"她们嘻嘻哈哈地逗他说。

"D、E、F、G。"他不无自豪地应声接口说道。一点不错，他早就会了。

希杜尔和尼娜留在家里陪着母亲，然而母亲已非往昔的那个贝蒂了，她完全变了个样。谁也不知道她的内心在想些什么，不过家境日渐窳败凋残，已经如同病入膏肓一般。尽管还没有显露出沉疴之色。也许她是在为度日的窘境而心烦意乱。也许她与生俱来的轻佻浪荡灾难性地一发不可收拾。再不然就是越轨做了什么别的事情，狂热地想要保全这块早已土崩瓦解的孔雀的领地。不管怎么说，4月的一个夜晚，她忽然从床上坐起身来，精心打扮，浓妆艳抹起来，她打开了粉盒，她披上了最漂亮的衣裳。

她端坐在镜子前面，俨然是个命途多舛、身处逆境的王后。在镜子里她看到了自己的脸，那副俏模样仍旧光艳照人，可惜略起了点皱纹。不过女人的轻佻……唉，没有人知道她在想点什么。

清早第一班火车在4点半驶过这里，伊纳兹惊醒过来，听到了火车驶远去的声音，一节节的车厢哐啷哐啷摇晃着，车轮撞击铁轨发出铿锵的金属声响，驶过森林的边沿。上百个车窗灯火通明，把他们的屋里都映亮了。

在母亲贝蒂不明不白地出走之后,伊纳兹又重新打起了精神,不过只支撑了几天工夫。说不定这是意志力的作用,一个16岁少女的灵魂里的全部意志都拼搏出来了,这是一种想要挽回点体面的意志。家道中落令人困惑,不知所措,就像是一朵杜鹃花那样,瞬间凋谢,只剩下难看干瘪的叶子一样。

她强自挣扎,拖着病体,歪歪扭扭地东忙西忙,显得少年老成而又天真无邪,身躯则骨瘦如柴。也许她想在这最后关头来挽救一下这家人的内在世界,免得邻居们猜测捉摸,说三道四。

这可真难为她了,那不是单枪匹马同乱舞的群魔拼搏吗!

阳春丽日的一天,她猝然死去了。肺结核挥起了最沉重的屠刀把她摧残,她咳血不已。

他们围着她的遗体,在屋里又是狂奔又是号叫:

"快跟我们说,快跟我们说,你没有死!"

"妈妈!伊纳兹!"

可是她直僵僵地躺在那里,并不知道自己业已死去,不知道她曾经在人间存在过,生活过。

母亲的一个亲戚收养了他们一段时间，住在一间阴森潮湿的阁楼上。那些日子没有留下多少印象。

然后他们就一锤定音被交给报价最低的人领养，也就是说，跟着那些愿意从市政当局领取最少补贴金而又肯领养他们的人去过日子。马丁被这一锤子送给一个名叫维尔纳斯的农庄上去当养子。市政当局每月付给5个克朗，而维尔纳斯那对夫妇承担义务把他当作螟蛉，管吃管穿，还要送他去上学，给他找活干，直到下一个年度。

他从教区得到一个花布包裹，里面装着羊毛袜、木屐鞋和肥皂。几个态度和蔼的人给他指引了一条尽头处隐没在树林里的小径。

他对所有人都害怕得要命，尤其最害怕那个市政当局，在他的脑海里，市政当局是个洪水猛兽的形象。由于这个缘故，一点也不难使他消失在树林的小径之中，他的身影很快就被松树所吞噬了，他怯生生的木屐鞋声响很快就被松涛的喧哗所淹没。

其余几个孩子也各自背上所发给的包裹，被送到别的人家，从此东西南北天各一方。

教区之路

到维尔纳斯去,到维尔纳斯去。有将近10公里光景的路要走。王室领地上的森林在他走过的时候,张开它的黑黝黝的缝隙又在他身后紧紧合上。他顺着林中幽径往前走,一路上几乎都是盘根错节的树根,经年累月地被来往行人的脚步、跌落下来的松果和缓缓移动的积雪蹭得像青铜一般锃光瓦亮。那一年雪下得不多,时交二月底,可地面还像五月那样干燥。雨还没有下过。真是大好的残冬天气。熙和的阳光善意地在大白天的森林里点起了灯火,到了晚上再收回去。岩石上青苔丛生,水塘四周的湿漉漉的岸边芦苇枯秆在阳光中摇曳。在芦根附近层层叠叠地长出不少蘑菇,组成了一个当地人称为"森林中的尼斯"的阶梯。马丁一路行走一路啼哭。究竟为什么伤心落泪他早已忘记了原委,时日相隔太久,如今已回忆不起来了。不过松树勾起他的悲哀,水塘默默无声息,看不到啼鸟的踪迹,世间事有许多是一去不再复返的。他瞅瞅那个花布包裹,这也不能给他什么乐趣。包裹里只有袜子和手帕、一条羊毛围巾、一双木屐鞋,还有一块肥皂,这些东西对他的身体很实用,然而都一点也不起眼。再说他也不曾想到他还有个身体。他只是一个乳齿未曾落掉、脚蹬木屐鞋的小毛孩，喜怒哀乐都还不曾有过自己的主见。他只是害怕自己走着走着，双手被老鼠夹子夹住了，或者是被火灼烧了，他也害怕有流浪汉蹿出来用刀砍他。家门外的世界到处都有流浪汉，在报纸上就可以读到这类事情。有不少图画里就画着一个名叫阿尔米罗的流浪汉。那个坏家伙伸出手指，而手指竟是一支手枪。图画里就是这样画的，外面到处都有坏蛋。他们住在大房子里，头上戴着大帽子，身上还带着刀。他们随时都会来到森林之中。"留下25奥尔[①]买路钱！"他们喝道，手里的刀随着就斫过来。马丁停止了啼哭。对大盗阿尔米罗的恐惧使他不得不噤声屏息，侧耳细听，这样大盗一来他就可以从小径上蹿出去奔到松树林里去躲藏。哭喊啼叫是没有用的，必须无声无息地拔腿就逃，而且逃的时候要跑得曲里拐弯才行。马丁还想到了要是身边有25奥尔，那就可以躲过这样的拦路抢劫了。他可以把钱朝着流浪汉抛过去，嘴里还叫喊着："好心的流浪汉，给你25奥尔，饶了我吧！"在抛钱的时候还要当心一点，切不可把钱扔到流浪汉的脸上。不过那样大概也是行不通的。说不准流浪汉又拿着刀逼他，以为他身边还有一枚25奥尔的银币，那可怎么办？

所有流浪汉都长着大胡子！要是没有碰上长着大胡子的人就用不着拔腿逃跑，因为不长大胡子的人是没有危险的。那些长着大胡子的坏蛋都有匕首，他们就是用匕首来捅人家的后背和颈脖的。

那些没有大胡子的人是用折刀的，他们用折刀削铅笔、

[①] 瑞典货币名称，100奥尔=1克朗。

削口哨，或者是坐到一起一面闲聊一面削木棍。所有流浪汉用的刀是无法折叠的。警察也很危险，尽管他们知道得那么多，而且他还听说，他们用大搜捕的方法去抓流浪汉，还用马刀斫他们。你可以走到警察面前仔细看看，他们都是虎背熊腰、五大三粗的。倘若他们同别人打起来了，那就可以看得清楚，他们确实带着马刀。他自己有一次也见到过一个警察。哦，他真不知道该怎么办才好。

那个警察瞅了他一眼就朝他走过来。他吓得紧紧揪住大人的裙衫，叫出声来。说不定那个警察也想要叫他留下25奥尔的买路钱！

倘若有朝一日他果真有了25奥尔，他必定把这笔钱送到流浪汉的屋里去，还写个纸条说："好心的流浪汉！我叫马丁，我给你25奥尔，如果你不到树林子里去的话。"

他纸条上所说的树林指的是他正在走过的那座森林——哈拉湖王家森林。另外的树林子就都是世界上的了。离开维萝湖之外的地方就是世界了。还有一个地方，他不晓得在哪里，有个大西洋，大得不得了。"浪头比房子还大！"人们乘许多天船穿过大西洋就到了美国。在大西洋上画着一条笔直的白线，所以不会走丢的。那条线叫作白星航线。顺着这条线走船就恰好到了美国，否则就到不了。美国有两个地方，一个地方叫明尼苏达，另一地方叫加利福尼亚。加利福尼亚暖和得很，许多圣诞节好吃的东西都是那边的地里长出来的。还有一个地方叫芝加哥，城里住着一个叫阿根吞的人，长着一双白净的手，干的是贩卖白奴的买卖。那个人坐在一张大椅子上，是张电椅。在芝加哥城外遍地黄金。那些找到金砂的人要在一条河里淘洗。

那条河就像全日学校里说的没有建成的通天塔四周的护城河，干净得像羔羊的血一样。耶稣是从拿撒勒①来的人。圣母生下了圣婴，把他包好放在小床上。有一幅画片就是这么画来着，这是真事。还有一张小画片画的是白星航线，要比别的画片小得多。那是一张大轮船的画片，一艘大轮船突突地吐着黑烟，航行在白星航线上，除了轮船之外"只有水和天"。

马丁7岁时眼里的世界就是这副模样，那时候他刚刚上学。那个世界要比他5岁时广阔得多，也巨大得多，然而却又是残缺不全的。他再长大几岁以后，每当回首自己记忆中的这段小时候的事情时，他总觉得自己在7岁时反倒比5岁时要傻得多，也胆小得多，见了什么都害怕，而且害怕得不得了。

当他7岁那年走到维尔纳斯农庄时，首先看到的是条狗。那条狗蹿到大门口来嗥嗥狂吠。他吓得赶紧放开门把，不敢开门。屋里窗帘往旁边拉开，窗上露出三张面孔。一扇门打开了，木屐鞋橐橐地走到房廊上。那是一个小姑娘，比马丁大一倍。她走下台阶来到大门口，用嘘声把狗赶开，那条狗垂头丧气地走开了。然后她就打开了大门。

"你就是马丁吧，"她说道，"你的个头可真小！"

她咯咯地笑了起来。她满脸雀斑，梳着两条红棕色的长辫子。辫子是三绺头发打在一起的，很厚实，从肩上一直垂到腰际。她长着一个朝天鼻，不过也不太过分。两片厚嘴唇。圆圆的大眼睛，颜色很深，但不是黑色的。

---

① 耶稣幼年时为了躲避希律王而移居加利利境内的拿撒勒，见《新约全书·马太福音2》。

"是的，我是马丁。"马丁说道，怯生生地看着她，却不敢走进去。"我的父亲死掉了，母亲跑到加利福尼亚去了。"他想这样告诉她，可是没有说出口，因为那条狗从大门里出来，绕着他闻来嗅去。小姑娘走过来拍拍那条狗。

"你离远点，你这个鬼东西，"他叫嚷起来，"你快走开。"

"进来，进来。"她招呼马丁说。

整个一生之中他都记得那声音，他的耳际总能听见那个像时钟走动的声音："进来，进来，进来……"他走了进来，她关上了大门。

"我来拿包裹，"她说道，"我的名字叫伯尔塔。我3岁的时候就到这里来了，现在我14岁了。这里的老两口都很和善。"

"那条狗叫什么？"马丁说道，他惊魂甫定。

"洛娜，它是一条母狗。有时候偷鸡蛋吃，那就非要挨揍不可，你看着吧。"

马丁猛地心头一懔，想要转身朝大门口跑。他不知道为什么，突然害怕起来。他恍惚看到一根棍棒在畜生和人的身体上挥来挥去，他恍惚看到了一顿狠狠的痛打，棍棒像雨点般落下来，打得浑身皮开肉绽。这就叫挨一顿揍。他看到了挨揍的情景。

"你怎么啦？"伯尔塔奇怪起来，"难道你那么怕狗？洛娜没有什么可怕的，你们会合得来的。"

"我的爸爸死掉了，我的妈妈在加利福尼亚。"马丁说道。这是他最大的心病——大家猜想这是他最大的心病，所以他一来，就赶紧和盘托出。不过伯尔塔把手按在他的肩头上说道：

"我们对你的父母的情况知道得一清二楚，你在维尔纳斯农庄用不着提心吊胆。他们只打过我一次，现在待我像亲生儿女一样。"

他们说着就走到了屋门口。她打开了屋门。他们把木屐鞋脱掉走进屋里去。

"马丁来啦。"伯尔塔叫道，她把马丁推到自己面前。她神气活现、扬扬得意，好像是她在一个地窖里把他找出来的一样。

"欢迎。"养父和养母在房间里说道。

"这是女主人汉娜。"伯尔塔指着一个嘴里没有牙齿、双手捂着肚皮站在那里笑吟吟的女人说道。她的双手瘦骨嶙峋，而且干瘪枯槁。她的头发是黑色的，稀疏得像是已经磨损得褪了毛的马鬃一样。在稀疏的头发中央露出一块濯濯童山般的灰色颅骨。鼻子很大，占了脸盘的很大一部分。一双眼睛不大也不小，可是该凸出来的地方都鼓不起来，似乎眼睛同灵魂毫无筋络相连，眼神像梦幻者一样地迷惘昏聩，这样的眼睛恐怕外科医生的手术刀也难以奏效，然而日本军刀却也无法将它置于非命。她的悲伤哀怨不是流露在眼神之中的，而是深埋在内心里的，这还会从那双捂着肚皮的手上显露出来。她在腰际围着一条条纹罩裙，颜色乡里乡气，十分刺眼。她晃动了一下身体，对马丁笑笑，算是做行礼欢迎状。

"这是男主人斯文。"伯尔塔又说道。

马丁仍旧站在伯尔塔前面，她的双手按着他的肩头。斯文微笑了一下朝他伸出手来。那只手干燥得像羊毛，坚硬得像砖头，不过是暖融融的，根根手指都宽厚粗大。这一下汉娜也伸出手来。她的手由于长久的心神不宁而汗涔涔的，指甲像眼白一样暗无血色。

"欢迎你到我们家来。快在沙发上坐！"

他从铺在地板上的粗布地毯上走过去，那地毯同汉娜身上的罩裙别无二致。待到他在沙发上坐定之后，他们俩便围在身边站着对他细看。

"你很快就会习惯同我们在一起的，"汉娜说道，"晚上你就睡在这张沙发上。"

他们站在那里比画了一下，觉得他在沙发上睡得下。然后斯文走过去也坐了下来。他坐得很慢，而且小心翼翼。他的动作十分轻柔，生怕把他吓着。

"你在我身边真是个小矮人。"他说着看了看马丁，嘿嘿地笑出声来。他用双手捋捋浓密而墨黑的胡须，又嘿嘿地笑了一声。

马丁浑身发僵。他也嘿嘿地笑了一声，不过他是害怕得要命才笑的。在他的脑子里、心里，他都害怕得要命，怕得几乎魂飞魄散。难道他现在要死了吗？他的心怦怦直跳，就像教堂里不停地在敲钟一样。非要强装出笑容不可，非要坐得笔直端正不可。唉，要是他身边有25奥尔那就好喽！说不定斯文就是个流浪汉，伯尔塔和汉娜都是他在树林里掳掠来的。

胡须又掀动了，斯文又笑了一声。他慢慢地把手放到马丁肩上。马丁这一惊非同小可，差点儿惊叫起来。不过总算强自制住了，他不敢害怕，巨大的恐惧使他不敢哭出声，使他缄默下来。他像哑巴一样坐着，吓得半死，对着那个农夫强作笑容。斯文又叹气又好笑地把手抽了回来。他茫然不知所措。汉娜走近一两步，小心翼翼，生怕马丁像吃奶的孩子那样，哪怕大人最轻的动作和呼吸都会哇哇大哭起来。她把双手从肚子上挪开，罩裙已经揉成一团。这个家不大，而她却是巨大的。

伯尔塔也走上前来站在她的身边。面前妇女的数量翻了一倍，而男子汉却没有。只有一个好心好意而又束手无策的农夫和一个吓破了胆的、连男孩子都算不上的黄毛小子。

伯尔塔开口讲话打破了沉默。她在粗布地毯上走了一两步。她拎起一条厚实的、红棕色的长辫，在手上掂掂分量，似乎作为开始谈判的一个表示。马丁看看在她手里捧着的辫梢，被吸引住了，心里舒坦起来，像只猫一样眼睛骨碌碌地盯着看。伯尔塔把辫子的末梢绾成一个大发髻，托在手心里，像托着一个头发做的烤制食品。

"马丁，"她说道，"你用不着害怕。"

他顺从了这个声音。何等温柔体贴，如同在催眠，如同盛意拳拳的邀请，这声音就像方才在大门口说的"进来、进来"一模一样。她仍旧把自己的发髻捧在手里。

"我们都是好人。"她说道。这会儿，马丁从声音里听得出来他们都是好人。他敢动动双手，伸出去摸摸那张硬邦邦的木头沙发，敢扭过头去看看糊墙纸的图案：一棵棕榈树下3只小鸡，脑海里浮起一个想法，说不定那农夫是个好人哪！

就在这个时候他把眼睛低垂下去，目光顺着地板上的一条裂缝看过去，一直看到那条裂缝隐没在粗布地毯底下。待到他再抬起眼睛的时候，他的目光不再是害怕得要命的了。他朝他们伫看着，笑了起来。

这就是维尔纳斯农庄,院子里有一棵老枫树。现在那条狗已经同他熟稔了。伯尔塔领着他四处走走,指给他看奇形怪状的石头和树木。他还在附近的一座小山丘上试着大声叫嚷,听听回声是怎么回事。有时候他不免想起自己是个弃儿,"爸爸死了,妈妈在加利福尼亚",不过伯尔塔总是在他身边,给他抹眼泪,替他擤鼻涕。有一天,他觉得让人家擦鼻涕抹眼泪"多不好",便把她伸过来的手推开去。于是她便双手捂着眼睛,扭动身体假哭起来。他站在那里看了一会儿,走过去拍拍她的背。她马上把双手从脸上挪开,咯咯地笑了起来。他觉得她把他骗得不轻,就气鼓鼓地朝她扔了一块小石头,嘴里还嘟嘟囔囔。她假装着骂骂咧咧。这一回他信以为真她在哭泣,他自己也忍不住哭了起来。结果反倒是她来安慰他了。

光阴荏苒,她慢慢教会了他不少事情,这样使他眼界开阔起来,学会了"动脑筋"。他们在小湖湖岸上玩耍的时候,她就给他讲解潮汐是怎么回事。"潮汐只有在大海里才有的。"她说道,"在大西洋里有。"

"是那条白道道吗?"他问道,"是在白星航线上吗?"她听不懂,以为他在胡思乱想。

"潮汐嘛,"她坐在一棵树桩上娓娓道来,"是来自月亮。它把海水吸起来，使海水从陆地上退出去，把海底露出来，人们可以去捡贝壳，还有一种在海底爬行的名叫海星的小星星。有时候海底还会有一两条沉船。遇到退潮，那可真高兴啦，人们从船里出来透透气，他们被困在船里那么久，一直在坐等着。他们到灯塔上去喝咖啡，他们都为得救而唱起了赞美诗。就在他们高唱赞美诗的时候，月亮忽然放松了吸力。你知道一个人把嘴巴紧贴在窗玻璃上，倒抽一口气，玻璃就粘在嘴巴上了。喏，就是这样。"伯莎吻了吻马丁的脸颊来表明嘴巴是怎么贴紧在窗玻璃上的。"这一来月亮又把海水放回来了，月亮哆嗦起来，海水哗哗地涌上了陆地。贝壳里都灌满了海水，海水越涨越高。在荷兰，他们修筑了堤坝，起先这么高，后来这么高（她用手比画着），为的是不让海水淹了燕麦地。哦，世界上什么事情都有。"

就这样，她每天给他讲一点儿。

"B这个字母有两个大肚皮。"她说道，他们俩都嘻嘻哈哈笑了起来，他们俩正好处在那个年龄，什么事情都会使他们开心。每个晚上马丁都觉得自己知道得那么多。在维尔纳斯点灯点得很晚。那时候斯文就在昏黑的暮色中讲起故事来，汉娜坐着晃动着身体。斯文相信有山妖（这一带地方很偏僻，而且十分迷信，可以说是在文明进化中的一个孤岛），汉娜也笃信此道。伯尔塔对于有没有山妖是将信将疑，每天晚上她都要把这种想法从脑海中掸走，说道："肯定是没有山妖的，说不定在古时候有。"

斯文也承认说如今倒已经少见得多，再说他们都乔装改扮、变幻莫测。他讲述道，有一次犁田的时候，小路上来了两个山妖,她们看起来活像邻家的女人,还推着自行车哪。

"我假装什么也没有看见。她们讲着一口地道漂亮的瑞典语,字正腔圆,还真好听哪。"

马丁坐在那里听着,也像伯尔塔一样半信半疑。他都是向着伯尔塔的,因为对他来说,她是最可靠,也是最亲近的。她对哪桩事情抱有怀疑,他也就疑心起来。有些晚上不讲山妖故事了,大家便谈点别的事情,海阔天空,无所不谈。那条母狗洛娜又偷吃鸡蛋了,结果尝了尝汉娜的榛树手杖的滋味。现在洛娜规规矩矩地躲在院子的棚屋里,不敢在这里露面。

"它再敢偷吃一次,非把它打死不可,"汉娜气鼓鼓地说道,"什么事情都有个限度嘛。"

"好吧,它要是再偷吃,就让它挨子弹去死吧!"斯文也煞有介事地应声附和说。

很多年后,在他回首往事之际,他总觉得他的整个童年,当教区领养孩子的那几年,都是一段只是倾听而不说话的年代。他记得自己很少开口讲话。他记得曾有过一千零一次,他话到嘴边都不敢说出来。当他稍微长大之后,他上了学,功课好得出人头地,非常聪明,课堂上能说会道。从来不曾有过半点差错,他对书本是倒背如流,每个字母和标点都记得毫厘不差。他对书本从来不曾憎厌过。尽管他童年时代漂泊不定,可是在他上过的、许多个学校里的男女教师们,无不把他当成学生中的模范。他是最听话、最不调皮捣蛋,又最能把功课背得滚瓜烂熟的好学生。他们常常指着他说:"学学他吧!"同学们对他都侧目而视，有一大半人恨得他牙痒痒。

他自己也常常觉得无趣，因为要念的功课毫不费力地从他嘴里滚滚而出，背得同书本上没有两样。他本当把书念得差一点才好，这样起码可以同别的学生团结一致。不过他还是任凭功课的摆布，他是功课的百依百顺的小书呆子。

维尔纳斯农庄上平安无事，日出而作，日落而息，晚上聚到一起谈天说地。斯文、汉娜、伯尔塔这一家三口相依为命，日子过得捉襟见肘，却也其乐融融。如今他们又有了马丁。

他们有时候也谈论起他们的牲口，他们的奶牛。他们有两头奶牛和一头牛犊。他们会津津乐道地谈论起这些牲口，每人有自己心爱的奶牛。同时还有一匹马是他们全家都喜爱的宠儿。他们是克勤克俭的芸芸众生，善良而有点迷信，生活的天地很狭小，没有大的风浪，也经受不起，就像那棵老枫树一样，遇到打雷闪电，便在暴风雨中六神无主地簌簌摇晃不停。

上帝与他们同在，这真是不消说的。他们虔诚敬畏上帝，全无半点邪念，笃信上帝是存在的。不过有时候对于上帝，同山妖神灵一样可以有不少要讲的，而有时候却什么东西都讲不出来。

为了消除他们良心上的一些小小的阴影，他们对流浪汉和陌生人是乐善好施的，再说在这一带偏僻地方也不多见。他们对那些过一段时日就到这远乡僻壤来挨家串户兜售杂货的货郎也以礼相待。维尔纳斯农庄就是这么一个穷乡僻壤。

有一个远道而来的货郎是西哥特省人，大家都叫他"尤狄丽蒂"，他每年春秋季各来一次。人人都喜欢他，他的到来使平淡无奇的日子增添了光彩，把痛苦悲哀一扫而光。他会给每个人都说上点故事笑话，是个男女老幼皆宜的讲故事能手。在他的货郎兜里，逸事趣闻、野史村话多得不可胜数：小伙子爱听粗野一点的；姑娘们喜欢听那些咯咯发笑的、金发小妮子的夏日风流奇遇；还有那些身怀六甲、已经无所顾忌的女人爱听更淫秽一些的东西。人人都叫他"尤狄丽蒂"，也就是口袋里的变色龙的意思。可是当人们转过身去的时候，他却是一副愁眉苦脸的样子。他没有什么故事可以讲给自己听的。

"人生匆匆，岁月晃眼而过。"他时常说道。这句话是挂在他嘴边的，往往是故事的开场白或者结束语。

他是卖布头布脑的，条纹布、花布他都卖。他往往把布匹摊在人家的粗布地毯上，使得地毯黯然失色。他有像孔雀开屏般光彩夺目和繁花似锦般的花布。他有各种用途不同甚至相反的布匹，有一成不变的冰凌形状花纹的布给老太婆做长衬裤；也有花斑豹图案的布用作吊袜带，可以使芳华当盛的姑娘的雪白浑圆的大腿更加增光添色。他真是个众人的"尤狄丽蒂"，他早就看好了人生将要演出的一出出戏，自己便尽其所能地参加进去，演出正剧或者演出喜剧。道具亦各有不同，圣诞老人的火焰棒用在喜剧上，莫拉刀用在正剧上。

另一个货郎是个编织篮筐的工匠，他叫作"问问不要紧"。每次他来的时候，总会说道：

"怎么样，我的百合花？"

他的意思是在问，要不要买几只篮子，是小巧而精致的呢，还是大而好看的呢？

待到对方一口拒绝，他又改了个说法：

"哎呀呀，你这百合花，问问不要紧嘛。"

他自有一股风度，没有哪个讨厌他，他也不惹得人提心吊胆。他带着篮筐来了，从肩头直至膝盖挂满了一串串篮筐，就好像是一株散穗的植物在晃动或移动。他是荒原上所看到的最明亮的东西了，山丘上的石楠花乱蓬蓬、黑黢黢的枝蔓把他的挂满篮筐的身影衬托得非常分明，他从山间小径走过来，就像一串串手工艺品的葡萄，时不时地卸下一些篮筐。他来得最多的时候是莓果季节。他喜欢莓果季节，那段时间他卖得最多了。他喜欢蓝莓和蔓越橘，尤其是蔓越橘，那段时间里多得不得了。

到了冬天，他坐在荒原上的家里，安生地做着木屐鞋（篮筐是他在春天编织的）。那种木屐鞋漆成红色，沉甸甸的木屐鞋好像是他从瓜果中挖出来的一样。形状就像浮动在中国河流上的穷人住的舢板船一样。再另加10奥尔，鞋面上还可以贴上一块铁皮。问问不要紧嘛，买不买悉听尊便。他住在半山坡上一栋摇摇欲坠的小房子里。那栋小房子就像一个算命用的小匣子那样，龟缩在石楠花遍野的山坳里。

他的妻子外号叫作"蓝色卡娅"，是个心眼狭小、待人刻薄的女人，她往往会像下冰雹那样大吵大闹，大概她的心房又小又冰凉，恰好似胸膛里装了一颗酸涩的蔓越橘一样。所以"问问不要紧"最高兴的就是背着篮筐到周围村落里去兜卖了。每年夏天他会大老远地跑到哈兰省和斯摩兰省去。这对于卡娅和他来说都是像天涯海角那么遥远,虽说他们俩曾经到过一次波拉美尼亚,到那里学会了编篮织筐的工艺。不过到波拉美尼亚去那是又当别论的,因为是投师学艺去的。除了这个地方之外,他们把威克斯湖都看成是遥远的地方了。至于大城市斯德哥尔摩,那更是匪夷所思的了。反倒是美国离他们似乎更近得多。白星航线的色彩鲜艳的广告画就挂在他们家的小屋里。画面上,硕大的"泰乌托尼克"号蒸汽轮船正在驶入纽维约克港(纽约),就好像它马上就要钻进那个高举火炬等着为它在印第安河上泛舟而照亮的自由女神像的裙底下去。还有一幅是巨轮"泰乌托尼克"号在大海上疾驶的英姿。那艘蒸汽轮船又高又大,庞然大物威势至极,而大海却显得又小又平静,只不过微浪涟漪,恰似一池春水吹皱般模样,毫无吓人之处。白星航线熟谙人心,深知决计不可以把大海画得浊浪滔天以致吓得那些年轻姑娘宁可待在家乡。大海应该是细浪碎涛、波光粼粼的。在画面上显出一派旖旎风光,让人们只觉得此行不像是背井离乡的移民他国,而是去休养度假,这样才能够把那些剥得赤条条在罗曼斯湖里洗澡的姑娘们吸引到白人奴隶买卖和摩门教①中来。对于后者,纷纷扬扬,说法众多,说是那些姑娘们把身子洗得干干净净,把廉耻之心往腋窝下一夹就动身上犹他州去,在人家妻妾成群的后院里找到归宿。这类谣传几乎每一个外出的姑娘都难以幸免。

---

① 1830年创立于美国的一个教派,初期奉行一夫多妻制,故亦作一夫多妻制的同义语。

在维尔纳斯农庄,汉娜陷入了绝望。马丁又离家出走了,就像那一次在他父亲奥拉夫墓地上逃走一样,然而他们并不知道马丁曾经逃走过。这一次马丁要走遍天涯,到加利福尼亚去寻找母亲贝蒂。

在维尔纳斯农庄,伯尔塔倚闾翘首,频频呼喊:"马丁,马丁!"然而他走得不见踪影,她站在门口哭泣起来。

马丁走得很远,在荒原上方向莫辨一股劲儿地往前走去。天渐渐黑下来了,苍茫的夜色之中万籁无声,空旷寂寥的夜空中星星点点、明灭不定,恍若天上的野兽出穴觅食,又似鳞光闪闪的恶龙扑将过来。他开始放声大哭起来。

夜已深了,他更吓得魂飞魄散,没命地朝最近的农庄狂奔过去,嘴里哭喊着:

"妈妈!妈妈!"

"妈妈!妈妈!"

一条训练有素的恶狗从狗棚里蹿过来,把他扑倒在地。月亮像个瓷盘一样在夜空中摔得粉碎。眼前一片漆黑,他昏了过去。一个和善的农夫闻声从屋里出来,把他抱了进去。他们给他喝了柠檬汁。

"我名字叫贝里,"农夫说道,"你是个无家可归的流浪儿?"

"嗯，嗯，嗯，"男孩子支吾其词，"妈妈在加利福尼亚，她不肯回家！不肯回家！"

农夫和蔼地笑了起来。

"哦，你说的是贝蒂吧，原来你就是那个男孩子……"他装腔作势，好像自己也是当事人一般有无限辛酸。"唉，唉，唉，她离开我们走了，唉，我们写封信给她，写信叫她快回来，快回来。"农夫摇晃着身体。"哦，我们大家心里都不好受。哦，我们心里真难过，我们心里真难过，现在你到了阿德尔维克农庄。不过我们要写信去说说她，告诉她不可以把我们的小乖乖撇下不管的。真是的！真是的！"

马丁在那个可怕的夜晚，对这场假戏真做句句信以为真。那个膝下无子的农夫满怀疼爱地把他抱到一张木沙发上，这个广阔天地中的一张新的木沙发，马丁就在他的手臂上睡着了。

可是到了第二天他又不辞而别，还是要到加利福尼亚去找寻母亲。没有人，不管哪个人都不能阻挡他去找妈妈。即便世界上所有会演戏的人都像影子一样聚集到这块荒原上来，要把他引入歧途，也挡不住他寻找妈妈的决心，他要到加利福尼亚去！

这一次还是出了问题，他在奔赴远方的加利福尼亚的路途中竟然转错了一个弯。他一直走呀走呀，走了一个上午又走了一个下午，有时候坐在岩石上歇口气继续再走。可是到了傍晚，他分明听见了伯尔塔的声音：

"马丁，马丁，我的小乖乖马丁！

快回来吧，你是个乖孩子！

快回来吧,你是个乖孩子!"

他听到了这个声音便停止了哭泣,果真"乖"起来了。他赶紧朝着她的声音,朝着她带哭的叫喊奔过去。她像指路标一样敞开双臂,马丁一下子扑到了她像伊纳兹一样瘦削、又像在加利福尼亚的那个女人一样温暖的怀抱里。

"上帝啊,小乖乖总算回来啦。我们快进屋去吃晚饭吧。"

维尔纳斯是个穷苦的小农庄，却自有一种天堂般的乐趣。汉娜有一片种植花卉的园地，这一带的人说是奇花异草众多的百草园。那片园地四周有一米半高的围篱圈着，那围篱已经有60多年历史了，布满了斑驳的树浆和干瘪的蚜虫还有千姿百态的青苔。围篱外面是曲径通幽的森林和一条车辙轧得像壕沟一样的土路。在围篱里边，泥土里全都撒上了种子，每块巴掌大的地方都长满了花草，如同盘碟里盛满了泡沫要溢出来一样，从围篱的边沿缝隙里伸展出来。除了农家常见的品种之外，这里委实有不少新奇的花草。这里的空气里一直弥漫着一股若有似无的芳香，到了傍晚芳香更是醺人欲醉。

汉娜在这个谜团一般的王国里，好像在香气扑鼻的博览会上一样，走动忙碌着。这片园子周围有12个蜂窝，蜜蜂在她周围似管风琴声般嗡嗡飞舞，采花酿蜜。汉娜早已怀孕，一个胎儿在她腹中蠕动。有一天傍晚，这个农妇毫不知晓分娩已近，像往常一样坐着，晃动着肚子，直到头晕眼花，那些花草在她眼前旋转起来，她的腰如撕裂般疼痛起来。

马丁沿着小径往前走，伯尔塔躲在一个"不知道的地方"。马丁想走得靠近蜜蜂窝一些，汉娜向他喊叫，可是他还没有挨蜜蜂蜇，所以没有听见汉娜的叫喊。只有电闪雷鸣才能迫使他转身返回，因为他们刚刚在玩刚果河上历险的游戏，伯尔塔就躲在远处的一个什么地方。忽然间，保护神撇下他不管了，3只蜜蜂飞出来追逐他，腿肚子上、前额上、颈脖上各被蜇咬了一口，皮肤上顿时火辣辣地疼痛起来。他号叫着奔向汉娜。可是汉娜神情异常地站在那里闷声不响。她龇牙咧嘴，忽然一把攥住马丁的手，扶住他走进屋里。她到屋里后就朝前弯下腰，又朝后挺了挺，然后直僵僵地站着。马丁停止了号哭，呆呆地瞪着她不知是怎么回事，腿肚子上、前额上和颈脖上被蜇咬处一抽一抽地疼痛不已，他忍不住又抽噎起来，他那时真是个傻孩子，一心只顾自己。她无限怨怼地朝他瞪了一眼，拖着沉重的脚步，唉声叹气地走到床边，躺了下来徐徐解开衣扣。她两眼不住地往上翻，双手青筋突起，这情景就像是生了一场急病。

　　斯文走进房间，赶快脱掉袜套，一时间六神无主，不知怎么办才好。到了后来，他渐渐镇定下来，嘟嘟囔囔地把那个已经吓昏了头的马丁赶到一边去。马丁痴痴地呆坐在一张小凳上，马丁以为蜜蜂蜇咬了他才招惹来这场无妄之灾。又过了很长时间，一辆车轮漆成黄色的弹簧轻便马车，在那个美丽的夏天傍晚辚辚而至，从灌木丛中爬出来，沿着青草覆盖的土路行驶，蜗牛闪躲不及，便被马蹄和车轮碾得粉碎。鞭子在马背上抽出一条条苔痕，鞭梢把路旁随风摇曳的白蜡树的树叶纷纷抽落下来。斯文见到了伯尔塔，朝她吼叫了几声，她忙不迭地返身进屋，气喘吁吁，满脸发热又不大好意思。她脚步踉跄地走过粗布地毯，来到床前，先把汉娜的衣服脱掉，让她凉快一点，又用硼酸水给马丁洗涤蜜蜂蜇咬处，然后用大锅煮上热开水，拿出干净的床单。杜鹃挂钟嘀嗒嘀嗒走个不停，一个小生命即将呱呱坠地。

到了晚上，马丁躺在木沙发上。蜜蜂叮咬过的患处已经不觉得火辣辣般疼痛了。夜色十分明亮，如同白银泻地，如同珍珠耀目，皎洁得混沌一片。不过马丁却沉浸在自己的世界里，沉浸在儿时的、自己的世界里。他无动于衷地听着汉娜的号叫，直到睡熟过去。

在屋里，接生婆腆着个橡树般粗壮的肚子走来走去，一边像曾祖母般唠唠叨叨地说着安慰的话。斯文在旁边蹑手蹑脚地走动，心里充满着初为父亲的不安。

那年夏天快要过去了，万物滋长的同时人也在长大。那个新添的小斯文也在长大，而且哭声也愈来愈响。与此同时，马丁却愈来愈沉默，开始学会了察言观色。有时他忽然能从旁观者的立场来观察自己，为自己感到害臊。过去那种唯我独尊的自私心理已经消失殆尽，内心有一种渴望在生长，他闭紧嘴巴、郁郁寡欢，他感到了刻骨铭心的孤独。斯文现在总算当上了父亲，谢天谢地，人人都如愿以偿，再无他求了。现在马丁对他来说已经不像以往那样算回事了。汉娜也从养母变成了后母，对他在身边总有点生气恼怒，时时处处都免不了给个冷脸色或者发作一下。难道说这是母亲的天性？本来嘛，别人家的孩子哪有自己的亲生骨肉更揪心的呢？

伯尔塔也恍若变了一个人。她已经快要到少女的青春期，有了新的女性的世界，寻找到了自己的"梦"。

世事真如白云苍狗，短短两个月竟如此变幻莫测。有一天晚上，马丁躺在木沙发上，竟然发现自己有一种过去从未有过的不安和新的渴望。一种奇异的不安骚动在脉搏里、在脑筋里、在心灵里，几乎无处不在。起初是微弱的，后来越来越强烈，慢慢地揪住了他的整个身心，直至四肢。

在几个晚上的"深思熟虑"之后，有一天，他终于悄悄地、毅力十足地走过荒原，想道，哪怕道路漫长崎岖，只要咬紧牙关，慢慢地总能找到加利福尼亚的。

这一回他离家出走可没有伯尔塔在后面到处找他了。既然她不来找他，那么他多回头看看，多侧耳谛听也无妨。

到了下午，他已经回头细听了上百次，他很想听见她的呼喊声。有时候他干脆坐在石头上，边休息边等待。可是等来等去没有等到她的呼喊，却只见天际星星倒是闪亮了。于是他攥紧了拳头，对自己的母亲发作起来。

"你，你真该诅咒。"他气鼓鼓地朝着他觉得应该是加利福尼亚的方向啐了一口。

他忽然想起了他念到过被猎狗在荒原上追踪得走投无路的杀人凶手，他那颗孩子的心灵顿时又被吓得怦怦乱跳，他拔腿就逃——要尽快从啐过唾沫的地方逃开。他被吓得魂不附体，不辨方向没命地往前飞奔，直跑到筋疲力尽，绊了一跤，摔昏在荒原上。当他醒过来的时候，他听到有人在喊叫，他坐起身来仔细听。

不错，真是有人在呼唤！

伯尔塔凄厉刺耳的姑娘嗓音刺破了夜空。他开始奔跑起来。他喜出望外地号叫起来，回应了她的呼唤。

她渐渐走近了，她的脸由于焦急和气愤而变得青紫。由于他的走失，她自己揍了汉娜一顿揍。

她把他抱在怀里，然后动手揍他，他像一条小狗那样挨了几下打。

他心甘情愿地挨这么几下打，他又重新回到了"家"。

来年春天，伯尔塔领受了坚信礼。从那时起她就把自己叫作大人。在整个夏天她便一门心思地学着夫人小姐的举止风度。她把一头秀发都往上绾了起来,而且时刻不停地顾镜自怜。她在镜子面前搔首弄姿,起先是侧着脸朝这边看,然后又侧过脸来朝那边看,然后又可以正面地看上个把小时:痴呆呆地看着镜中人的双眼。她自己假装成是个英俊的小伙子,窥视镜中的那位少女:"我爱你!"她亲吻了镜中的自己。情话喁喁,镜中人蒙上了一团雾气,她的双唇把这一团雾嘬了个洞。

"你胆敢来偷看我?"她嗔怒地喝道,用手推搡着马丁。"滚出去,滚出去!"

汉娜从另一扇门走了进来。

"你整天站在那儿照镜子,究竟想干什么?你变得像鬼怪精灵那样不可一世了。听着,你们这两个小混账东西,快给我滚到芜菁地里去!"

他们俩在太阳底下趴在芜菁地里收拾杂草残叶,结果那些芜菁经他们摆弄之后反倒无精打采显得蔫不啦唧的,直到最后他们才发现站直着身子稍稍拔去一些叶子就可以,这样收拾的芜菁光滑鲜亮很有神气。

他们趴在地里,一行行地收拾芜菁。他们觉得已经快趴了100公里。烈日当空如火似炽,他们又累又难受。他们有一段时间相互诉说着汉娜是何等讨厌,起先说得声音很响,可是后来他们看到斯文套着马拉犁在旁边的土豆地里耕地,他们只好悄声细语起来。

又过了很长时间,他们被叫回家去吃晚饭。他们一上桌便狼吞虎咽起来,晚饭是烤肉和土豆、燕麦面包和酸牛奶。人人胃口大开都吃得很香。马丁吃得啧啧出声挨了大人几句骂。桌子当中的铁架上端放着一口漆黑的铁烤盘。

盘里有肉和油汁。他们就用这油汁蘸着切成片的面包和土豆吃。吃完之后他们就你一勺我一勺从一只共享的盘子里舀酸牛奶。平时晚上他们也是这样喝粥的。

伯尔塔多年来已习惯了这种喝法，不过马丁至今还无法习惯，因为斯文的匙子上时常带着点鼻烟丝碎屑，掉在酸奶里可不好喝。最好还是吃土豆泥，他们每人从不同的角度挖出一个窟窿，如果盘子里堆得高的话，他们每人挖的窟窿在刚开始可以彼此不碰头。每个人在土豆泥里都有自己的窟窿，这样吃起来味道分外香甜。

当刺柏莓熟透了的时候，便做成刺柏莓啤酒来喝。那味道真是甘冽可口，无与伦比。一饮而尽会使人浑身舒畅，就像领了圣餐那样飘飘欲仙。那醇厚和顺的味道会使人的灵和肉汇成一体，就像喝了琼浆玉液一样精神陡增。刺柏莓，这北欧荒原上所特有的、像胡椒模样的野果，在为人类默默祝福。

日复一日，天天如此，没有多少事情发生。待到夏暮，伯尔塔被送去上织工学校，事情就更少了。

马丁非常牵挂她，缺少了她的陪伴更觉得一切都是那么枯燥单调，虽说在他看来，她最近一段时间变得盛气凌人，甚至有点不近人情。

缺少同年纪的游戏伙伴使得他善于梦想。他只好沉湎于自我，既自我怜惜又忧郁迷惘，他"想"得太多，而又懂得太少。

在这种情况下，他接过伯尔塔的《爱丽斯梦游仙境》，这几乎是个天大的不幸。他的想象力已经使他的头脑一片混沌，在那时，他需要的是爱和信任，而不是童话故事。

对于大人来说，当小孩子伸出双手想要点爱抚的时候，往他双手里塞一本童话书，那是件再惬意不过的事情了。而《爱丽斯梦游仙境》这本书对于大人和那些过于渴望温暖的孩子们来说都是适宜的。马丁十分容易受到蛊惑，这类梦想书籍会使他沉湎到难以自拔的地步。给他描写仙境的童话故事书不啻给他一盒自我爆炸的、加了香水的火药。他看完那本书后就到荒原上去溜达，没有一个人可以说说话。在这段时间里，汉娜变得愈来愈像个后母，斯文变得愈来愈像个后父。他们直截了当地责备他说，他们觉得他净讲傻话，满嘴"孩子气十足的胡说八道"。他们哪里明白，恰恰这种"孩子气十足的胡说八道"正是他想要从他不需要的童话故事的迷惘中摆脱出来的。他们无法理解他。

他们不晓得早在他还不能念书识字之前，他就有看得到幻象的能力，看得到别人看不到的幻象，比方说地毯会变活起来，火叉会变成蛇。他们不知道伊纳兹曾经不得不看住他，因为只要有一丁点儿光斑跳动，就会引起他胡思乱想。至今他还听得见伊纳兹在呼叫："那是我在叫喊，没有别的声音，你用不着害怕。"

是呀，她的声音至今在他耳际萦绕。可是他也常常看到那个又大又哑的死神的形象。那一天，伊纳兹又冷又哑地躺着的情景总浮现在他眼前。她躺在那里，浑身冰凉，声息全无。她双目紧闭，永远也不再睁开，冰冷的双手放在裹尸布上。

"他那么怪里怪气的，"斯文对汉娜说道，"我真不知道过了新年我还想不想再收留他了。"

汉娜点点头，做出了一个非常赞同的表情。

"是呀,"她回答说,"再说他也不长个儿。他又瘦又小,人家会说我们让他挨饿来着。"

"就到新年吧,我们这么说定了,行吗?"

"好吧,到新年,"她悄声说,"过了年就让市政当局给他另找个人家领养吧。"

"他干活倒是干得不错,可惜太孩子气了。"斯文最后说道。事情就这样定下来了,"那个孩子太孩子气啦"。

* * *

那年深秋,他收到了母亲寄来的第一封信。满篇都是混乱不堪、语无伦次的忏悔,痛心疾首地承认自己的罪孽,还点缀着不少"吾主在天父"之类的话,信的多半内容对于一个孩子来说是无法理解的,就好像她在央求儿子当她的忏悔牧师。

那封信增加了他的迷惘,增加了他感觉自己命运的悲惨,使他更觉得自己可怜。多亏她后来再也不曾寄来这类"灵魂的剖白"的书信。她倒寄来过一两次衣服包裹,这些衣物却无声无息地安慰着他的灵魂。他感觉到了信札和语言难以表达的拳拳舐犊之情。

学校如同往常一样在秋天开学。

小学生在夏天都长高了个头。每个小男孩和小女孩都有了一副新的"架势",都要比春天的时候更加趾高气扬一些,他们自以为更加"老练"了。

夏天使他们的身心得到了发展,或者说修饰剪裁了他们的翎羽,当然是一根根羽毛慢慢地整修的。他们彼此也混得更熟了,相互之间更加靠近了一步,他们更需要伙伴相聚和兴趣相投。简而言之,他们变得更有人情味了。他们一心囿于自我的性格正在褪减。他们已经习惯于看彼此的脸色，而且对学校不再像过去那样胆怯害怕了。只有马丁是个例外。他反倒比春天更差了。他坐在长凳上生闷气，身子一动不动，眼光却像狐狸般瞄来瞅去，好像在寻觅机会欺骗捉弄别人。女教师问他耳朵疼不疼。不疼，他耳朵没有毛病，真亏她想得出来！

"牙齿疼。"他支吾说。

"那么你还有乳齿吗？"她问道。

"正在一颗颗掉牙哪。"他回答说。

她很喜欢他的回答，他回答起所有问题来都那么一清二楚、干脆利落。他说起话来从不拖泥带水。不过声音却变粗了，粗得使她和他两个人都吓了一跳。他把回答似投枪般飞快掷了过去，似乎在说，你好生听着！现在我能够回答了，有什么问题你尽管提吧！

这是第一天的情景。

后来孩子们对他的态度软和下来。他们所有人都有一个奥秘，是他们全体大伙的。这是一种能使大家聚集到一起的爱，这种爱来自所有的孩子，又回报给所有的孩子们——都不说出口的，但仿佛是一个奇迹：生气勃勃的。他们可以残忍对待彼此一分钟，然而都相互热爱一小时、一整天。他们无法忍受彼此分离。当他们到了傍晚一个个回家去时，每个小男孩和小女孩都感到孤独袭来，于是他们就会回忆起白天同伙伴们玩耍的热闹情景，他们觉得自己长大了，是呀，他们几乎想摸摸自己的身体，看看是不是像别的孩子那样也在长个儿。这种如何来形容欢乐和热爱的字眼儿至今还在字典上查不到，他们自己也都没有为它起个名字，甚至连想都没有想过。

他们相互依赖，他们也依赖于一种共同的温暖：你中有我，我中有你。他们从来不曾觉察到这一点，直到长大后才明白过来。到了成人之后，这才看出来，他们曾经有过何等快活的时光，有过一种说不出名字的、刻骨铭心的情愫，尽管在孩提时代，他们人人都是爱哭鼻子、爱笑、爱使小性子、爱玩球、爱跌打滚爬在一起的小淘气包。

哦，小学呀小学，这种神授天赐的感觉。任何人在睁大慧目（那回忆的眼睛！）回眸反顾的时候，都不得不感觉到它为日后的人生和精神之路所保存的最深刻的信念，试问有哪个人能不为之动容呢？尽管这条道路并非始终坦途，也难免有崎岖曲折。

直到那年圣诞节，马丁才和早先迥然不同起来，他变成了另外一个人。他同大家合群了，在寂寞的时候也能够想得起来别人。斯文可以忙他自己的事情，汉娜也一样，那个婴儿小斯文可以脸朝天花板呱呱啼哭，直到奶头堵住他的嘴，马丁一门心思地想着明天玩什么集体游戏，明天会怎么样。在那些寂寞的夜晚，他人在维尔纳斯，心却早就飞走了，想着同爱哭鼻子的、爱笑的小淘气包们在一起的情景，想着他们分散在30多个农庄上，各自坐在灯前念功课。

他喜爱学校里的各种书本，他喜欢做功课、上算术课，喜欢粉笔，喜欢男孩子们在石板上胡乱写字，他也喜欢女教师阿尔玛。是呀，他喜欢学校。甚至在他长大成人之后，他还觉得这种热爱如以往一样强烈，更清楚学校意味着什么。那是一片醍醐灌顶的净土，把愚昧无知的深渊填平，它是朝四处窥视的猫头鹰,寻求知识的智慧鸟,把灰鼠赶走,保护亲属们不受黑死病痴呆者的侵害。倘若不是专制暴君、人口贩子和江湖骗子们朝智慧鸟的眼睛里泼污扔垢,它的火眼金睛原本是无往而不胜的。

小学就像大猫头鹰和捕鼠人身边的一只小小的珍珠猫头鹰。他岂能忘掉它曾经为他提供了一个怎样的避难所?忘不了呀!倘若时代变坏、世风日下,人们就是在这里明白了他重任在肩,应该走正路。也正因如此,中央的动物保护协会派他们的人员站在有猫头鹰栖息的大树前,手持长矛,对准黑死病。

每天清晨，斯文拿出《圣诚默祷录》来大声朗读，每天一段，从不间断。至于长短，则是依据从传奇逸闻、庄稼年成和宗教来看的重要性而定的，不过多半是短短一段，也就是在动手干活之前的宗教准备。

当他走过去从架子上拿下那本书的时候，大家都心里明白，现在到了默祷时候，屋里该一片安静，这是用不着人吩咐的。汉娜坐得笔直，捋捋她皱皱巴巴的罩裙，把平时裹的那块淡颜色包头布拢拢整齐，把那双劳碌不堪的手埋在罩裙里。她有个习惯，就是在做祷告的时候爱用小指头去挖那杂色的罩裙。马丁注意到了这个毫不起眼的细节，他坐在沙发上，双手捂在一起，中指在手心抓痒痒。这是他紧张不安时的习惯。

斯文在念祷告时总是坐在摇椅里。他双手将那本书捧在他的面前，就像墙上那张大画片里画的老西门[①]捧着圣婴耶稣那样。他念得令人难以置信得慢。每当一句停顿的时候，他就把穿着袜子的脚指头踩到地板上来蹭一下，摇椅摇一下。有时候蹭得久了，他便会忘记方才念到哪一行句子，这样难免会漏念几行或者再念一遍刚刚念过的几句。

---

① 耶稣的十二使徒之一，见《圣经·路加福音》第6章。

当他发现念错了，便会自行解嘲地说道："哦，是这样的，是呀。"他这是说给在房间里的全知全能的上帝听的，这特别是可以通过挂钟听得到的。通过挂钟可以听到主耶稣在他坐着的椅子周围游荡，估量他的灵魂、他的良心，还有他的肾脏，是呀，甚至汉娜的无终止的愁眉苦脸也在早晨的这一个小时里接受永恒的检验。

马丁坐在旁边，一片童稚之气。面对永恒，他眼下的任务还只是洗耳恭听教诲、闷声不响；并且聚精会神地聆听《圣诚默祷录》是怎么看待永恒的。他坐在那里连粗气也不敢出，非但如此，甚至呼气粗了一点，那张老爷的木沙发就会嘎嘎作声地摇晃起来，打扰这个庄严的时刻。他真可谓是正襟危坐在他的良心的沙发上。

当斯文把那本书合上的时候，人人都像哮喘病患者那样长长地吁了口气。汉娜又开始唉声叹气起来。他们三个人开始吃早饭，喝咖啡，尘世的"现实"源源地回到他们身边。他们又开始有说有笑起来，去消受人间的暖意，甚至几乎是热气腾腾，起码咖啡是热气腾腾的。在水晶般冰凉的秋天里，那咖啡杯上冉冉升起的一缕缕水汽，在从窗口投射进来的光线照射下，恰似湛蓝发亮、盘旋上升的袅袅青烟。通往学校的道路如同一根白练般伸得笔直。秋晨肃杀，草地上已露凝霜结，如同蜘蛛织网一般。旭日的焰光爬行在萋萋芳草上，映出千百万个光斑，曲折蜿蜒，无声无息，一片宁静。木屐鞋在闪烁发亮的白霜上踩出一个个绿色的脚印。树林浓荫之中白皑皑蒙上了一层铅一般的颜色。孩子们觉得十分奇怪的是，既然这个季节树木上的叶子红似火、黄似金，怎么会投下这样难看的阴影。

马丁腋下夹着书本，怀着那种可以离开家里人来到自由天地的陡然升华的感情，走过秋日的金色森林。落英遍地，金光灿烂，把草丛和灌木点缀得有如圣诞树般华丽炫目。他早些年的景象在他脑海里浮现出来：一个精赤裸露、金黄的人站在阳光遍洒的房间里，浑身金黄色的毛发被阳光映照得光华熠熠，他不知道这是什么时间、什么地方，也不知道这个人是谁。忽然回忆的思绪被打断，仿佛他脑海中有一扇门被人推开，他听到了一个声音在叫喊："汉娜，汉娜！"这扇回忆之门刹那间又关死了。这谅必是很久以前的事情啦。

这样美丽的秋天大概要延续到11月中旬，那时候严寒冰雪袭来，最后一抹绿色也被燃烧成为灰色。

起初几天，霜悄悄地越结越厚实。然后就变成冰雪，寒风在荒原上呼啸翻滚。花草枯萎的原野像一张巨大的、光秃的兽皮在寒风中簌簌发抖。风声就像挨了鞭打的狗，躲在狗窝里哀哀呜咽。烟囱像是运足了各家各户的丹田之气，呼噜呼噜地喘气吐息，像是在咆哮。棚屋的门被吹得大开，仿佛张开空洞的、寒冷的怀抱，欢迎暴风雪来光顾棚里的干草。房屋周围的所有棚屋库房的裂缝都像闹鬼似的噼啪作响，仿佛有满腔幽怨非要一吐为快不可。房顶上有些干草被刮落下来，恰似乱箭漫天飞舞。一只已经锈蚀的风信鸡被风吹裂折断，砰然倒了下来，就像女巫的可怕的斧头砍在院子里一般。

不过暴风雪最大的影响还在于使家家户户都提心吊胆。人人都从内心深处蜷成一团，心存狐疑地倾听屋外的所有动静。他们坐着，猜测风声的不同音调究竟是什么预兆，他们的眼睛力图看透那四周像是烟尘密布的烟道一般的黑暗。

"那是什么响声？"有人问道，大家都认真细听。

"哦，那是屋顶上有什么东西吹下来了。"

于是他们平静了片刻。可是不久之后又有了新的响声，他们又细听起来，又猜测起来。就这样一遍又一遍地侧耳细听，一次又一次地猜东猜西，直到大家把屋外每个动静都弄明白，这才放下心来。

这种谨小慎微就成了他们世代相传、因循相袭的为人处世之道，他们的一切举止言行自然也以此作为规矩。大家都将谨小慎微奉为圭臬，久而久之便形成了一种直觉本能。

在往昔，强梁歹徒往往趁着月黑天高、风暴大作之时，悄悄地溜进农庄杀人放火。从那之后，人们几乎都养成了习惯，要仔细听听屋外的动静，免得贼人在暴风雪的风声和黑暗的掩护下混进来。人人被风声弄得毛骨悚然，心情过度紧张。他们不时地抬头看看墙上的挂钟，而挂钟却毫不理会暴风雪，仍旧自顾自地将指针从一格走向另一格。唉，夜晚过得好慢呀，不过不见得会有人来谋杀他们。

为了要表明他们的这番见解并非师出无名，他们便聚在一起讲起故事来。他们讲述本村这三、四代人里所出没无常的，还有这一带地方的鬼怪魍魉。每个厉鬼都有名有姓，何年何月死亡都表述得清楚明白，来不得半点含糊，以示言之凿凿，并非空穴来风。

在所有厉鬼之中，有一个叫"人无福消受"的小老太婆，她常常神龙见首不见尾，在人面前现出一只手——一只瘦骨嶙峋、惨白磣磣的手,手里还捧满着鲜红的鹅莓。

此事的来龙去脉倒也简单。

她把自己卖给了霍勒伊森林的哈莱,当时说定70年之后她将归他所有。

他在约定的那一天果真来了。她却不在家。不过他在小酒店附近的田野里找到了她。原来她在沼泽地边沿上采集鹅莓。

"当时,那一带地方还不曾种庄稼哪!"斯文在讲这个故事时插入了几句解释。这个故事是他在小酒馆里从篮筐编织匠人那里听来的。

哈莱来了,他手上拿着一根埃及的黑色棍棒。这棍棒是他的撒手锏,使唤出来法力无边,任何黑字白纸的契约文书都无济于事。他吩咐说:"西莎,你好好想想,因为我已经在这里了。"

可是西莎恸哭起来:

"主人呀,难道事情无可挽回了吗?"

哈莱笑笑:

"好呀,倒还有条出路。"

"那是什么呢?"她赶紧问道。

哈莱在他的肉赘上抓了抓痒,说:

"我数1、2、3,等我数到3,你要能在鹅莓堆里洗澡才行,否则你就会变成一阵清风。"

西莎马上采摘鹅莓,可山丘的草地中没有多少鹅莓,不管哈莱数得多慢,西莎也都来不及采摘到那么多鹅莓。

当哈莱数到"3"的时候,她只来得及摘到那一满把鹅莓。于是她就随风化为乌有了,只剩下那只满捧着鹅莓的手还残留在人间,因为那只右手倒确实在鹅莓堆中洗澡来着。所以自此以后,在鹅莓大熟的年头,人们总可以看到有一只手从这堆灌木丛移动到那堆灌木丛,采摘鹅莓,然后又撒了一地。

"好可怕呀。"汉娜说道。

刚刚从织工学校回家的伯尔塔说道:

"是呀,我在织工学校里听到这么一件事。"于是她讲述起来。不过她的故事要简单得多。

当他们都讲了故事之后,人人心情都舒坦多了。那些长眠在坟墓里的死人在这个暴风雪之夜为他们提供了助兴节目。他们得到了他们所需要的刺激,也就觉得炉火熊熊的房间比方才安全可靠得多。不过到了深夜,马丁尿床了。他不敢出去尿尿,因为他醒来后发现那些鬼魂都已经悄悄溜进屋里来了,他们全都站在地板上瞪着他,伊纳兹也在他们当中。他浑身发僵,动弹不得。伊纳兹看到他吓得魂飞魄散的那副样子,就走上前来对他说道:"你用不着害怕。"她说道:"只是我在呼叫。那些嘛……"她指了指那些鬼魂说道:"那些都是窗帘,全只是窗帘。"

说罢,所有的幢幢鬼影倏忽不见,他也吓得惊醒过来。

原来方才以为醒着,其实是在梦魇。现在他看清了四周的事物,直到现在他才算醒了过来。

他把方才的梦又好好地回味了一遍,不禁更吓得浑身颤悚,同时他觉得身底下的床单如冰似的透骨冰凉,他真厌恶维尔纳斯这个地方,这里的一切都缺乏爱。

伯尔塔如今对他毫不放在心上,她只是在他问到的时候才淡淡地回答几句。他并不知道她已开始初恋,因此对他自然就没有了爱。

他也不知道斯文其实是一个感情十分有限的人，他的情感同所有最普通的人，像名叫佩尔或鲍尔的人，甚至动物的情感一样，没有什么别的情感活动。他只有像熊一样的粗野的温暖，那种温暖缺少了点什么。

对于汉娜，他亦知之甚少，尽管她常常将人性的通病暴露出来。甚至一个孩子都看得出来，他们自己所宣扬的言论和自己所订下的清规戒律，在他们生活上所支撑起来的穹窿拱顶早已像张开血盆大口般裂缝斑斑。是呀，连一个孩子都看得出来他们言行不一，就像是往自己的水井里吐痰一样。然而在同他们熟稔之前，在还没有从他们的道貌岸然却又斤斤计较的意志世界中摸索出来之前，所有这些都是不易察觉的。那些原本可以把事情说得清楚明白的对话（这类对话常常是给硬塞在书中大人物的口里的），他们是不会讲的。他们日常的交谈通常是三言两语，一成不变的那副讲话腔调，冷冷冰冰、死死板板。只有孩子们，不管是秉性聪颖的还是痴头呆脑的，才会用他们似醒非醒的、粗野原始的赤子之心，将这种古板僵硬融化掉一星半点，然而即便是孩子们的热忱也颇有冷若冰霜的味道。马丁细细回想起来，多半农庄大抵如此，维尔纳斯·诺尔达，还有别的一些农庄都大同小异，只有程度上的差异而已。好在他的心灵已经有了一种模模糊糊的弹性，能够忍气吞声地在他们所有人的屋檐下生活过来。

农庄上的生活一潭死水，连一点点波澜也泛不起来，所以他有时间细细观察这些人的日常举止，观察世间本无事、庸人自扰之的可笑。

他用他那尚还过于幼小稚嫩的理解力去观察、分析和总结四周的人，从这个人到另一个人，一卷卷、一件件都记在心里。日日夜夜都如此。问题多得不胜枚举，而能求得的答案却寥寥无几。

他就这样，作为市政当局负责抚养的孤儿生活在农夫的庄院里，每天晚上坐着听他们谈天说地，这也是他身为农夫收养的螟蛉子的差事。他起先似懂非懂只顾自己，后来却听得进去了，而且越来越清醒明白。到了最后，他对他们倒怜悯起来了。

"为你自己和你的子女哭泣吧。"

11月底杀了一头猪，一头吃得太撑、肥膘肉厚的公猪，被开膛剖成了两半，连猪头都一劈为二，内脏全被掏了出来。

马丁也不得不参与此事，帮着大人按住猪身，他觉得这一切腻味恶心透了。

夏天的时候，他自己给那头猪起了个名字：鲁夫，而且时常趁大人没有看见的时候塞给猪不少好吃的。

也许他是整个农庄上唯一对那头猪有点感情的人。现在居然要亲手去杀死它，那真是于心不忍。

他们走进猪圈，在猪的背上搔了几下。那头猪蒙头呆脑地被这种亲昵的表示感动得呼噜呼噜直哼哼。他们说，猜一猜，猜一猜。那头猪听得莫名其妙又哼哼起来，弄不明白他们为什么在这深秋的大冷天里跑来对它亲热一番。可是它也用不着犯嘀咕了，他们搔了半天痒痒之后觉得请它挨刀的时机已到，就把它拉了出来。这时候它才发觉苗头不对，他们背叛了它，于是就像飞快的火车尖叫一样，号叫了起来。

他们又气又笑地把那头吓得厉声惨号的公猪绑到长凳上。他们一刀扎进了鲁夫的颈脖里，鲜血滔滔地喷出来流进盛着面粉的木桶里。汉娜用一根棒在桶里搅拌着，连双臂上都沾满了猪血。马丁也帮忙按住猪身，心里吓得要命。那头猪现在悄无声息，但是仍在没命地猛踢乱蹬。在放完血之后，那头猪被放进一个大木槽里，用滚烫的开水泼浇。浇完之后，他们又把那头猪提起来重新放到长凳上，整个巨大的猪身上裹着一团雾蒙蒙的水蒸气。随后他们用铁皮罐头的边沿把猪毛刮净。动作要利索敏捷，要在猪皮凉下来之前刮完。马丁也一起动手刮毛，他手持一个铁皮罐头的边沿拼命地刮，这样干活可以把恐惧忘却。这一招倒还真灵验，连斯文也称赞他能干。

"你倒真是个天生的屠夫哪。"斯文嘉许地说。

"哪里呀。"马丁龇牙一笑，又使劲地刮着。

收拾停当之后，他们坐下来喝咖啡，新鲜的面包，透着一股云莓果汁的味道，浸着咖啡吃分外香甜。所有那些在外面参与屠宰鲁夫的人此时有某种同样的感觉。马丁最后也坐了下来，感到总算不辱使命，心里的恐惧也消失殆尽，不过良心上还是有点过不去。他趁别人不看他的时候，把这件事情前前后后都回想了一遍，但是也想不出什么头绪来，结果只好不了了之。

圣诞节临近了，家家户户采办年货为过节忙碌一番。准备礼品是一件秘而不宣的乐事。每个人都在藏起来点什么，也许是一双羊毛袜。孩子们精灵得很，通常都能事先弄清楚将会得到什么礼物。不过他们还是佯装不知道，高高兴兴地参加这场游戏：圣诞节是人人做作的捉迷藏游戏。

伯尔塔以她少女的无忧无虑之心，喜爱可以打扮自己的零星东西。她说道：

"我会得到一条披肩，这我知道。你将得到羊毛袜和手帕。"

她搔首弄姿,抚摩着自己的颈脖,谅必那条披肩会为它增添光彩,她扭头旋肩装出一个贵妇人的姿势。马丁觉得她真是个傻姑娘,浅薄庸俗得很。他想要得到一只口琴。可是他们到底给他买了什么呢?现在圣诞节已经近在眼前,看来大概是他不可短缺的那双羊毛袜了。

天下了点雪,随即又融化掉了。日子一天天过去。家家户户享受物质生活的最大节日终于来到。在圣诞夜,道路上、田野里和农庄庭院里的稀泥湿土总算冻了起来。空气凝结如水,风信全无。天穹被严霜映成一片紫色。汉娜在忙碌了半个月之后终于可以喘口气。她走出去看看天色。站在台阶上吸进几口凛冽的空气。从松树林那边散发出一股小松树的清香,即便没有一点风也照样在附近一带可以闻到。她闻到了这股清香,猛地想起要把一些松枝拖进屋里来。于是她叹了口气,套上木屐鞋,蹒跚地走到松柏树林。她站在那里,从松树幼苗树梢上望过去,可以看见在严寒中萧瑟伫立的枞树,再望过去,也可以看见荒野和湖泊。远处湖边一簇簇树丛傍水而立,它们被严寒冻成了青紫色。达美湖、洛美湖还有霍尔特湖,波平如镜,水天相映成趣,天上连一抹云彩都没有,这未免令圣诞节有点煞风景,不过无雪的冬日在中午看看却别有一番旖旎风光。她在松树林里流连忘返,直到她浑身冻得受不住了,这才赶紧回家去。她总算忙中偷闲,有片刻工夫忘却了尘世俗事,徜徉于天地之间,在严寒中得到了解脱,几乎把过节的故事、好吃的香肠和圣诞礼物统统抛到脑后去了。

对她来说,圣诞节是劳累不堪的苦差事,过节像在她身上压了一副沉重的桎梏，然而她却不敢越雷池半步，她也不知道有什么可以做的，或者能想到有什么可以做的。如果她真的敢于有些别的想法的话，那么她就会对孩子们瞅着圣诞树星星底下的那种乞求和贪婪的目光（还有对食物的那副馋相）感到讨厌。如果她敢于再往深一层想想，她就会对这个累得妇女们直不起腰来的圣诞节啐上几口唾沫。好在她不敢有什么非分的念头。

她捧着青翠碧绿的松树枝朝农庄上走去，脚下忽然被一根粗大的枝蔓绊了一下，朝前踉跄了几步，膝盖狠狠地磕在一块大石头上。她痛彻心扉，顿时忘却了方才的宁谧平静。

"真见鬼的石头！"她火冒三丈地用木屐鞋踢了一脚那根绊她摔跤的枝蔓。

那块石头毫无动静，再说它也不会有动静。

半夜之后，他们乘着马车上教堂去做圣诞晨祷。那辆装有弹簧的马车在崎岖不平的林间道路上颠簸摇晃，车轮上结起厚厚一层像瓷器般洁白的冰凌，薄如威化脆饼。当冰凌掉落下来的时候，车轮周围便发出一阵阵清脆悦耳的、像打碎中国细瓷盘的哐啷声。

马丁半睡半醒地和其他人坐在一起，他像做梦一般地听着那奇异的铿锵声响，那声音过一段时间便响起来，一直持续了十多里地，叫人想起了天使的到来。其他人也都在听着。汉娜说道："真是在折腾人，害得小宝宝都睡不着！"她说着，怀里抱着用大围巾胡乱裹着的小孩子。

他们很快来到了那条平坦的大路。路面上不再有深如壕沟的车辙，点得明晃晃的车灯不再摇曳乱晃。马车行走得平稳快速起来,于是马丁就头靠在伯尔塔身上昏昏欲睡。她用双臂抱着他,他在迷糊蒙眬中能感觉得到她的温暖,直到马车在教堂门口停住这才睡醒过来。

"谢天谢地,我们到啦!"伯尔塔说道,把他扶起来,搀他下车。他的脑袋仍然昏昏沉沉,双眼睡意未消。

斯文把马匹从车上卸下来,把马牵到教堂马厩中去。那里早就挤满了跑了长长的夜路而浑身冒汗、脾气暴躁的驽马,它们都左旋右转着脖子撕咬起来。

"喂,安静点,起码在圣诞晨祷的时候不许这样胡闹。"斯文喝道。他又加了一句说是从诺达来的那几匹牝马是真正的捣蛋鬼,顺手就朝着一匹牝马抽了一鞭子。

"小宝宝怎么样,他冻着没有?"

汉娜走过去,走到马厩的一个角落,解开自己的衣服和包着孩子的大围巾,给孩子喂奶。她自己方便一下也给婴孩把把尿。

"还好,他倒没有冻着。"她百般疼爱地说道。她站到了一根灯光照不到的柱子背后去。

"等你喂好了,我们就进去,"斯文说道,"马上就要开始了。"

"我就来了,就来了。"她从角落里回答道。

那座教堂气派地矗立在一个陡峭的斜坡上。长长的拱形窗户里灯火通明,有如上帝伸开十指一般。教堂下面的斜坡上,前来晨祷的人们络绎不断。他们是穿着大衣、戴着圆顶帽的农民,穿着松垮衣服、戴着难看的八角运动帽的雇工,还有很多包着头巾或戴着帽子的妇女。那是1913年的冬天。农民们已经不再穿得像瓦德玛尔王朝的士兵那样清一色了。他们是瑞典土地上的芸芸众生,倘若把达拉那省算作例外的话,因为达拉那人把自己看成"上帝的自己人"。圣诞节报纸的图片栏总会绘声绘色地对他们描述一番。孩子们从小就受到达拉那人这如何如何、那如何如何的耳濡目染,熏陶灌输,这块在北方高原上的土地深深铭刻在人们的灵魂里。

马丁有一张印有达拉那小姑娘的书签,这原本是集市上出售的、包糖果的包装纸。

现在汉娜已经给小斯文喂好奶了,从维尔纳斯农庄来的这一家人便顺着教堂斜坡往上走去,同到这里来做礼拜的人会集在一起。

如同往昔一样,人们走进教堂的门廊,走过兵刃室,不过毕竟今昔不同了,没有什么佩剑之类的随身携带的兵刃武器需要挂在那里。古代毕竟早已一去不复返了。如今的农民多半略微知书达礼。他们一进门就先诚心诚意地把圆顶帽摘下来,放在兵刃室里。教堂里的地面新近刚夯结实,还铺上了水泥。墙壁上挂着两块盾徽,是纪念半丹麦或纯丹麦血统贵族所留下来的标志,再往里走15步便可看到通向教堂大厅的那扇一直开了又关、关了又开的橡木大门。

"我们坐到楼上的边座上去吧,"汉娜低声说道,"万一小宝宝哭闹起来也还有风琴声可以挡一挡。"

"不错,我们坐到那里去,"斯文赞同地说道,"在那里哭喊起来也不至于打扰牧师讲道。"

他们这样做了,沿着气味呛人的阶梯拾级而上。在他们往上走的时候,有些热得浑身出汗的人从上往下走,大概是后悔挤在又闷又热的楼座里，想要坐到下面大厅里去。整个教堂里一片乱哄哄、叽叽喳喳的交谈，此起彼伏的咳嗽声，人们忙碌于找座位坐下。

斯文和汉娜在前面走，伯尔塔和马丁跟在后面。马丁心里有点害怕，紧紧攥住了伯尔塔的裙衫。

伯尔塔今天友善得出奇，耐心十足地让他拉着裙子，还弯下腰去使两个人都保持平衡，因为楼梯很陡。

现在他们站在楼座的出口处。

"大家都上来了没有？"斯文转过身朝着摸黑踩楼梯上来的伯尔塔和马丁问道。

"是呀，我们上来啦。"他们回答道，个个对骤然眼前一亮的灯火辉煌感到很不习惯，赶紧眯起了眼睛。他们四周烛光通明，头顶上的天花板高不可攀，到处是梁柱桁架和支撑锹条，把烛光分割得支离破碎，所以尽管光线很亮，却又有不少红黑色的阴影角落。

在楼座的末端朝外倾斜的地方，点燃着一支短小的蜡烛，那里站着一个人，专门为管风琴的风箱打气，他每踩动一次风箱，就要弯下身去。他已经谢顶，用一块花手帕不断擦头。他每次紧张地弯下腰去踩动风箱，头上的那块花手帕仿佛就是为了把他脑门上的濯濯童山藏匿起来。他的颈脖纤细，眼睛很大，目光炯炯，鼻子很长。管风琴的管子一排排地竖在他的面前，就像玄武岩的岩洞的侧壁一样。管风琴的踩风箱者其实没有什么神秘的、不可思议的性格，不过他有股子像鞋匠的韧性和犟脾气，一刻不停地前俯后仰地拉着，就像是狂风劲吹的山崖下一个随风溜溜转个不停的风信鸡。

每次他踩的时候，都要在地板上缩短下去半米。马丁无法把双眼从他身上挪开。他觉得踩风箱者活像一个推磨磨面粉的人。有了这座管风琴，教堂与其说像个教堂，倒不如说更像一个磨坊，唯一缺少的是面粉。不过上帝的磨坊磨起面来慢得出奇。

现在这座上帝的大山终于发出一声轻微而又清脆的铿锵声。那是管风琴在奏出序曲之前给一根难掌握的唇音管试音调。"唔，今天，"他自言自语，"她的声音倒好了一点，这是上帝的声音。但愿她今天不要出什么毛病。"

现在管风琴师把双手放到琴键的白色森林上，开始用他的手和心灵奏出序曲，那声音起初很轻微，徐徐洪亮起来，仿佛先是探索追求，而后开朗明快起来，骤然声音变得华丽起来，如同大海上泛起了波涛，如同孔雀张开了尾屏，那声音响彻整个教堂。哦，那真是美妙的天籁乐章，一种微妙而优美的情操在马丁的心胸中升华起来，他感到心头无比惬意，然而又震悚不已，这股快感和震颤从他的肩膀到脚跟，浑身每个地方都引起了共鸣，他不禁害怕起来，肚皮隐隐抖动。

他过去从来不曾听到过这样奇妙无比的乐声，哦，原来教堂就是这样的。几种感觉一齐在他心上涌现，他觉得自己快要窒息，透不过气来，或者炸裂得粉身碎骨。第一次听到管风琴险些酿成一场无妄之灾。后来他坐在那里的时候，脑子里盘旋着一个可怕的想法，而一旦有了这个念头，他便哭喊起来。他那嘶哑而凄厉的哭喊声混杂在管风琴声中显得分外刺耳，分外不纯洁。原来管风琴的风暴使他惊吓不已，他觉得自己这下子又落到市政当局的手上去了，而且是那个真正的市政当局。

他的哭喊声很响，虽然管风琴在演奏，周围的三四个农夫还是听见了。他们恼怒得快要发作，狠狠地白了他一眼。斯文和汉娜也火冒三丈地瞪着他。伯尔塔也是满脸娇嗔，看得出来也在光火。她把他的头拉到自己的嘴边，对着他的耳朵嚷道：

"不许作声！你想干什么！"

她把自己那由于愤怒而涨得通红的耳朵凑到他的嘴边，要听他的回答。

"这地方是市政当局！救救我，救救我！"

她将身体朝前弯下。

"胡扯，"她叫嚷说，"从今往后我决不会再救你了。没出息的东西！"

他对她也生起气来，这一恼火反倒使他平静了下来。

序曲终于奏完，接下来的是圣诞赞美诗《我们得救》，人人都站起来开始诵唱。他也效法如仪。

他趁站起来的时候，为了报复，朝伯尔塔的小腿上踢了一脚，反正人那么多，他尽可以放心，她不会对他怎样的。大家齐声诵唱起来，他也唱了起来或者可以说是假装唱了起来。人们都站立得笔直如同一座森林。他站在这座森林里，两眼骨碌碌地瞅着伯尔塔，嘴里假装在唱。

唱到第3节的时候，他开始后悔起来，方才真不应该踢这一脚的。

"一定踢得非常疼吧。"他想道。

新年来到了。

马丁开始对维尔纳斯农庄习惯下来，稍微觉得有了一点点温暖。就在这个时候，他们通知他说他必须搬走。唉，人生真是咄咄怪事！

这就好比他一直躺在一张难以睡热的床上，待到他刚刚习惯下来，心里平静下来，而且也有了点暖意，就在这个当儿，他们忽然把他身上盖着的被子掀掉了。

斯文坐在他身旁，还是坐在他刚来时坐的那张沙发上。现在这张沙发是他夜间的伴侣，也是他夜间的良友。一切都有很多变化，唯有他的个头没有多少长进。他们量了量他的身高，只长高了三分之二厘米。"长高了不少哇。"汉娜得意扬扬地嘟哝起来。

"没有人能使自己的身体再加高一寸。"《圣经》上大概是这么说来着。

"不过你变得粗壮敦实了，你真的结实了不少。"在快要分手之际，斯文索性表示亲热一番，看了看马丁的渴望去加利福尼亚的那个瘦小纤细的身躯说道。

"现在你快要到上等人家去当上等人啦。"斯文继续说下去。汉娜依然双手捧着肚皮笑吟吟的，仿佛自打开天辟地、世界还是混沌荒凉之日起，她就是这副姿势，仿佛从这块土地上刚开始有人烟时,她就一直是捧着肚皮过日子的。

伯尔塔躺在摇椅上,摇呀摇,要把她年轻的心上那一抹离别的惆怅摇掉。她看起来心不在焉,却又并非若无其事。她把长发辫高高地盘在头上,细瘦的颈脖已经有点女人的味道了,可是颈脖上却还残留着小姑娘的皮肤波纹。

她说道:"是呀,我听说他们倒是挺不错的好人家。"

"他们是谁呀?"斯文有点走神。

"当然就是那家人家啰,在那边的托勒内农庄呀。"

当她脱口而出提到托勒内农庄的时候,马丁抬起头来看看墙上糊的壁纸,那一成不变的图案:一棵棕榈树下,3只小鸡永远在啄米,却又永远长不大。然后他又转过目光,去看一幅巴伐利亚的油画,画面上一个玫瑰肤色的、完美无瑕的猎人射死了一头麋鹿。这会儿他正在亲昵地抚摩它。他的身后,一条淡紫色的冰川在粼粼发光。然后马丁又将目光落到汉娜的身上,她感到有些羞愧,但仍旧笑眯眯地背着身体,退到小斯文躺着的那个角落里去。

"是的,是的,那边一切都很好的。"汉娜说着,俯下身去看看摇篮里的小斯文被被子盖得严严实实,在母亲的疼爱下睡得正香。

"是呀,当然会好起来的,当然会好起来的。"斯文说道。

他们就坐在那里你一言、我一语不厌其烦地大讲特讲托勒内农庄是如何如何的好。他们的头脑里似乎只有那边好得不得了的美景。

"现在人生在对你微笑,"伯尔塔从摇椅上站起来说道,

"你真走运,只消想想看,居然到那样的好地方去。你会被宠坏的。"

斯文又插嘴进来:"是呀,你会的,一点不错,你会的。"

汉娜没有说什么,只是充满着母爱笑眯眯地站在那里,这番谈话使她心花怒放。母爱她倒是有的,她的整个内心都扑在摇篮里了。

到了下午,马丁上路了,伯尔塔陪他走了半里多路。等他们走到一处高地,可以看得见那个富裕农庄的白色大房子在冻成蓝色的田野里傲然矗立时,伯尔塔不再往前送了,和他分手告别。

他们站了一会儿,羊毛围巾裹得严严实实(他在维尔纳斯起码不会啼饥号寒),手上戴着无指手套。他朝托勒内农庄瞅了一眼,雪白的外墙是新漆的,显得那么精致、那么漂亮,这个他将要去投奔的、安身立命的新去处,矗立在冬日光秃秃的枝蔓之中闪闪发光,不过由于距离太远,看起来像一只剥了皮的鸡蛋。

"你看看,"她说道,"那栋房子有多漂亮。"

"唔,是呀,"他说道,"是呀。"

他对他们所有人都感恩戴德,伯尔塔、斯文和汉娜。他们毕竟收养过他。他们毕竟为他在这广阔而荒凉的世界上有美好的前途着想。当他站在那里回首往事时,他觉得自己确实长大了一点,一股勇气随着回忆油然而生,他觉得这是他很好的内心支柱。

伯尔塔把戴着无指手套的手朝他伸了过来。她那双聪明的眼睛里闪烁出狡黠的光芒,虽然澄澈明亮,却也许带着孩子气的冷漠，也许还显露出早熟的智慧。那么这个15岁的少女内心深处究竟有何想法呢？难道她过去不也是个市政当局负责收养的孤儿吗？一个斯德哥尔摩育婴堂里出生的孩子，却在这个位于约英厄郡和布莱金厄郡交界处的农庄上生根发芽。

想当初，正是她张开双臂把他引领到维尔纳斯农庄的大门里。而如今，也正是她，将他引领出去。她今日已秀发绾髻，不再像往昔在手里抚弄发辫了。今天她奉维尔纳斯农庄主人的差遣，特来为他送行，来好生规劝他去投奔新的人家，因为毕竟只有她才了解他。是呀，人生就往往这样阴错阳差。她已经是个及笄少女，而他还是个乳臭未干的小孩。

"是呀。"

他看着她，他们告别的时间拖得很长，真是难舍难分，虽说没有什么话可说。她到底还几乎是个孩子，所以她懂得他这个孩子，尤其在此时此刻，在即将分手离别、各奔东西之际。

她突如其来地说道："有一天我们都长大了，你呀，你会变，变成另外一个人！"

"我们将闯进真正的世界，去见见世面。到明尼苏达去！到波拉美尼亚去！一年年快得很，时光嘀嗒嘀嗒就过去了。"她弯着双膝，绕着他转了几圈，模仿着时光的徐徐消逝。她把双手一拍。

"说变就变。1、2、3！你就变成了舰船上的水手啦！……对不对？对不对？"

她做了一个以脚尖立地旋转的舞蹈动作，就在他正要喝彩叫好的时候，她的身体转过来正好同他脸对着脸。她看到他咧开了掉了几颗乳齿而有着豁口的嘴巴要笑出声来，她感到满意了。

他哈哈大笑起来，笑得前仰后合，笑得像个圣诞老人，笑了很久很久，就像在传说故事里讲到的那样。她模仿着时光流逝，把他一下子变成一个舰船上的水手，这使他着实开心不已。

"是呀，"他的冰结霜凝的愁苦面容舒展开来，"有一天我要成为一个舰船上的水手的！"

在这样的气氛下，他们握手告别。她用戴着羊毛手套的手频繁而又迅速地拍拍他的背脊，为的是让他不要忽然改变主意，想要回到原来的这一家人家去……他们在嘻嘻哈哈的笑声中分头走开了。这一招灵不灵呢？她频频回头，要看看究竟灵验如何。唔，不错，还真有效。他们俩从一个土丘顶上各自朝着不同方向的斜坡走下去。她看见他的身影消失在山坡的那一边，不由自主地叫了一声。

于是她哭泣起来，为自己而哭泣，她为自己的做作而羞愧内疚。她方才演的那出哑剧取得了成功。

就在那个时间，严冬酷寒开始了。真正的隆冬腊月来到了。刺骨砭髓的寒风呼号着扫过荒原，鹅毛大雪铺天盖地洒落下来。

天宇间戕害苍生的喷泉悄无声息地把轻柔绵和的冰雪泼洒在约英厄郡的这块土地上。

托勒内农庄

　　托勒内农庄是一个经营有方的庄园，拥有过不少于6张文凭。农庄主人的儿子名叫威尔海姆，他曾经在农业学院学习过。大家都认为他在某种程度上来说是这一带的翘楚精英。他是一位既善于进取又讲究务实的人物，曾经领取奖学金在德国石勒苏盖格的一个农庄上实习了一年之久。他的得意之处就在于大谈特谈那段时间的经历。每次吃饭的时候，他总爱滔滔不绝地谈论土地、耕作方法和各种优良种子等，全不顾他盘中的饭菜变得冰凉。他不厌其烦地做出许多堆砌着大堆大堆事实例证的讲解和说明，言之凿凿，听者都如坠雾中。这类瑞典农学院的讲课式的长篇大论通常是说给他父亲贡纳尔听的，而且总是对着他一个人。贡纳尔这时候变成了他儿子百依百顺的父亲。

　　"要是我今年不用勃罗勃斯特尔种子，而是用彼得科斯尔种子呢？"贡纳尔试图跟着儿子的话题慢慢地说道。

　　"难道夏恩麦子还是不行吗？"他温和地、试探性地问道。

　　"勃罗勃斯特尔的优势怎么评估都不会过分。"威尔海姆引经据典地说。接着他就开始了长篇大论的演说。看来，这番话只是讲给他父亲听的。不过给人们的印象是倘若别的人不是静静地坐着听讲，那么这类谈话就会短得多。贡纳尔有两个女儿：贡弗尔和海尔维格。在她们的母亲去世之后，海尔维格便挑起了一家主妇的重担，她们俩总是坐着悄悄地吃饭。倘若她们的盘碟和刀叉弄出点轻微的响声，威尔海姆便马上投来一个不大友善的眼色。在桌子的末端，坐着一个天真无邪而又头脑简单的领养孩子：马丁。他闷声不响地叨居末座，吓得像只老鼠一样。托勒内农庄果真"高雅得很"，所以每时每刻都要显示"高雅"。

他来到托勒内农庄已经5个月了。这5个月对他来说不啻进了一趟瑞典农业学院和瑞典传道协会。他经历了一个完全崭新的世界，讲究实际的、美国基督教式的世界。他自然还不能理解到这一层。但是他觉得日子很难熬，瑞典农业学院的阿尔纳精神在夏日阳光下，在那个夸夸其谈、坐而论道的威尔海姆身上体现得淋漓尽致，而瑞典传道协会的瓦登斯特罗姆[①]精神也正好同他遥相呼应。阿尔纳精神代表世俗红尘，而瓦登斯特罗姆精神代表天堂福音，两者契合得如影随形。有时候从天际云端还会洒落下来洁白如瓷器的大块瓦登斯特罗姆冰雹。

托勒内农庄既干净又整齐，屋里漆成清一色的白色。达拉那式的落地座钟也漆成白色，形状像是一位雍容华贵而身材苗条的贵妇人那样又高又细长，而不像是达拉那农妇那样矮矬粗壮，钟摆就在那个纤细而有型有款的肚子里摆动，每隔一小时胸口里就会发出清脆悦耳叮当叮当的报时声。她似乎像一个患有肺结核的大美人儿站在那里孤芳

[①] 瓦登斯特罗姆（1838—1917），瑞典理论家、政治家，于1878年创建瑞典宗教协会。

自赏。在那间房间里还有一架钢琴,在它乌黑锃亮的桃花心木琴盖上映出了那位时钟贵夫人。看我,看我,时钟在呼唤。

托勒内农庄就是这副模样,到处漆得雪白,干净整洁,井然有致,唯独缺少点人间的爱。马丁一下子飞进了童话天地之中,然而他却还是怀念维尔纳斯农庄,不管他在那里日子过得怎样。他真渴望眼前又出现过去见到过的那些幻觉。他想要去摸摸那位时钟贵夫人如梦幻般、凝脂润玉般的雪白肌肤。

可是那个地方是从来不许他踏进一步的。贡弗尔吩咐过:"那是客厅。马丁有自己该待的地方,要懂规矩,时时刻刻要牢记。"

放心吧。马丁一直记得住这类吩咐。这个家很漂亮,也很有条理,可是到处是冷冰冰的,到处没有爱,这是他决计不会忘记的。那些房间漆得雪白,总是那么明亮。这是他孩提时代的回忆之中最明亮的时刻。

在这里,大家都同他不像一家人那样你我相称,而是非常见外地称呼他为马丁。"马丁要待在自己该待的地方,这是这里的规矩,千万不要忘记。"

有一次他听到他们把那个客厅谑称为"白色海洋"。那是有一天在晚餐桌上,威尔海姆出人意料地在同父亲贡纳尔讲话时停顿了好长一段时间,他讲到种子,格拉纳德尔麦种、费尔基阿麦种、伊杜纳麦种、斯都尔莫古尔燕麦种、梅斯达格斯燕麦种、里古沃燕麦种、康科蒂阿豆种,还有讲到甜菜、萝卜和芜菁的时候,他提到了不同品种:邦霍尔姆的、埃根杜尔弗的、布尔特弗尔德的、厄斯特杜姆的以及黄白色的汤卡尔德的。

他们大家对威尔海姆谑称客厅是"白色海洋"这句俏皮话都优雅地笑了起来。马丁也跟着笑了起来。既然这时候允许哈哈大笑,他也何乐而不为,放声笑了起来。

于是他们人人都瞅着他,大家的目光中都有这样一个问题:他对"白色海洋"这样纵声狂笑到底是不是有失体统,是不是过于放肆狂妄?

"难道马丁果真觉得这样很可笑吗?"威尔海姆问道,同时很有修养和符合礼仪地微微一笑,"说呀!"

马丁的内心立刻变得冰凉,他噤若寒蝉,不敢再出声。平衡又得到了恢复。

不妨设想一下,他们领养个把教区孤儿并非出于爱心,而是出于经济上的原因。也不妨认为他们本来是爱孩子的,但是见到他之后就大倒胃口。说不定还可以想象这样一个场面:

在一个深秋的晚上,这一家人聚在熊熊的炉火旁边轻声闲聊。忽然间,海尔维格可能心血来潮地说道:"要是有个男孩子在这里跑跑跳跳、又笑又闹,更会平添一番情趣,他会带来一些新的气象,起码使大家高兴高兴。"

"对呀,"贡弗尔也许会说,"这个主意不错。哦,对呀,我想我是喜欢这个主意的。"

贡纳尔大概会说:"嗯……教区在集会上宣布说,过了新年之后倒有个孩子等待着领养哪。"

天色已晚,威尔海姆会打个呵欠,说道:"好吧,不管三七二十一,我们不妨试试。"

可以想象,一切就这样着手进行了。两位女士起初相对来说还比较热心，也有点慈母之情。后来，贡纳尔的热忱就冷却下来了，降低到同威尔海姆同一水平，反正领不领养都无所谓。这一切都是大家一时之兴而已，甚至在炉火熄灭之前就已经淡然以对了。反正这是壁炉上瓦登斯特罗姆的肖像画底下的活跃气氛的话题而已。

马丁要干的活计繁杂而纷乱，除了打扫清理马厩牛棚之外，还要砍冬天用的取暖柴火。他把桦树枝用锯锯成一截一截，然后在牲口棚旁边码起三个柴火垛。柴火垛堆得很高，以至于他不得不爬到梯子上去码最顶上的那一层。在树枝晾干之前，有好几个星期它们像大麦面包那样富有光泽。

　　贡纳尔教他码柴火垛的最底下一层，后来他学会了门道就自己独自堆垛了。柴火码得很漂亮，码柴火堆像是搭建房子一样。

　　他宁愿堆柴火垛，这总归要比堆干草垛好得多。当然，他的想法是无济于事的，人家吩咐他干啥他就务必要干啥。这里只是想说明一下，他非常厌恶干堆草垛的活计。

　　在课本上常常描写到逍遥自在地坐在载满干草的马车上驶回来的愉快心情。那只是课本上的描写而已。其实在日常生活中运干草的马车行驶的路程都不长，因为都是要赶最短的路，快把干草运回家来，搬进仓库。而堆垛的时间却要比赶路的时间长七倍。他很厌恶这种堆垛的活计。在灼热的太阳底下，张开双臂把又干又扎人的干草抱在怀里，弄得浑身刺痒不堪。把干草撂上马车那真是如同向蜇人的巨大蜘蛛开战那样可怕。在全世界，恐怕再也没有比干草更加容易沾在身上又掸不掉、更干硬扎人的东西了。

有一回他同邻居家的一个10岁的女孩子在一起搬干草。她和马丁被派到干草棚里把干草堆叠整齐。有人用干草杈把干草叉住，往里扔进去，撒落下来的干草沾在赤裸的小腿上，扎得又痛又痒。马丁带着解气的乐趣，把一杈又一杈干草踩踏下去，再把干草压紧。这样干草垛倒码得还算整齐。他对干草真是恨之入骨。

干草越堆越高，几乎快要堆到房顶了。这时候，那个姑娘忽然脚上扎了一根蓟草刺，马丁自告奋勇要帮她把刺拔出来。他把目光盯在她的脚弓部分，细细查看患处。他这一停下来不打紧，运干草的吊笼口顿时壅塞起来。

就在这时候，下面大喝道："喂，喂，你们两个在上面干草堆里干什么？"

那是威尔海姆的声音。

他又再次叫喊了一遍："怎么回事？你们扔下活计不管啦？在干草堆里打滚哪？"

他干脆把吊笼关住了。马丁吓得不敢再检查患处了。

事情就是这样。大人们总以为孩子们什么事情都干得出来。至于说方才想到的在干草堆里打滚诸如此类的事情原本是杞人忧天，须知要做出这样的事情还要有许多准备，而大人却根本不理会的。孩子们务必要严加管束、处处防范，要像对待老鼠那样一刻也不松懈，否则他们就会悄悄地躲到哪个角落里去干出伤风败俗的事情来，这就是大人们的想法。

且不说此后还发生了很多大小风波，直到夏天收获季节的时候，马丁才有机会报复，总算出了一口心头的恶气。

他的报复是对着海尔维格的。他假装眼睛里刮进了什么东西,故意把手里的麦子,而且存心把茎茬儿朝前往海尔维格扔了过去,麦穗撒落在海尔维格的脸上。

"哦,对不起,实在对不起。"不过他这样说并不是真心实意的。

＊　＊　＊

有一天,他的姊姊维拉来了。哦,天哪,他几乎忘记了自己还有亲姊姊哪。她的到来使周围一切都蒙上了一层追求未来的渴望之光,也重新勾起了他的自怨自艾,使他回忆起过去,家里的美好时光和许多玩具,也使得他孤高狷傲的自负心理有了点本钱。

她说她现在已经领受过坚信礼,正准备去加利福尼亚。母亲寄来了船票。

"妈妈会想办法把我们每个人都带到那边去的。"维拉说道。

这对马丁来说已经不像往昔那样梦寐以求了。他现在倒更想见识一下印第安人,而不大在乎见到她。

维拉受到了这一家人的款待,他们请她喝咖啡,马丁也竟然破天荒地得到了半天自由来陪陪他的姐姐。他们坐在那间春光融融的客厅里,也就是那间被谑称为托勒内农庄的"白色海洋"的大房间里。有扇窗户开着,窗帘随风猎猎飘动,仿佛大西洋蒸汽轮船上擦鼻涕的手帕。海尔维格端来了咖啡,然后同贡茀尔一起坐在小茶几旁。维拉被当成一位同她们身份相同的、真正的客人,一个即将出远门的小姐来对待,因为她已经不再是教区抚养的孤儿了。是呀,真好!马丁既然是客人的小弟弟,也获得了浩荡的恩典，特准他踏进这间客厅，让他当上了半天的大人先生。维拉要忙于同海尔维格和贡茀尔寒暄应酬"表现优雅"一番，连一分钟都顾不上同自己的弟弟讲上一两句话。

大概由于他也"继承"了同样气质，他也要开始"表现优雅"一番。就在这辛勤干活和井井有条的托勒内农庄上，他开始要扮演"宠娇了的孩子"。他走过去，掀开钢琴盖，叮叮咚咚弹了起来，显一显他的"优雅"。

看看，他竟敢这样做！维拉会怎么想？

海尔维格看样子火冒三丈，不过又不便在他姐姐来告别的场合下发作出来。

他叮叮咚咚敲击着琴键，还抬起头来看看那边坐着的维拉是不是观察到了他是怎样被"宠娇"了。他弹了几下之后就收住了手，身体在琴椅上转动起来。他亵渎了这个"白色海洋"；他们这家人家的圣殿，在平常情况下，他连看都不许多看一眼的地方。海尔维格气得满脸通红，像一只火鸡，麦穗色的黄头发在西红柿般的前额上根根竖立。贡茀尔也变得像死尸般僵直。

"再来点咖啡吧？"她设法将这尴尬的局面岔开，转过脸问维拉道。

"好的，谢谢。"于是她们又照喝如仪。

说了好长时间话之后，她终于站起身来要告别了。她这个15岁的姑娘站在那里装腔作势，一心要学做贵妇人。不久之后的加利福尼亚之行的想法使得她异常高兴，也头晕目眩，言行举止上难免有点紧张失措，结果她显得毫不落落大方，反倒有点可笑滑稽。她在喝咖啡时讲的那些"高尚优雅"的话刚一出口就忘得干干净净了，因为那千百句话都是虚情假意的话。要她再重讲一遍是讲不出来的,那都是骗人的谎话而已。她坐在那里一味地讲述领养她的那家人家是如何如何地"高尚文雅""心地善良"!甚至她在回忆过去的时候也尽量拣好听的说。

马丁终于停止了在琴椅上转动身躯,三步并作两步地跑过去参与告别仪式。他自以为这一切都做得真的十分出色,所以他痴呆呆地笑了起来。

长大成人的时候,马丁再也不愿回想起托勒内农庄客厅里那一幕虚情假意的场面。他倘若果真这样做了,就会自羞自惭得无地自容。那个场面和那种在客人面前虚情假意地待他好一点是他一生回忆之中最痛苦的事。

他和维拉本来就没有多少联系,所以在告别的时候没有什么生离死别的凄苦之情,只是握握手说声再见而已。维拉自然不放过这最后一次"表现优雅"的机会。他从她那里听到的最后几句话是:

"我会寄给你玩具的,像小马呀、积木呀、小人书呀,等等。对,你要什么写信给我好了。我给你寄书来,还会给你写信的。"

她走了。他们频频挥手,再见,再见。

当他们觉得已经挥够了手,维拉的背影也已消失在视线之外,海尔维格和贡芙尔就回过头来整治他了,方才他弹钢琴还在琴椅上扭来转去,实在放肆无礼透顶,非要好好整治他不可。她们不会饶了他。

"哼,想不到他竟然那样孩子气十足,真是个无可救药的人,竟然那样可笑荒唐。"

不过这还不是事情的全部。他在自我面前也成了一个荒唐可笑的、虚伪的人。再说更气人的是直到她们整治他之后他才觉察到这一点。这件小事对他来说就不仅是礼仪上"适宜"或者"不适宜"了。后来他觉得宁可挨上100个耳光，也要比维拉这样的拜访好受得多。

维拉一直不曾寄玩具来，也不曾写信来。那个在波拉美尼亚的姐姐寄来过两次"亲切的问候"。至于母亲嘛，自从去年10月在维尔纳斯农庄收到她最后一封信以来就断了音信。她最好还是别来信的好。有时候伊纳兹会在他的梦境中出现。她才是唯一真正关心疼爱他的人，尽管她的芳魂已杳。

在加斯塔高地上矗立着一座风车磨坊。那座磨坊坐落在几棵参天的橡树之间，而古老的橡树枝繁叶茂，想让自己的躯干粗得同磨坊差不多大小。过去这些橡树的树枝上曾经吊着一排排绞刑处死的强盗歹徒，活像腌晒鲱鱼干一样。不过那是残酷的古代。

如今这种惨无人道的年头已经在这一带一去不复返了。这种年头现在去了西伯利亚，去了马塞多尼亚，去了墨西哥，去了刚果和中国。磨面粉的人坐在磨坊里，安生地念着书，读到这些令人发指的事情，不禁毛骨悚然。他悠闲自得，可以整个晚上都一直坐着，用他那细长的双手在背上抓痒痒。他把房间收拾得干净整洁，磨坊的架子上排满了书籍，天天晚上都可以看书消磨时光。他多年来一直过着鳏夫生活。一场回禄之灾把他的房屋吞噬掉了，风助火威、火仗风势，不消多时，一栋好端端的房子就烧得只剩下了残垣瓦砾。幸好那时候磨坊的风车已经停了，火舌舔到了磨坊边沿，烧掉了一些木柱，但是火势已弱，磨坊大体上保存下来了。这样奥古斯特总算还有个磨坊，他手头上没有余钱可以重建房屋，他就干脆搬到磨坊里来住。

有一个傍晚，月光把磨坊的轮廓在夜空中勾勒出来，马丁到磨坊来转告主人家要磨些什么的吩咐。原来托勒内农庄和磨坊主早就有约在先，奥古斯特每年为农庄干5天活，农庄则供给他全年所需的土豆和牛奶。这个交换条件不错，奥古斯特没有丝毫怨言。他的日子不好过，不过忧忡来自另一方面。

最叫人头疼的是如今人们已经不大来光顾他的磨坊，不像过去那样叫他磨这磨那。他们走过他身边时依然招呼致意，但是要磨东西的时候却去光顾那家在平地上新开张的电动磨坊了。那座电动磨坊正面有16扇窗户，背侧有14扇窗户，南北两侧各有8扇和6扇窗户。它可以把全县的磨面活计全都包下来，这哪里是座磨坊，俨然是一座磨面工厂。在这种情况下，根本谈不上是什么竞争的问题，因为双方悬殊实在是云泥之别。倒不如说，在这个崭新的电气时代里，这个叫"西莫兰"的风动磨坊都要蒙主宠召了，而磨坊本身就会成为它自己墓地上的墓碑。

奥古斯特眼下只剩下六七家主顾，或者说得更明白一点，那六七家老主顾一时还不忍心把他的饭碗磕掉。如今很少看得见高地上奥古斯特磨坊的那只大鸟随着风溜溜地转动起来。可是电动磨坊的主人却越来越心宽体胖，他满脸红光，挺胸凸肚，人人都称呼他为磨坊老板。他就是那个新时代嘛。

这一带有三座尖塔状的建筑物。

第一座是西莫兰的风动磨坊，一座行将就木的尖塔。

第二座是托勒内的风动风轮，是用镀锌铁皮建造起来的，这高塔形的建筑是在美国密苏里州的圣刘易斯先建造起来，而后在全世界的农业平原上推广开来的。

第三座是一座变压器铁塔——输送有生命危险的高压

电——它屹立在田野里,漆成红色,高入云霄,新时代的神秘。它像一匹纯种的骏马昂首朝天,前额上带着一圈白瓷绝缘体的王冠。世界各地的工程师都是通过电话线来指挥调度、输送电力的。这相当于马的笼头。

现在回过头来,话说马丁走进了磨坊。

"晚上好,"他说道,"他们说……"

"噢,我知道,"磨坊主说道,"那是要干什么活计的事情。好吧,回去告诉说,我明天准来,因为我手头上正好有空。上帝见怜,"他说完后又加了一句,"但愿房屋建设协会说话算话,从我手里把整个西莫兰买下来。总共才700克朗,我也忍痛出售了。"

他双眼凝视着地板,仿佛在考虑,他究竟要不要向这个男孩和盘托出他的心里话。后来他还是讲了。

"那个电磨真是个魔鬼。看看,把整个世道都搞糟了。那个鬼东西,那个像工厂一样地磨面粉的魔鬼,总有一天公道会饶不了它,真可恶!"

马丁人虽小,可是心里也明白这样的公道是不存在的,他本想说出来,可是却改口道:

"是呀,我觉得那个电磨磨出来的面粉要差得多了。"至于事实究竟是否如此,他没有什么概念,不过他以为大抵应该是这样的。

"是呀,反正它是地狱里的魔鬼。"奥古斯特气鼓鼓地说道。

"嗯,正是这样。"马丁怯生生地赞同说。

奥古斯特拉过一张旧椅子。

"坐下,在这里坐一会儿吧,"他说道,"眼下山兔还在又蹦又跳哪!你要吃块三明治吗?我还有面包和黄油。"

"谢谢,我刚吃过饭。"马丁说道。

"好吧,随你的便,"奥古斯特说道,"不过你可以坐一会儿,听听世道叫这批人搅成了一个什么样的地狱。"

马丁坐下身来。他对奥古斯特一点也不害怕。也许没有人比他更不害怕同这个随时都可能破产的磨坊主打交道的了。

"你可知道,"奥古斯特把声音压低到推心置腹交谈的程度,几乎是喁喁细语,"底下的那个鬼东西居然还玩股票。"

这最后一个字眼儿讲出来的腔调是那么神秘兮兮,以至于马丁从椅子上跳了起来。因为,会不会就是自己也曾偷偷地玩过的纸牌一类的玩意儿。他强装出一个笑容,想要把方才的惊恐失措掩饰过去:"哦,玩股票吗?"

磨坊主坐在那里,透过一片有裂缝的镜片细细打量他。难道他注意到了方才马丁从椅子上跳起来的样子了吗?马丁觉得羞愧难当,不禁打了一个寒战。

"是呀,你知道,"磨坊主口气平和亲近地说道,"那个鬼家伙买进卖出证券和股票来投机,把穷人口袋里的钱都骗到他的手上。他就是靠这样伤天害理的营生才发家致富的。"

马丁重新恢复了镇静。现在他明白过来,人家根本不是在谈他所玩的一类玩意儿。

"是呀,"他干咳了几声说道,"富人真是黑心肠坏透了。"

其实他在弄虚作假,因为他心里并没有觉得富人真有那么可恶。相反，他觉得富人都是高尚优雅的，他们是出类拔萃的高贵人物，打扮得漂漂亮亮，穿着干净整齐，那些华丽夺目的衣衫散发出一股好闻的香味，他们总是以车代步，乘着马车到东到西。说不定有朝一日他自己也能出人头地，同富人们一起坐着马车招摇过市。

托勒内农庄并非大富大贵之家。不过他们说这家人家如果照他们这样发家下去，他们是会变成富人的。这是他听见别人这样评论来着。

是呀，他对富人颇有好感，在内心深处他是嫌贫爱富的，这一点他很清楚。

"这几个鬼东西，他们为富不仁。"磨坊主自顾自把满腹怨怼一吐为快。

"是呀，应该把他们统统吊死。"马丁说道。

这句话是他从一个穷人那里听来的。想不到现在派上了用场。他十分注意地看着磨坊主，想要察言观色弄清楚他的反应。

那个老实正派的磨坊主摇摇头回答道：

"不行，用不着那么过分，走到把他们吊死的地步嘛。"他略做停顿又补充了一句，"不过那山下的电磨老板倒应该抓起来。"

最后他们俩都自以为在这一点上取得了一致，于是就分手告别。

马丁在五月的昏蒙蒙的月光下朝着"家"走去。

刚走出几步，便听见磨坊主在身后叫道：

"你看书吗？"

"看呀。"

他听见自己的回答在这座被判了死刑的磨坊里发出了回声。

"那么你哪个晚上有空的话可以过来挑本书看看。"

"好的,谢谢。"

就这样,马丁开始阅读大部头小说,像《西伯利亚的死亡地带》(一本由流动书摊出售的小说,有1200页)、《他的第二个妻子》(有2000页)、《英勇的让·莫里拉的生平和战斗》(翻译小说,插图精美之至),还有《东方来的新娘》,也是一本流动书摊卖的小说(有1400页),等等。

就在那个月里,马丁满10周岁。

* * *

理所当然的是农庄上从来不会发生什么大事情。

天天发生的事情不外乎是干活、毫无情分慈爱可言,只有自己顾自己。马丁变得越来越内向,苦苦地折磨作践自己。而其余人的自顾自却又叫他讨厌不已。

他哭泣起来,泪水哗哗淌个不停,就像是无休无止的夜雨一样。他可以听得见泪水淌下来的哗哗响声,而窗外的雨淅淅沥沥地下个不停。

一夜又一夜就这样度过,好梦难成,孤独难熬,窗外的枝影叶移更增添了愁苦哀怨,寂寞往往是追求爱情和皈依宗教的原委。

他的双眼似乎被云翳所遮蔽。他看不出来什么名堂,除非别人也表明他们已经看清楚了。他要有人做伴才能看清楚这个世间。哪怕威尔海姆嘴上说出一句友善的、有人情味的话就足够了,倘若说上句"你今天怎么样啦?"或者"你觉得那些银莲花开得好吗?"诸如此类无伤大雅的话，那他就心满意足了。可是威尔海姆不曾有过这样的念头。这些区区小事不会放在他的心上，他想的是大事情，正儿八经的大事情，实实在在的居家度日之道和筹划开门七件事柴米油盐的安排等，这也难怪，因为谁叫他是个道貌岸然的正人君子来着，如果他显示有一公顷的诚实忠厚和半公顷的信仰，那谁也无须惊讶。他待人接物自有一定之规，宽严不同：他用一米的尺度来衡量他的父亲；用一英尺来衡量他的姊妹；对待长工是一厘米一厘米地查看；对侍女是一毫米一毫米地排列；而对领养的教区孤儿则是锱铢必较了。他真是个令人讨厌的、悲剧性的角色。他缺少人情味，冷冰冰的，真是叫人可怜。

那么马丁得出什么看法了呢？什么也没有。他只是感觉到，事事处处都感觉得出来，他们勉为其难地收留他在托勒内农庄上。悔不该当初一念之差才铸成大错收留了他，他们对他没有什么兴趣可言。他们丝毫不理解他，他们同他之间就像风马牛一样的毫不相干。

夏天的晚上他睡在屋顶阁楼的木沙发上，念从磨坊主那里借来的、从流动书摊买来的长篇小说，透过最简明清晰的窥物镜观察世上的坏人和英雄。《东方来的新娘》这部小说通篇描写了坏人做坏事的世界。哦，他如饥似渴地将这一千多页纷繁杂乱的故事念完。每天晚上念得头疼欲裂，昏昏沉沉地睡了过去，就像一个中弹毙命的歹徒一样瘫在木沙发上，他那容易受惊的灵魂由噩梦来着手处理。

遇到无书可看的夜晚他就躺在那里哭泣。自怨自艾像一层被子一样把他裹得紧紧的，他会连声呼出："可怜的我！"他躺在那里看星星。他躺在人间红尘，感受那些秘密的动词，还有那些秘密的名词。他看着星星。天际的猎户星座就像威尔海姆的那张农业学校的文凭一样形状。那个风力马达伸出它的颈脖，用它的镀锌铁板不停地锯呀，锯呀。倘若有只天鹅飞过的话，它保准要把它的脑袋锯下来。

那个外号叫作"问问没关系"的篮筐编结工人从荒原上来到这里。他被安置在库房里一间用隔板隔出来的房间过夜。马丁原本以为既然有人来投宿，理应让客人睡在屋里。其实却不然。唉，这里的一切待人接物都比维尔纳斯农庄差远啦。现在他有了比较，可以鉴别出来，维尔纳斯农庄还真不错。上帝啊，他在那里过得有多痛快！那么他要不要……

一天傍晚收工之后，他迟迟疑疑地溜出大门，想要去找伯尔塔。

威尔海姆正好站在大门附近。

"喂，你往哪里跑？"他大声喝道。

"去采点花嘛。"马丁急中生智，信口撒了一个谎，俯身下去在路边的草丛中采了一些脏兮兮的花朵。他撒谎总是信手拈来。

"这类事你放到星期天再做，"威尔海姆口气有点缓和下来，"现在我们进屋去吃晚饭，然后上床睡觉。"

马丁脚步蹒跚地往回走，手里握着几朵被风吹得蔫头蔫脑的莴苣。走进大门之后，他随手把它们扔在院子里，让它们一朵又一朵散落在尘埃之中。威尔海姆站在平台上等着他，监看着马丁朝他走过来之后才返身进屋去。磨坊主已经同别人一起吃喝起来。威尔海姆一走进厨房就吩咐明天该干什么什么活计。磨坊主一边饕餮大嚼，一边点头点脑，表明他已经明白了。马丁坐到饭桌旁边也假装吃起来。

到了夏暮，马丁有个空闲的星期日。

那是因为人家吩咐他去认一认他马上就要去投靠的下一家人家，也就是说位于两个小湖背后的森林里新开垦出来的诺达农庄。

他们给他准备了一个小小的饭包，这样他可以在第二天清早屋里别人还没有起床之前就出发了。他得到许可借用农庄上的小船去渡过那两个小湖中的第一个湖。生怕到时候醒不过来，他整宿不曾安生睡熟，而是躺在那里"想心事"，直到9月的拂晓在东方露出一抹鱼肚白。这时候他倦怠不堪，然而不得不赶紧起床，悄悄地点亮了灯，蹑手蹑脚地走进厨房，把昨夜喝剩的咖啡在炉火上加热。他生怕时间不够而不敢把咖啡煮沸，仅仅刚有点热气就喝了，然后就上路了。他出门时把一只还挺不错的口琴带在身边，准备万一需要，可以作为送给他未来姊妹的见面礼。他不情愿空着双手上人家去，再说他还可以在湖上吹奏一番。

清晨的薄雾笼罩在青草上，就像絮絮灰白色羊毛一般。被一团团薄雾晨霭团团裹住的树干下半部扭曲地伸出在湖面上，宛如待客下岸呈龙形的码头。它像一块霉菌漂浮在湖面上，马丁的小船就系在那里。

"幸亏我得到了一双羊毛袜。"他想道。他站到小船里，用小块弯曲的铁片往外舀干积水。然后他看看自己被黑色羊毛袜裹住的双膝。"厚实得像两条毯子。"他又想道。羊毛袜令人十分刺痒,然而却暖暖和和,惬意得很。

他站在那里忽然想起了维拉。他们就是从这里一起把船推下水的,他回想道,而我就站在湖边的这块石头上痛哭流涕的。

"那一回他们真好像要径直划到美国去一样。"他回想道。他突然心血来潮,开始玩起划向美国的游戏,他飞快地把船推出去,跳上小船,坐好后就开始划桨。

"从这里划到美国去,我们可不能在这里让自己老死。"他对着小船说。

他把双桨高高举起,想要骂人,要在这儿骂上几句,然后听听魔鬼的回应。他朝四周看看,这时已经晨光大亮了,已经是大白天了。于是他放开嗓子大声叫骂起来:

"见鬼,真是见鬼!鬼呀,你敢出来!……鬼东西,你敢出来!"

他把鬼这个字眼儿拖得很长,一拖就拖好几米长。鬼变成了一个无所不能的大风箱,用足力气可以把字眼儿吐得很长,直到把力气全部都用光,他这才把这个"鬼"字在半道上停下来。不过那个"鬼"字毕竟还嫌太轻了,所以他在"鬼"字后面又加了个尾巴"呀",这样他可以足足叫上半分钟,而用不着换口气。马丁让那个鬼活过来了两三次之后就挥动双桨继续划船。他觉得浑身透凉,便使出全部力气拼命划桨,这样身上渐渐有了暖意。于是他改变划法,让双桨在水中无声无息地荡漾。他觉得自己像一团棉絮,或者像朵朵云雾在水面上悄然漂浮滑行。当小船停止不动时,他又奋力划起桨来。不久之后,他就远远离开了岸边,再也看不到"自己的"农庄,不过那农庄很快将不是"他的"农庄了,只是托勒内农庄而已。他一想起那个农庄就恨得牙痒痒,想要把它撕成碎片,就像撕掉苍蝇的脚和翅膀一样,直到那只苍蝇像一颗咖啡豆那样光溜溜的,只剩下一双眼睛在转动,才肯罢休。

"托勒内,是笨蛋,是混蛋,混蛋透顶。"不错,那窝人都混账透顶。他忽然想到了海尔维格,便不禁说不下去,有点内疚起来。托勒内的那批混蛋当中,只有海尔维格除外,他暗自这样想道。

于是他开腔歌唱起来,也顾不得去选择什么曲调,随口哼了起来:"海尔维格还不错,她对人还和善,是呀,对人还和善。"

最后那个"和善"他唱到自己能唱的最高音,不过就像芦苇笛子沾满了唾沫一样,唱到高音时就破裂了。他不想把贡莆尔划入托勒内的那批该下地狱的混蛋无赖的范围之内。不,不行,不能不把她划进去,也许仅仅是她长得太漂亮的缘故,不过她毕竟对他露出过笑容来着,哼,那也不行,她那副架势是屈尊降格的,那副神气倨傲得不得了,而且目光里闪现出残忍。

"不行!不行!不行!"他忽然火冒三丈地尖声高喊起来,团团薄雾晨霭都尖叫起来了。连海尔维格也不能轻轻饶过,那次维拉来了之后,难道不正是她对他弹钢琴狠狠责骂了他一顿吗?不行,托勒内这一家全是混蛋,全是鬼东西!

这时候朝阳冉冉升起,映红了潮面上的薄雾,并且把它们驱散成一团团轻烟,再徐徐消散开去。他越往前划过去，晨雾就越消失在天穹之中。马丁前仰后合地划了很长一段时间，他的心情轻松起来，甚至有点愉快。太阳把他的背脊晒得暖融融的。他开始想一些好玩的事情，想到有的是他听来的逸事趣闻，有的是他自己故意歪曲别人内容的东西：农活把长工累得半死不活，浑身沾满干草；裤子成了绿色，天空才会是蓝色，长工这样说道就动身去了纽约；白痴听到了鸟叫便说是心在吹着口哨。他也想到了自己凭空臆造出来的一句话："龙虾在锅里说：海水波浪怎么不见啦？一句话，他偷懒了。"

他扭来转去，眺望四周，现在他快要到对岸了。

他把双桨横在水里，掏出口琴，吹起了小调：

在对岸，
在对岸
那里四季如春鸟语花香。
那里住着美妙的吾主耶稣
送给了我们这件镶满珍珠的长袍。

他把口琴从嘴边拿开，唱起了一首沿用这个曲调，但是由他自己费劲儿改动歌词的歌曲：

在对岸，
在对岸
那里长满蒲公英和苦菜。
那里住着我恶心的主人托勒内
永远永远地在拣灰色的螃蟹。

小船的船底擦到了湖底，他舍舟上岸，把小船系在一棵树上。他沿着一条被多少代人踩出来的坚实光滑而又消失在树木之间的林中幽径走去。一路上布满了深坑大洞，到处隆起被木屐鞋拍打得发白磨光和风雨侵蚀得形状怪异的岩石，到处是纵横交错、盘根错节的，坚硬得如同铁棍一般的树根。马丁匆匆行走，不时踩进深可没膝的坑洼之中。幽径两侧，初秋的蘑菇舒展着笑靥，白色茎秆上残留着蜗牛在夜间爬过蛀食的痕迹。菌蘑还没有长熟，只有不多几个开始染上烟熏般的颜色。马丁今天是出门去做客，所以换了一双新的木屐鞋，颜色倒同那些成熟了的菌蘑差不多。不过多半菌蘑虽然已可采集，但颜色还是雪白的。它们一团团蜂拥在一起，就像教区集会在做完礼拜之后要拍卖的那一群群教区孤儿一般。

　　远处的树墩上长了一些菌菇，这是大人先生们享用的菌种。他看着这堆菌菇，但菌菇们在挥手让他走开："走开！""走开！"这是给大人先生们的，不是给教区孤儿的。接着，它们大声喊叫道："其实尊贵的大人先生们从来没有亲吻过我们金色的长鼻！"

　　于是它们陷入自相争吵之中，一吵就是好几天，没有大人先生们讲着叽叽呱呱的法语来到这座林子里而感到尴尬，所以它们就沉到腐烂之中，而蜗牛却像一辆黑色灵车来到它们那里。

*   *   *

　　"现在那个小家伙来啦。"诺达农庄的男主人说道，他扭过头，鼻子冲着窗外，就像拉斯神父在叙事长诗《斯坦伯克的信使》中所描写的那样，于是屋里所有人都来到了窗前。一条饿得瘦弱不堪的狗气喘吁吁地奔跑过来,难看的狗毛底下一根根肋骨显得轮廓分明,它摇晃着那根直僵僵、光秃秃的尾巴,温驯得像只兔子一样。这条狗绕着马丁的那个装有三明治的饭包闻来嗅去,猎猎地叫喊着跟在他的身后走进门廊。

"你大概算是一条猎狗吧?你这个瘦骨嶙峋的可怜虫,"马丁嘟囔道,"主人都是要猎狗挨饿的,这样打起猎来才会拼命相搏。不过给你吃这个,小狗儿,你没有咬我,乖狗狗。"

他随手把三明治扔给了那条狗。"他们大概会请我吃饭的,"马丁思忖道,"今天是星期天嘛。"

那条狗口水直流,朝着饭包蹿了过去,旋即开始了一场在狗的世界中所常见的饕餮大嚼。三明治像风卷残叶一般被狗的舌头卷了起来,往后一送,三口两口便咽了下去,不消多时,那片三明治已经统统飞进了狗的瘦长身躯之中。

马丁想道,趁那条狗还忙着大快朵颐之际,赶紧先走进屋里去为好,省得它吃完又来纠缠。好吧,说干就干。

他敲了敲门,在听到里面发出一声粗声粗气的"进来"之后,他拧动了门把。一股饭菜的味道飘了出来,那股香味远不及托勒内农庄的浓郁,起码并不是肉香四溢,这就预示着没有什么好吃的。可是教区抚养的孤儿是没有权利挑三拣四的,他们只能仰仗教区恩典的钟摆晃动,如果钟摆指示你到魔鬼爵爷家去做长工,苦乐劳碌如何,你也只得听天由命了。

"早安!(他们正在吃饭,嘴巴里塞着饭食)欢迎!"

"早安,你就是马丁,那个新来的小家伙,对不对?"

"是的。"

"拿把椅子过来。"乔尔含着满嘴饭食说道。

椅子拿来了。是炒鸡蛋,马丁这样想道,并且朝盘子里瞅了一眼,这大概是在吃早饭,我来得够早的。

"你妹妹还在牛棚打扫哪,"乔尔说道,"不过她马上就会回来的。"

"噢,我到这里来看看新的地方。"马丁说道,尽了最大力气想要装出一个笑容,"我有一个空闲的星期日,很高兴到这里来。"

马丁倒真是心口如一,有啥说啥。因为除了这里之外,他也没有别的地方可去。

"没错,情况是这样(咀嚼食物),你要到这里来了,"乔尔说道,"是上星期天决定的。"

"是的。"马丁说道,他忽然惴惴不安起来,因为他这次是大摇大摆地从正门进来登堂入室的,而不是从厨房后门进来的。他咽了几下口水,他喜欢吃炒鸡蛋。但他看着盘子里已经所剩无几,心想煎锅里会留着一些的。只见他们早就在用匙挖盘子底了,匙子刮得盘底直响。可是一家之主的保罗却只是边吃饭边唉声叹气。乔尔,他的儿子,说话也不多。最好的东西都是给那几个女儿吃的,她们偎着怀里的婴孩,慈爱而探究地朝着门口的马丁扫过去几眼。脸色最阴沉难看的是保罗的妻子贡妮拉。她满脸横肉,又是斗鸡眼。她的模样看上去活像个鞑靼女人。蓝黑色的头发绾成两条发辫,若是将这两条宽大厚实的发辫并放在一起,足足可以藏得进一只男人的大手。那是马丁所见过的最大的发辫。由于发辫的分量太重——那是肯定无疑的——她的头总是往后仰的。她的黑色的眼睛似乎总是半张半阖的，于是她的脸部表情一直是一种似睡非睡的盛气凌人，一副狡诈莫测的奸相。马丁注意到她不吃炒鸡蛋，女儿给她，她就会推开。她喜欢在黑咖啡里浸泡着硬面包吃。在她上下左右细细打量这个教区孤儿的时候，他把目光闪避开，去看墙上挂着的那些铜炊具。目光最后停留在一只用来盛鱼的大长锡盘子上，是婚礼上用的一种大盘子。那盘子大得足足可以盛得下伊弗湖里的整整一条大鲶鱼。贡妮拉叫人联想到大鲶鱼。她的眼睛黑得像两团泥炭一样，目光深邃而难以捉摸，充满了一种要将人敲骨吸髓的邪恶，害得马丁在椅子上如坐针毡地扭来扭去。他双眼直盯住那些铝制盘碟上乌黑的焦油斑点，仿佛受了催眠术那样。这么说来她就是诺达农庄上的贡妮拉，那个到处大家都议论纷纷、谈之色变的悍妇，就像森林中深不可测的泥潭一样踩进去就会没命。而此时她却坐在这里啃着硬面包。

当他壮着胆子看了她几次之后，他渐渐习惯下来了。人言为虚，众口铄金嘛，恐怕传言并不都可信，倘若认真干活、做好自己应做的事情，贡妮拉也许同常人一样不会刁难人。难道说，落到他自己的母亲头上的流言蜚语还少吗？难道说他自己的父亲生前不曾招来一大堆是非吗？是呀，几乎他所认识的人都在背后被人数落。马丁的耳际至今还响起维尔纳斯农庄上那批农民聚在一起闲聊时说的那些话："她的模样哪像个女人，活像是用煤烟灰和焦油捏出来的黑金刚。""是呀，她的脸蛋黑得像锅底。这个泼辣货，心毒得像条蛇一样，一心想要往高枝上飞，却处处碰壁，这才死了心，又回过头来勾引保罗。这本账大家都心知肚明。保罗早先是多么好的一个棒小伙呀,真是可惜,我敢对天发誓这么说。""不错,保罗大概同她勾搭上了就甩不掉了。我亲眼看到过他们跳完华尔兹舞之后不知钻到什么地方去了。"接下来就是嘴上没遮没盖地一大串离奇的故事,描写这个那个农夫同贡妮拉如何如何。这些风流韵事马丁都还记得,他又是害臊又是冲动地想起来了。

说也稀奇,他如今坐在贡妮拉的房屋门口,在回想着桩桩件件关于贡妮拉被人糟蹋得不像话的昔日往事。而那个嘴上最没有遮盖的农夫又是这一带人尽皆知的、善侃能吹的牛皮大王。他要是喝上一口酒的话,保准能吹牛说他喝了一大缸。他倘若见到一根羽毛,就会大言不惭地说自己打到了一只松鸡。一只鸡蛋到他的嘴里就会变成一大筐鸡蛋;一块石头变成一大堆石块;外衣上的一根蜘蛛丝,他会煞有其事地说这是女人留下来的头发。他是真正能够凭空想象、捕风捉影的,从他嘴巴里说出来的没有一件是真事实情。一颗蓝莓变成一颗子弹,去年他饮弹自尽了。

马丁看看贡妮拉的女儿们。有一个同她长得酷似,几乎可以说时光倒流20年,她就是那副模样,真是活脱脱的另一个贡妮拉,不过年纪轻得多,否则人家真还可以误认为她们是一对孪生姊妹。她的名字叫卡拉。在她身边坐着她的妹妹克拉拉。她们两姊妹膝上各抱着一个孩子,不过那两个孩子都是卡拉的,一眼就可以看得出来。卡拉长得十分丰腴,黑头发,一双同贡妮拉一样的黑眼睛,不过更加炯炯有神、清晰明亮,而且带有一股慧黠伶俐和蔑视、挑战一切的光芒。她的两个孩子长相和头发颜色都同她差不多。

克拉拉的头发却是浅棕色的，几乎近于火红色。到了夏天她的秀发会变得金黄，而到了冬天颜色就会深一些。她的眼睛是深蓝色的。她举目观看这个教区抚养的孤儿时，目光不像卡拉那样咄咄逼人。卡拉只消正视别人一秒钟，那个人便会浑身不自在起来，而且还会叫人心里真正蜷缩成一团。她这种一眼要把人看透的目光其实是对人的侮辱，看得叫人心寒。

"她可不容易对付。"马丁暗自思忖，他就这样坐在那里悄悄地察言观色，从一个人看到另一个人。他们一家人闷声不响地吃饭。过了一会儿克拉拉站起身来，把孩子往卡拉跷着二郎腿的、粗壮的大腿上一放，这样一来卡拉每条腿上都坐着一个孩子。她笑眯眯地亲吻他们的脑门儿，脸在他们的头发上蹭来蹭去。克拉拉走出房间到厨房去，从厨房里出来，又端来满满一盘。哦，原来炒鸡蛋还有哪。他们又吃了起来，吃得更多。

"哎呀呀，"保罗瓮声瓮气地哼哼，"哎呀呀……"

没有人搭理他，他发出的声音没有什么意思，是在长叹。从声音上听起来心情似乎很沉重。不过也还没有到在家里举哀丧葬的地步，他大概在抱怨卡拉孩子生得太多，因为隔壁房间又有两个孩子开始啼哭了。

这是一对双胞胎，他们睡在一个双人摇篮里，从门缝望过去可以看得见这个摇篮。大概是有一个婴儿醒后把另一个吵醒了，现在这两个你一声我一声地啼哭不止。卡拉把手里抱着的那两个往地板上一放。那两个也是一对双胞胎，大概2岁多，说不定3岁。他们都已经吃饱了，也像保罗刚才那样叹气，其实是在打饱嗝儿。他们开始玩耍起来，拿着一个粗布做的娃娃,还有一个像圆白菜大小的木球,在地板上滚来滚去。再过一年他们就有力气把这个木球举起来去砸别人的脑袋,眼下还心有余而力不足。

他们拖着粗布娃娃、推着木球在凹凸不平的地板上走过来(这间房间大得出奇)。他们个个蹒跚学步,这段距离算是很长的,走到半路就把木球丢下不管了。他们走到这个新来的陌生人面前,举起小手去打他。一点也不疼,因为他们只是用掌心去拍他的腿。

马丁亲热地朝他们笑笑,还在每次他们打他的时候故意惊跳起来,尽管一点不疼,似乎在鼓励他们这样做。他虽然脸上堆笑,心里却如同针刺般好生难受,因为这两个小讨厌边打嘴巴里边喊着:"打你,汪汪,打你,汪汪……"这种称呼是小时候唤狗时用的,或者是对那些被认为是比狗还不如的东西才这么奚落的。

后来,乔尔对贡妮拉说了点什么。贡妮拉这才开口发话:"把椅子端过来吃一点儿!坐到这里来!"

他坐到了桌子旁边,眼睛先朝炒鸡蛋瞄了一下。嘀,总算还剩了一点点。贡妮拉似乎一眼看透了他的心思。她吩咐说:"这点由你和希杜尔分着吃吧!"她用手指在炒鸡蛋的盘子里划出了一条泾渭分明的界线,以防产生误解。

"好的,谢谢。"马丁说道,其实他在上桌之前已经贪婪地连连咽了几口口水。他拿起面包抹上黄油,一面冷眼觑了一下四周。他们会不会嫌他把黄油抹得太厚?谢天谢地,他们倒没有。

他的手畏畏缩缩地伸出去,去拿腌猪肉,又像潜水员似的去叼一片香肠。每次都有收获,都能拿回来一片。

现在轮到炒鸡蛋了，他像是个刚领坚信礼的小伙一样，第一次在女人裙袍下摸索，羞羞答答，腼腆局促。那只手欲伸还止，终于伸向盘中淡黄色的珍馐佳肴。他的目光紧紧地盯住分界线。他留神到那条界线倒划得不偏不倚，十分公平：一人一半。待到他把炒鸡蛋拨到自己的盘子里来之后，这个教区抚养的孤儿"优雅"地细嚼慢咽起来，他很当心自己的吃相。不是用刀子而是用叉子把炒鸡蛋往自己的嘴里送。他又朝四周看看。他们是不是都在看着我？他们会说什么吗？他们大概是在观察着他究竟是不是馋相毕露。托勒内农庄那种讲究吃相的清规戒律在他的血液中流动，使得他不敢越雷池半步。可是面前有这么多好吃的，叫他怎么能细嚼慢咽呢？不管怎么说，他还是只当别人在看着他，他要中规中矩地吃才好，他要处处留神自己的吃相。可是他划船那么长时间又走了那么多路，肚子实在饿得慌，有好几次竟然忘记了托勒内农庄的规矩，又重新回到了维尔纳斯农庄的吃法：用刀子插住东西往嘴里送。

贡妮拉开始同他攀谈，用的是诺达农庄的腔调。他一下子竟然不由自主地用维尔纳斯农庄那种土腔土调来回答，根本忘记了托勒内农庄那种高尚文雅的谈吐方式。

贡妮拉讲得并不多，她只是说到全年就这段时间里道路最坚实好走，说到要出门探亲访友还是星期天为好。她大概觉得人家星期天老远跑来做客，自己应该说几句客气话以示亲切。

"是呀，"他说道，"是这样。道路没有多大危险，倒还好走。"

"是呀，"贡妮拉说道，"那样就好，那样就好嘛。"

他点了点头,这是一个标准的托勒内式的点头,城里人都是用点头来表示赞成的意思,他有时记得这样做。在眼前的情况下,点头意思是:道路确实非常好走。

希杜尔走了进来。她像马丁一样瘦小,比他年纪稍小一点。"哦,原来她是这个模样的,"他暗自思忖,"是呀,这就是她。"一种淡泊的然而又非常急切的手足之情在他的心中油然而生,他不禁浑身打了个寒战。尽管他才第一次同她相见,可是他觉得他们俩好像相识已久,也许除了手足之情外还有一种同病相怜、惺惺相惜的情愫。他们相视而笑,一个很长很长的衷心笑容。后来贡妮拉说道:"哦,这是你的兄弟,这一个。"她走上前去,相互做了介绍,在炒鸡蛋的筵席上。也许这样的介绍是必不可少的,否则这对义兄义妹真有点手足无措,不知道下一步该怎么办才好。

希杜尔坐定下来,开始吃她那一半炒鸡蛋,她却没有全都拨到自己盘子里来,而是先问问马丁是不是要再来点儿。他心领了她的这份盛情,不过为了让她多吃一点他就一口谢绝了。他们吃了起来。过不多时,她就注意到他的吃相十分"优雅"。这一来她就难免有点窘迫羞惭了。因为她自己一时还学不会这种"优雅"的吃法,而孩子气的矜持又使得她不情愿立刻去东施效颦,她要慢慢地来,这样才可以不显山露水,免得人家以为她是偷师学来的。下一顿饭的时候她就会做点小的尝试,开始慢慢地用,又一口一口地吃东西。自此之后,她的吃法会越来越优雅得体,直到有一天她坐在那里可以完全用叉子来吃,而且只用叉子吃。待到这种进食技巧达到炉火纯青、运用自如的地步,她就可以坐在满桌光华熠熠的银餐具的大筵席上,而用不着犯愁作难了。马丁也是够冷面冷心的,他居然使出浑身解数,尽其所能地把这顿饭吃得优雅大方、礼数周到,倘若不去计较他在开始说话时露出维尔纳斯农庄的粗腔俗调的话。他们开始交谈了,不过一直怯生生地窥视着贡妮拉的神情,他们俩都想要言谈"得体",这样贡妮拉就不会觉得他们是在"毫不动脑筋地信口胡乱说一气"。

他们先谈天气。今年夏天雨水太多,森林里蘑菇疯长,还有蜗牛、蚜虫也比往年要多。然后他们谈到了野生李,谅必在今年这种天气里,野生李会长得很好。到时候满树都会挂上累累硕果,野生李的滋味既甜又爽口。

他们又谈到了蔓越橘,马丁问道:"看样子今年蔓越橘长势很好,对吗?"

希杜尔回答说她也注意到了今年的长势不错。

"是嘛,那真令人高兴。"他说道,一副少年老成的架势。

"是的,"她也同样地老成持重,"莓果多了,总是令人高兴的。"

"对呀,"他说道,"事情就是这样,莓果真是很特别。"

托勒内农庄的老贡纳尔总是爱说"很特别"。"古苏姆·卡尔长着一个又大又很特别的鼻子"。如果雨下得很久,他就会说:"很特别的天气。"

"你们地里的萝卜长得怎么样?"马丁也学着大人腔调从莓果的长势问起,看来马丁很愿意从一种浆果谈到另一种浆果,从一种水果谈到另一种水果。

"我不大清楚,"希杜尔回答说,"大概是个平常年景吧,我不清楚。"

"在托勒内农庄，我们种了三种型号的萝卜，有波特非尔德的，有坦卡尔德和富莫萨的。我们种的裸麦品种也很好，是普鲁勃斯特尔的。"

"哟，是吗？"

"是呀，那个品种十分优良。"

"原来如此，我本来以为裸麦只有一个品种哪。"希杜尔说道，十分不自然地在装腔作势。她偷眼望了一下贡妮拉。可是贡妮拉无动于衷，大概她也只知道裸麦只有一个品种吧。

"噢，"他说道，"有许许多多品种哪，真是多得很哪。"

"真奇怪。"她诧异地说。

"嘿，"他摆出见多识广的样子，"在习惯之前是有点奇怪的，不过见多了也就这样啦。"

她点头同意。其实她心里明白这并没有什么奇怪之处，说到底一点都没有什么奇怪。

他们吃完饭之后就站起身来向大人表示感谢。马丁是不曾来过的稀客，自然少不得说声谢谢之外还要握手致谢。正好这时候乔尔和保罗走了进来，所以除了同贡妮拉握手之外，又再多握了两次手。乔尔看样子是这一家真正管事的人物，其次才是贡妮拉，然后再轮到保罗。

从一个成年人的眼光看起来——这样的眼光孩子们在有些时候也有，只不过大人没有去注意罢了——贡妮拉曾经是个明艳照人的女人。可如今，乳房大得像汉格纳斯出品的最大号的阔口瓶，肚子的肌肉松弛，屁股像一对枕头，肥胖臃肿得不像样子，双腿粗壮而无力，脚上穿着一双编织的平底拖鞋，只剩下一头青丝还依然富有光泽，两条粗大的长发辫像是两条从远古时期冰河里留下来的大鳗鱼那样盘在她的头上。不过在这个硕大的身躯里却包容着一个小心眼儿，日后将会渐渐显示出来。刚刚从房间里给双胞胎把完尿出来的她的女儿卡拉可以说是贡妮拉的缩影，这个37岁的女人的身材也同贡妮拉过去一模一样：丰满肥硕，体态姣好。她是个性野兽，在欲火中烧时，把赤裸的身体抛东抛西。她也许在性戏剧中扮演过最高大的森林女妖的角色。马丁从来没有见到过身材这样高大的女人，后来也没有见过。她将是他童年回忆的深渊中的一个例外。她甚至高过另一个女巨人托拉，那个托拉是加德湖旁老人院的管理员。也许是由于一个奇怪的巧合，她们俩竟死于同样的伤寒病。

现在他站在诺达农庄里，向他们一一致谢。他手里握着其中一个女巨人的手。他对她的巨大身材和分量，还有整个黑黝黝的形象都有点害怕。

"谢谢方才的饭食。"他腼腆地说道。方才，他只见到她坐着的样子，现在见到她站立起来，整个身躯就像一座黑宝塔一样高大魁梧，两条大黑辫子盘在头上就像覆盖了一个篮筐。

她带着讥讪地笑了笑，显得无动于衷。旋即她又坐了下去，在一只木盆中准备下一顿的饭食来。那两个大一点的、会走路的双胞胎绕着她的腿部嬉戏玩耍起来。她像刚才用眼神把马丁推得远远的一样，把这两个小孩推开，仿佛她心中有什么幽怨，不想在这个场合对他们显露出慈爱，此时此刻，这种幽怨反倒使她厌恨起他们来了。

"真可恶的小鬼，快离我的腿远远的。听话！"

这一带的人常说，她是个女巨人，本应让她到马戏团去亮相才对。

马丁也感谢了乔尔和保罗，并且颇为孩子气地感谢他们允许他分享那盘炒鸡蛋。乔尔已经去服兵役，刚刚回家几天，说了一声："这有什么可谢的。"保罗说的也差不多是同样的意思。他又加了一句：

"你已经见到了屋里的情况。你大概也想到处转转，看看牛棚和马厩吧！"

在他讲话的时候，那浓密得如同灌木丛的眼睫毛一刻不停地在他那双青灰色的、毫不可靠的眼睛上面眨动。在眼珠里闪露出无可奈何和怅然若失的寒光；执拗和倔强使他的眼睛蒙上了云翳。

马丁在这个场合还看不清这一点，因为他对人生世道的阅历微乎其微，根本谈不上有什么概念。他只是匆匆地把自己的目光闪躲开去，避免看到对方的眼睛。"那么，太谢谢啦。"他说道。

保罗睁大了青灰色的眼睛朝着里面的房间叫嚷道：

"克拉拉！去领这个小伙子见识见识这里，领他去看看四周的风景。反正带领着他到四周去看看。"

"好的。"房间里传出来回应。

希杜尔在刷锅洗碗，克拉拉领着马丁来到门口，门口放着大家的木屐鞋。

他们走出来，沿着高高的石头梯阶拾级而下，来到了阳光普照的院子里。克拉拉说道："这样的阳光真是莫大的福音！"

"是呀，"他回答说，"这是个真正的星期天哪。"

她红棕色的头发被阳光映照得红彤彤。不过除了头发之外。她的脸色很苍白，鼻子和双颊上有星星点点的红色小雀斑，像是覆盖上了一张网似的。嘴唇很丰满，不过也血气不足。她有一张忧郁苦闷的嘴，她的一双深蓝色的眼睛似乎倒进了无限闺怨的颠茄汁。她不大看着马丁，目光盯住了前方很远的地方。可以看得出来，她同马丁一样，患有梦想癖，可以看得出来，这使她面容憔悴。

他们穿过院子，母鸡在秋丁香的浓荫掩映的坡地上四处逃散。她打开了一座棚屋的门。这扇门分成上下两半，她先打开上半扇探头进去看看，然后打开下半扇，他们便一齐走了进去。猪圈里挤成一团躺着的几头形体颀长的猪朝着照射进来的强烈光线眯起了眼睛。

"这里是猪，"她说道，"这个秋天要把它们赶到户外去吃橡实果。"

她做了个手势，把猪赶开一些，这样他们可以看得更清楚。

马丁过去不曾见到吃橡实的猪，觉得挺有趣。它们的小眼睛和尖长的鼻子都使他开心不已。于是他乐得忘乎所以起来，顾不得再装出少年老成的样子了。他掏出随身带来的口琴，吹起了一首欢快的曲调。那几头猪跳了起来，满意地哼哼着。克拉拉也开心得笑了起来。她笑完后，没有像别人那样，收起笑容，变得严肃起来，而是仍旧微笑着对着他，不过仍是一副忧郁苦闷的样子。马丁注意到了她很开心，便更加劲头十足地吹奏起来。有一首歌曲在他脑海中涌现出来，他便吹奏了这首歌，因为他觉得这首歌十分"伤感"动听。他以一个孩子的方式来喜爱伤感，沉溺于在幻想国度之中，在白雪公主送葬的队伍里。他喜欢像儿童烈士那样死亡，他也曾经想象过自己的死亡。

> 当我的小弟弟长大了
> 我就领他到教堂墓地
> 我指给他看妈妈住的地方
> 妈妈要在底下永远长眠

克拉拉听完之后大为感动，又叫他吹了一首"伤心的"曲子，然后他们走到羊圈去。羊圈里空荡荡的，羊儿都到外边吃草去了，只剩下一头周岁左右的、被蛇咬伤的小羊羔屈膝卧倒在草堆旁边。那头被蛇咬伤的羔羊痛苦而软弱地咩咩叫，凄楚的叫声令人可怜，也令人不禁想到了天使，马丁站在克拉拉身边，倚栏观望时就联想到了这一点。

他想到，在暴风雨的秋夜里，有些迷途的天使飞进了羊栏，威尔海姆根本就不管她们，任凭她们躺在那里。她们身上只披着薄如蝉翼的裙袍，冻得嘤嘤哭泣。羊栏外面群狗狂吠，外面的世界是那么邪恶，那么可怕。她们又冷又饿却没有人来照顾她们，于是她们变成了羔羊，咀嚼了一些嫩枝青草。上帝的羔羊在夜里冻得瑟瑟发抖。"我的爸爸死啦，妈妈去了加利福尼亚。"

他看看那只被蛇咬伤的小羊羔。克拉拉在他沉思的时候向他讲述了羊羔挨蛇咬的经过。

"这是一只很可爱的小羊羔。"他说。其实，他已经知道生活的蓝图是各种各样的，比含糊其词的情节剧更为复杂。他心里十分明白，这只是一只普通的羊羔。实际上，他已经明白很多事理了,关于这一点,大人们是不清楚的。有时候,他会整整一天十分狡黠地去"揣摩"大人的心理。他知道大人们往往会用童话故事里柔软的羊毛般的话语来哄住孩子们的喊叫。好多时候,他不仅这样去看童话故事,他热爱童话故事,去寻找这样的童话故事。但是,也有好多时候,他认为童话故事纯粹在骗人。唯一例外的是骑着巨大、白色骏马的男骑士和女骑士们,他们驰骋到大山中山妖的黑洞穴前,在广袤的大森林中开辟出一条向前奔驰的道路,同皇家林地里用大叉猎熊一样。熊从大山里咆哮着飞跑出来,向头戴三角帽、脚穿很大骑士靴的卡尔十二世国王攻击过去。"从现在开始,这就是我的音乐。"这就是马丁心目中的故事传说。今天是这个样,明天又是那个样,犹豫和相信在他心中来回翻腾着。

可是,要摆脱对印第安人的痴迷却是最难的。他做不到,不牺牲点什么是不行的。他试图这样遐想:印第安人是不存在的。总有一天,这个国家里会出现冒险传奇,新的流氓抢劫犯和类似尼尔斯·达克那样的大盗。(因为一两年以后,三年或更多年以后,他要跟随古斯塔夫·瓦萨国王去捕捉那个毫无戒备的达克。)这样的话,就出现了另外一个问题,那天来的可能不是达克,更不是印第安人。这涉及什么是"坏人",什么是"邪恶",什么是"强盗",这涉及"杀人",同"射击"是不一样的。只有把所有这些问题都搞得一清二楚,他才可以"远距离地"去"射击"。

冒险传奇的基石依赖于"善"和"恶","强盗"还是"不是强盗"。这地方没有恶人,因此,恶人在远处。这里我们不能射击，不能突然引爆，否则会有击中自己人的危险。因此，只可以远距离射击。这样的话，就是印第安人传奇，固定不变的。马丁就成了射击印第安人之友的朋友了。不行，那可不行，不行，这里面一定有他不知道的神秘之处。

有时候，班上的男孩子们到森林深处去玩印第安人游戏。不过他们会忘了印第安人，而去玩别的游戏了。

　　　掀起裙子晒太阳，
　　　歌唱去年下大雪，
　　　歌唱秘密，
　　　找呀，找呀，找呀找；
　　　在森林和草地上
　　　长嘴啄在桦树上。
　　　森林发出飕飕声——
　　　伊达来把我们藏。

　　　我们快来唱儿歌
　　　歌声传遍大森林，
　　　故事书本真不少
　　　咬着指头
　　　死呀，死呀，死掉了。
　　　死呀，死掉了。
　　　死呀，死呀，死掉了。
　　　死呀，死掉了。

克拉拉说道："是呀，小羊羔真可怜，被蛇咬了。它们，这些绵羊，也会生病。挨了蛇咬的羊大概也会很痛的。不过，要是人被蛇咬了那就更不得了。"

"我认识一个男孩子，他被蛇在脚上咬了一口。"马丁说道，他闭紧眼睛，说话嗓音喑哑下来，为的是用表情来说明挨蛇咬是何等痛苦。"我后来见到他时，他病得快要死去，他坐在椅子上，那只脚一直吊着。哎呀呀，他的脸色煞白，一点血色也没有。"

"是呀，真要命，"克拉拉说道，"要挨了咬真是不得了。"

"是呀，"他说道，"是呀。"他在羊栏里东张西望，看遍了每个角落，脸上不自觉地像表演哑剧那样装出了羔羊的痛苦表情。

她明白他在干些什么。

他们继续往前走，去看鸡舍、牛棚和马厩。太阳斜挂在房顶上。阳光笔直地照进牛棚的窗户里，照在石板砌成的窗棂上。这一带的马厩和牛棚都是用石头砌成的。在窗棂上，千百万计的苍蝇在蠕动，它们多半是沾在蜘蛛网上拼命挣扎而又飞不起来。那些蜘蛛在自己的金线织成的网里走来走去，它们的肚子已经胀饱得像孩子们游戏时玩的玻璃球一般。

奶牛也都来到外面的草地上吃草。在鸡棚旁边站立着一头小公牛，浑身粗毛红白相杂。它起先喉咙里发出一阵深沉的呼哧呼哧声，然后再大声哞哞起来，一双血红的眼睛朝着马丁怒目而视，奋力想要挣脱拴牛的缰绳，冲过来以命相搏一场。它绕着鸡群做出各种抵牾拼搏的动作，借以表明倘若它是个自由身的话,将如何进行较量,先是这样冲刺,然后再这样反身相抵。

"不用去管它,"克拉拉安慰他道,"其实它的脾气温和得像一只羔羊。再说还只是头牛犊哪。我们还没有使唤过它哪。老的那头在两三个月前宰掉了。"

"哦,原来是这样。"

"是的,不是种牛就没有保留的必要啦。"

"那倒是真的,在托勒内农庄上没有种牛,"马丁说道,"我们配种就去大庄园。"

"哦,是这样,大农庄一般都有种牛的。"

就像在羊栏里一样,克拉拉说话时常常心不在焉。马丁也差不多是这副样子。他们谈论的都是日常琐碎,而这些现实杂事对他们来说只是不得不做的义务而已。除此之外,他们两个都是有梦想的人。

这类人被称为白日做梦的空想家。他们通常是人间最不幸的人物。梦想成了他们当中的瘟病时疫。而结局往往是沉湎于苦思冥想而一事无成。

他们再往前走,看到有块牌子上面写得明明白白,奶牛叫什么名字,什么日子怀崽和生下牛犊的。一切都用粉笔登记得明白详细。

"那是乔尔写的。"她说道。

那些名字都起得很美:泰克拉、德拉加、洛斯林达、康尼格伦达、阿瑞安达、德维娜,还有斑马。这些名字大概是乔尔从历史、地理和自然学等各处信手拈来的。这表明他曾经兴趣广泛,然后由于"人生道路作梗",这些兴趣全都熄灭了。

他们站在那里的时候，乔尔自己也来了。马丁再次朝他打招呼。乔尔没有理睬，而是屈尊俯就地笑了笑。马丁本能地感觉到他站在乔尔的视野之中，便有一股寒气从乔尔趾高气扬、冷漠无情的眼睛里射出来。他那乞求爱怜的目光像是从石头上被反弹了回来：真是一个像又酸又涩的花楸果一样的家伙。

乔尔这一来真是大煞风景，使得本来挺愉快的场面顿时变得一本正经起来。马丁本能地觉得厌恶和害怕。可是如今他已经懦弱和虚伪到如此地步，以至于他非但不把厌恶和害怕之情流露出来，反倒还马上挤出了一个献媚讨好的微笑。

当他长大成人之后再来回首往事的时候，他最为痛恨的便是自己在几乎整个童年都不得不装出来的那种献媚讨好的微笑，而那种微笑所博得的也只是一片漠然和不理解。他知道这是一种毛病，不仅他身上有，农庄上别人也有。他们那种敝帚自珍的自负心理既是无边无际却也毫无用处的，就像花楸果那样仅是又酸又涩而已。他们在弱者面前可以爱搭不理，而在强者面前照样要献媚讨好、阿谀奉承，而内心却充满了仇恨，而且这种仇恨埋藏得愈深，它就膨胀得愈剧烈，到头来为了一解心头之恨，什么都可以用得上，可以伸出手去抓起鞭子、棍棒、匕首、刀剑、毛瑟枪甚至手榴弹。而且他们还要寻找替罪羊。替罪羊，替罪羊！在他长大成人后，在无奈的狂怒中，他痛恨这种仇恨。可是所有怀着这种仇恨的人都会当面讥笑他，而他却只会伤害自己的消化能力。

仇恨是无处不在的，也是十分具有迷人的诱惑力的，人们都是用最精彩的字眼儿来描述报仇雪恨的。冰岛古代的萨迦故事无不充满了行吟诗人孕育在心中的仇恨，然而这些故事又是那么粗犷美丽。比方说这一则故事：

> 有一天，贡纳尔的弓弦折断了，他吩咐哈尔根德说：
> "快从你头上拔下两卷头发来，去同你母亲一起为我捻出一根弓弦来。"
> "那么你下了什么赌注？"哈尔根德问道。
> "我的生命。"贡纳尔回答说。
> "那么说来，我还记得你打过我耳光来着。"哈尔根德说道。
> 片刻之后，贡纳尔直僵僵地倒在地上。

描写报仇雪恨的故事总是动人的，描写仇恨的戏剧千百年来有着几乎无法达到辉煌境界。为什么？

文化本身就是一种仇恨的文化，而且注定要作为仇恨的文化而体面光彩地死去。

> 用剑的摇篮曲摇着体面入眠。

这是人们写下的最罪恶却也是最美妙的句子。他喜爱又仇恨这个句子。

I
我们喜爱古代的铜锈
薄膜下沉睡着喧闹和争斗

被长枪刺倒的孩子紧闭双眼憩息
斧钺金戈把捕鱼网绳紧紧地封住

城市像血淋淋的鱼那样被抓住
在龙姆巴第暴徒肥腻的长桌上

长满苔藓的石头是白色,白天明亮
而寒冷。磨坊木轮在水流中成黄色

灰白色的橡木刨出新木盆
绞架钩的绳索崭新而狰狞

当铁青色的锚从锚链上拉出
仇恨的长工蜷缩在惩罚柱前

新挖的沟渠,石头上没有苔藓
孩子的坟墓上出现新开的大口

死亡残酷地降临到
住在寒冷无望黑暗中的家

II

芦苇丛中这艘腐烂而笨重的小船
在恐怖的秋天沉入沙丘
那时候躺在尤特湖水边
农妇沉重地飞过——用涂过焦油的木桨
——整个身体在小船的坐板上蹭磨——

女巫狂热的时代

试图从鸣叫的命运中逃开
试图去考虑逃跑的可能性
试图去说出自身的伤和痛
希望像库房尸体一样已被抓到
波浪嘲笑船桨的号叫
哀伤的蜗牛爬向林湖的太阳
这是钟塔峡湾

判决的结局传到所有乡村
去追捕水面上漂着的狗云
岸边响起吹奏者小丑长笛
一切唱跑了她的沉重传说
农妇被山妖的玫瑰迷惑了
哀伤的红色的黑暗和沉重
神秘的命运隐藏得十分深
熊熊的火堆听见船桨号叫
这是钟塔峡湾

来自森林山谷的复仇和嘲弄者
穿着厚粗布的衣服聚集在一起
大捆大捆草堆放在山丘最高处
在仇恨的身体四周燃起大火堆
高高耸起的乳房、粗壮的大腿
双膝跪下来祈祷，仰望着苍天

为的是看到尸体从浓烟中升起

为复仇而喷发出的激情鲜血
在低语的火焰中膨胀和爆发
无人理解，无人改变其心声
眼光朝向乌云密布的天空
云彩似哀伤的草四周翻转
被血的命运风暴染成黑色

秋播的时候，马丁使用耙和碾子，他特别喜欢用碾子，那嘎啦嘎啦的喧哗使他心情舒畅不少。他拖着碾子上下来回地转动。那几匹没有习惯于这种震天价响的喧哗的马总想要逃开去，但是却摆脱不开。啊！生活到底起了一些波澜。他坐在铁架上引吭高歌：

> 在可爱的窗幔背后，
> 我们坐在灯光前。

活计干完后，又像以往那样清静了，秋愈深，这种清静就愈多，乃至完全沉寂。树丛最高处的树梢已经开始染成金黄。水塘变得深绿如墨。收获土豆的季节近在眼前了。

"现在你去把幼小一点的桦树上的细枝嫩叶割回来。"威尔海姆吩咐说。

"噢，"马丁说道，"要不要捆起来？"

"要的，刈回来做羊草。你拿把刈草刀去。"

马丁动身走了。他一路上唱着歌穿过森林树丛。拉碾子的那份喧哗劲头还使他冲动得平静不下来。

他拣起石头扔出去，拣大的石头扔。"扑通"一声扔进水塘里，吓得小松鼠在酸苹果树上狼狈逃窜。马丁又拣起石头,小东西,这一下非把你的脑袋砸开花不可。哎呀,又没有扔中。那么再扔一块。哎呀,又扔偏了。那只松鼠倒跳下树来,朝一棵桦树树干上奔过去,蹿到一根树枝上。"嘻嘻,嘻嘻",那只松鼠在枝梢儿上叫阵。

"哼,你这个家伙,往哪里跑!"

石头一块又一块嗖嗖地扔到树冠上,马丁又随手拣起更多的石头。他追那只松鼠追了整整一个下午,跑得很远,跑过了几个农庄的田地。

他的心里仍旧像在拉碾子那时候一样骚动不已。可是那只松鼠却一溜烟越跑越远,最后在这个天地之间消失得无影无踪。现在他已经来到了那个电磨坊前,也看到了那座变压器铁塔。它浑身通红地叉开腿脚站立在田野里,静静地输送着电力,白色的绝缘体就像死鸽子一般围绕在它的额头。要不要砸它一下?朝它"哐"的一声扔块石头过去?不要,千万使不得,它浑身带电哪。再说这样做也太傻了。算了吧,他无精打采地拖着脚步回到了桦树林。

威尔海姆拉长着脸在等他。

"你到哪里去啦?"

"去刈羊草啦!"

"你还犟嘴。给你这一下(捆了个耳光),再来一下(又捆了一个耳光),再叫你尝尝厉害(又是一下耳光)!"

这个在农学院学习过的、平时看上去还过得去的人,现在变成了流氓恶棍威尔海姆,身上那件薄薄的瓦尔登斯特罗姆式的精致衣服碎裂成了小薄片,每捆一个耳光就掉下一片小薄片。

这是马丁生平第一遭真正被痛打,最后还在屁股上重重地挨了一脚。

马丁又是尖号又是大哭。威尔海姆拧住他的耳朵把他拖到屋里。贡弗尔和海尔维格都出来看个究竟。

"哼,故意捣蛋,耍花招,"威尔海姆怒形于色地说道,"这样的家伙从小就得治理,立好规矩不可。"

他要把马丁拖到屋顶的阁楼上去,贡弗尔站在一旁苦笑,看着威尔海姆揪着这个教区孤儿马丁的耳朵往上拽。

这好比是一只受人尊敬的蜘蛛拖着一只不受人尊敬的苍蝇,这个农业学院的毕业生在"为他好"的名义下,把马丁拖上了楼梯。

在阁楼上倒是有真正的蜘蛛,它们纷纷逃进了网里。

喔,这就是巫婆的时代!

"现在你就待在这里,"威尔海姆说道,"今天晚上不许吃晚饭。到明天才许吃饭。你知道,到明天!我本来想明天给你个空闲的星期日,可是现在不给啦,明天你去刈草!"

马丁哭闹着朝他手上咬了一口,但是挨了重重一记耳光,他浑身哆嗦地摔倒在床上。等到威尔海姆走了之后,马丁就放声大哭起来,哭得鬼泣神愁,哭了很久很久,一直哭到深夜。

这一天从干劲十足、高高兴兴地拉碾子开始,最后竟落了这么个下场。

上帝是仁慈的。他给了那个去追逐松鼠而没有击中它的闯祸坏应有的惩罚。

真是奇怪,上帝从不收拾大人。是呀,也许他会收拾他们的。他无处不在,现在就在这个房间里。

最好还是跪下来祈祷。

于是他祈祷了,默默地念了一个很长却令人听不明白的祷告。后来他自己也记不得说过些什么了。

星期天，秋高气爽，阳光明媚。不过对马丁来说这是被罚去干活的一天。他要报复，要出一出心头恶气，在吃完饭之后就用足力气踩木屐鞋，发出橐橐的响声。

家里的那只猫蹲在台阶上用黄绿色的眼睛窥视着他，待到他一走近，便立即弓起了身体。

橐，橐，橐。木屐鞋声朝牲口棚那边走去。他今天换上了星期天穿的木屐鞋，崭新而锃亮，套在他双脚上就像是两只新造好的狗窝一般熠熠生辉，而且十分笨重：橐，橐，橐。就该有这么重的声音。穿上了这对新木屐鞋，每只脚就像投入了监狱一样备受羁束。现在他要在安息日去干活了，威尔海姆已经发话："要刈完40捆羊草才许休息。"

"哼，威尔海姆也要受到上帝的惩罚，他居然叫我在安息日干活。"这样一想马丁心里得到了稍许安慰。

旭阳在桦树的华盖上洒下万点金光。鸟儿百无禁忌地在树梢上欢快歌唱。马丁在每棵树干四周刈草。时令已交初秋，嫩枝绿叶却依然像春天一样柔软多汁。他把刈好的树叶捆成一束，投到一堆去。21、22……他一口气干了两个钟头。

"我把枝叶捆成那么小的一束一束，太费工夫。"他想。于是，他把枝叶捆成了像水手那样大腹便便的粗束，中间用草绳一绑，像是束了根腰带。

"我把草束捆得太大也不行，"他想道，"这样中间就干不了。"于是他又重新捆成细细的一束束。这样一来，草束就粗细不匀，样子十分难看。

"斫树伐木是一桩罪过。"他想道，于是停下手中的刈草刀，去细想罪过究竟有多大。

"不过害得羊儿挨饥受饿也是一桩罪过，真是左右得咎哪！37……"他加紧挥舞手上的刈草刀，离干完的时刻已经越来越近了。他的脑海中涌现出一线光明，明亮得如同燕妮·牛斯特罗姆-斯通喷达尔的图画一样。他好像是站在圣诞报刊的插图上在刈割树叶，那个威尔海姆几乎快要得到他的原谅，自然也几乎被上帝原谅。

就在这个当儿，飞来了一场无妄之灾！！！

一点没有错，正在所有孩子安安生生地坐在主日学校里念书的时候，桦树底下却发生了一桩灾祸。

原来谁也没有看到邻居家有头牛犊从院篱笆的破洞里钻了出来。它哪里知道这个教区抚养的孤儿憋着一肚子怒火，所以当它大摇大摆地来到这里，见到有这么多芬芳可口的嫩枝绿叶，便不客气地张嘴大嚼起来，非但如此，它还把捆得整整齐齐的树叶都撕散开来，弄得枝叶狼藉满地。

马丁回过头去一瞧，看清了是怎么回事，顿时一股无名怒火从心头蹿起，冻结在人类灵魂之中的残忍本性展现了出来。他恶向胆边生，举起沉重的刈草刀挥过去，一刀就把牛犊的天灵盖劈成了两半。那头牛犊呜呜地惨叫两声之后就猝然倒了下去。鲜血汩汩地从牛犊的脑门上喷射出来。它再也没有声息，死了。

哎哟，这下糟啦，他绕着牛犊身边又跑又跳，他完全蒙住了。

起初他发出了几声噎得快要窒息的尖叫，就像田鼠在草丛中被绊住不得脱身的吱吱惨叫。他整个身体就像大人在受到极度惊吓时那样变得冰凉，心怦怦跳个不停，而且开始折磨他。他双手捏紧了拳头猛击自己的面孔，他忽而蹿起身来像疯子一样围着那头被斫死的牛犊没命地奔跑起来，嘴里还哇哇乱叫：上帝啊，上帝啊，上帝啊！

他双手绞紧在一起，晕了过去，沉重地朝前摔倒。木屐鞋尖插进了泥土里。那些不知愁的鸟儿依然在被阳光染成金黄的树叶丛中啾啁婉转。当他从晕眩中醒过来，并且挣扎着站立起来的时候，一只可恶的喜鹊劈面朝他发出了枭笑，他觉得一切都完了，胸中像是翻倒了五味瓶一样，那种滋味简直就是杀人凶手在下了毒手之后一样。

他跪倒俯伏在地，哀求上帝"理解"他，然后就着手解决"藏匿"的难题，也就是说想什么办法把方才的事情掩盖起来不让人知道。

方才的一切发生得实在太快，快得几乎像没有发生过一样。若不是他感觉到了自己的害怕、恐惧和血液加速流转，心头怦怦直跳的话，他也几乎不会相信这是真的，甚至不会相信自己的眼睛。这一刀斫过去就像电光火石那样猛疾。牛犊躺在那儿，真的躺在那儿——死了。是被自己斫死的！天哪！上帝啊上帝，你可曾听见，你听见没有，上帝啊！

在慌张困惑之中，他把上帝当成是凡夫俗子那样来哀求：上帝，你快帮帮忙吧！上帝啊，你帮帮我，帮帮我吧！

他一边哭着，一边动手用那些枝条嫩叶堆在牛犊的尸骸上，双手哆嗦着来"掩盖罪证"。

他偷偷溜进农具库房里，感谢上帝屋里没有人看见。他又趁人没有看见的时候返回榉树林里，手上拿了把铁铲。

分分秒秒都不能浪费，要片刻必争。他动手在两棵参天的榉树之间挖一个坑，在他呼哧呼哧拼命铲土的时候，他用喑哑的嗓音低声呼唤上帝，但求他老人家保佑此时此刻不要有人走过此地。鸟儿仍旧逍遥自在地栖在枝头上，它们在瞪着眼瞧哪，它们是目击此事的见证人。哦，上帝见怜吧！他呼哧呼哧，喘息不止。豆大的汗珠从额头上往下流，流进了眼睛里，同止不住往外流的泪水混合到了一起。他就像一头小动物在燎原的野火面前拼命挖土，恨不得立刻能够挖出洞来容身躲藏一样地疯狂。然而挖下去的速度却很慢。哦，上帝啊，在天之父啊！你开开恩，行行好吧，保佑我把它赶快埋掉吧！可怜可怜我，放我一条生路，若不然他们知道了会把我活活打死的。

仿佛是上帝被他在榉树下哀哀求告的一片虔诚之心所打动，他竟十分幸运地挖在松软的土质上，而且也没有碰到粗大坚硬的树根。最重要的是上帝赐给了他感情上的冷静沉着，使他敢于把那头被自己砑死的牛犊扔进新挖好的土坑里去。把牛犊扔进土坑里可真是件费了九牛二虎之力的辛苦活计，远比妄杀生灵的罪过累人得多。那头小牛犊分量重得很，马丁不得不休息了三次才把牛犊拖到坑边，幸好每次休息之后体力很快就恢复过来了。不管怎么说，上帝恩典总算让他把牛犊勉为其难地塞进了那个狭窄的土坑里。他又洒泪向上帝祷告了一通，祈求上帝宽宥他这一回，并且许愿说长大之后，他务必不会忘记向上帝忏悔。上帝又赐给他心理上的宁静，使他放手往牛犊身上一铲一铲地把土撒下去。

坑填平之后，还多出不少泥土来。可见他不能够修筑一个坟茔，所以他只好把剩下的泥土捧过去，盖掉草束周围的血迹。在这一切做完之后，他又在埋牛犊的地方和有血迹的地方再铺上一些树叶和枝条，然后又俯伏在地细细查看有没有露出一星半点蛛丝马迹。上帝赐给了他冷静，使他能够小心地把嫩枝绿叶上沾的鲜血都拭掉。枝头的小鸟又开始啼鸣了。

* * *

他刚刚把铁铲送回农具库房返回到早先刈草的那个树丛里，就听得威尔海姆在呼叫。

"噢。"他在树丛深处回答道，由于心虚而声音很不自然地颤抖起来。

"吃饭啦。"威尔海姆叫道。

"好的，谢谢。"树丛里那个短号般的尖声继续在颤抖。

他忙不迭把那些沾有鲜血的枝叶扔到一处浓密的灌木丛下，再在上面覆盖了一些陈枝腐叶。他数了一下，本来规定好要刈40束羊草才可以收工，可是现在还缺少8束。为了保险起见，他答应了一声"我来了"。他朝着树林外面和威尔海姆又喊了一声"我马上就来"，手头上加紧把那些散乱的枝叶捆扎起来。等到把一切收拾停当，他便匆匆朝返回农庄的路上走去。树林外阳光明媚，无数鸟儿在绿荫葳蕤的山谷里千啼百啭，它们大概是在欢快地歌唱这一个夏天的忙碌即将结束，如今已孵卵育雏，繁衍了新的一代。他在农庄门口伫立片刻，定定神。在西莫兰的高地上，有几辆鞑靼人的马车摇晃颠簸着朝向荒原的岔路驶去，车上人懒洋洋地在打瞌睡。马丁十分讨厌鞑靼人，如今看到他们的大篷马车在这片毫无冒险可言的地方更觉心烦。他们对用人、对孩子，甚至对农庄主都坑蒙拐骗。有一次，有个鞑靼孩子从他那里骗去了一只口琴，虽说那只口琴有3个音有点走调，不过仍是非常出色的。反正，他们什么都不放过，都想哄骗到手。他们长年累月沿着一成不变的路线去而复返，而且从不路远迢迢跑到天涯海角去，到美洲大草原、到喜马拉雅山、到旁遮普、到非洲的乞力马扎罗山去。他们总是在这一带的村子转来转去。农夫们常说鞑靼人一直沿着"∞"字形转圈，总是"8"字形，当他大了以后，他通过自学方始明白，这个横的"8"字形原来是无穷尽的符号，是永恒的标志。在日历表示天气的符号中也有它，意思是雾。厨娘们也会用到这个符号，不过是用在面团上，金黄色的"8"字形面包。他想：如果真的做了一个很大的、"8"字形面包圈，那么海尔维格可以把它放到胸脯上。想到此，他为自己的想法而感到羞愧。他用瘦弱的小手紧紧抓住大门上的铁杆，看着鞑靼人的车远去。他讨厌鞑靼人，因为他们不工作，而他却不得不工作。他们还在林子里干通奸勾当。这是一个松散、放荡不羁的民族。他很讨厌私通。那么眼前呢？眼前挥之不去的就是一件事，还要设想最糟糕的状况，因为牛犊的那码子事忘却不了，又来纠缠他了，那毕竟是他的一块心病。他一边打开大门走进院子，一边又把心思转到别处去了，唉，那些学校里的小女孩真叫人讨厌，成年的女人就更可恶了，最难同她们打交道。他憎恶地朝地上啐了一口，心烦意乱。那是七戒里说的时候，有人会高声叫喊："你们在上面草堆里干什么呀！说呀！"他走进前廊，脱掉木屐鞋，忽然又有一个想法涌现在他的脑际，于是他又在那里磨磨蹭蹭，想起往事来了。他记起有个小姑娘把"6"这个数字"塞克斯"读成"西克斯"，发音不准，她是他刚上学时候的同班同学，也就是在那一年伊纳兹死去了。那个小姑娘的父母刚从美国回来，她就是在美国出生的，那边人讲话就是说"西克斯"的，他永远也忘记不了那个说"西克斯"的女孩。可是那位满脸黑斑的女老师却喜欢她那样的发音，让她说"西克斯"。班上人人都喜欢那样的奇怪发音——"西克斯"。

　　他叹了一口气，唉，那是已经过去的事啦。

　　现在他走进厨房。桌上已经摆好星期日晚餐，热气腾腾，香气扑鼻。饭桌背后是阳光照射进来的窗户，窗幔似一层薄薄的雾翳笼罩在窗上。一轮红日悬挂在窗户的中央，橙红金黄，向周围四射如同金蛇狂舞一般，把房间里每一样东西都罩上璀璨的光轮，那蒸气袅袅的饭食，贡弗尔身上薄如蝉翼的衬衫和海尔维格的头发都熠熠生辉。威尔海姆坐在桌旁，手上的汗毛被阳光映照得金光炫目。贡纳尔的浓密的白眉毛也分外刺眼。马丁朝他们走过去，阳光笔直地照射在他的脸上，他眯起眼睛，用手去挡阳光，这样就有了口实去掩饰他刚进门时由于想起砟死牛犊和偷偷埋掉它的那副做贼心虚的尴尬模样。

"好，快来吃饭吧，坐到我身边来。"海尔维格说道。她又端来了一盘热气腾腾、被阳光照得犹如烟云般的饭食。

他们都围坐在饭桌旁，个个低下头来准备做祷告。马丁赶快念了他们平常吃饭前念的祷告。他的嗓音显得异常尖厉颤动。幸好祷告并不长，只有短短4句，然后是"阿门"。

当他们从虚无缥缈的祈祷中抬起头的时候，他们的眼睛透过袅袅闪烁的水蒸气看到盘中的菜肴。那几只被阳光晒得暖融融的银叉一齐举了起来去叉热气腾腾的土豆。那只汗毛被晒得金光闪闪的大手朝盘子里伸了下去，叉起来一块又白又嫩的鱼肉。

"我们把遮阳帘拉下来好不好？"老贡纳尔被阳光照得睁不开眼睛，这样发话道。

"好的，如果爸爸想这样的话。"海尔维格说道。

"是呀，我想拉下来的好。"贡纳尔温和地说道。

"那么就这样做吧。"海尔维格说着站起身来，在窗前阳光中去寻摸拉帘子的绳子。在遮阳帘拉下来了后，房间里变成了一片浅蓝色。马丁还是最喜欢那刺得人睁不开眼的阳光，这一来他反倒觉得心中无底起来。他低下头去看看盘子，想出了掩饰自己神情的办法。双眼死死盯住漆布桌布，细细看那鱼骨状的图案。他出奇地细嚼慢咽起来，把土豆用银叉慢吞吞地掰成两半，眼望着这两片土豆上冒出来的热气发愣出神。

"不可以拿着饭食来玩耍的。"海尔维格喝道。

他猛地一惊。于是她粲然起来，没有料到这孩子竟然经不住这最起码的轻轻一喝。她笑着刚要问下去，威尔海姆的声音却救了他的驾。他手持银叉，从自己盘子上抬起头来，问道："唔，干得怎样啦，马丁？"

马丁赶快用叉把那两片土豆研碎，再用刀把研得粉碎的土豆归拢到鱼肉旁边。他思索了片刻，良心同理智谈判了一两个回合，然后他强作笑容地回答说："嗯，我刈了32束，还剩下8束来不及捆完。"

他心惊肉跳地，然而又装作高高兴兴地抬起头来看看，一边不自觉地模仿着威尔海姆刚刚做过的动作，把银叉放在手上掂掂分量。与此同时，他用另一只手把前额上的短发往后撩上去，动作迅速而紧张，长着雀斑的脸上那个笑容荡漾扩大成了龇牙咧嘴的苦笑。他的心头着实不好受，对这场令人讨厌的盘诘提心吊胆之极，生怕一不小心说漏了嘴。他的心怦怦直跳，胸口堵得十分憋闷，太阳穴滚烫起来，两眼冒出了点点金星。他神经质地一直满脸赔笑着，直到威尔海姆不再深究下去，这才结束了他那强颜欢笑的角色。威尔海姆说道：

"干得不错，马丁。今天就到此为止吧！你今天就用不着再干别的活计了。"

"好的，多谢啦！"

"算啦，用不着谢。"威尔海姆慷慨大度地说道。

非常走运的是他们没有再谈下去，而是话锋一转，讲起了几个亲戚的近况，讲到了收获和打场，那两个姊妹还悄声谈起了海尔维格即将面临的订婚礼。

马丁由衷地感激上帝垂怜，天意安排使这场饭桌上的交谈拉扯到别的地方去了。他尽力不让这份高兴劲头露在脸上，他一点也不插嘴，而且也不引人注意，但很高兴能够被人"撇在一边"。饭桌上的交谈一直持续到大家无话可讲了,这才念起饭后祷告来。

他念得分外起劲,要比他在托勒内农庄的任何一次祷告都有自己的特色,可以说,他是把自己的灵魂灌注进去了。或者换句话说,他坦诚地把自己的真实心愿祷告给上帝。感激涕零这次午餐的难关竟然这样地平安度过。为了表明这种感恩戴德,他把整个年轻的身心都灌注到祷告之中。

感谢你赐予饮食,哦,上帝呵。
我们将信念坚贞地奉行你的旨意。

当天下午,他同一个名叫斯坦的男孩一起玩耍,他是学校里"最有学问"的学生,也是一个善于梦想的孩子,他身材瘦削,是个快变嗓音的半大小伙子。他的家是一栋在山坡阴坡上的摇摇欲坠的破农舍,四周有一圈黑刺李树篱。马丁非常怜悯他,因为说不定他的日子要比马丁这样靠教区抚养的孩子还要清苦艰难亦未可知。全家男女老少都挤在那唯一的一间房里,挤得快像柜子里那样人叠人,所以也不见得会有多少天伦之乐。

屋外有一小块土地上长着鲜花,上百种鲜花,这一小块土地显然是最好的抚慰,不过这个充满梦想的孩子是个怪人,他看不见这些花,目光掠过鲜花向远处望去。这个梦想者,脚上戴着贫穷的脚镣,总是极目远眺,而他的脚却在捣毁着他脚旁宁静的蜗牛,这些蜗牛是在暮色中离他木屐鞋最近的邻居。这个十分贫穷而又好梦想的人对眼前事物熟视无睹,只是想着自己的事,来来回回想着自己的事，想着远处的事，却踩踏着眼前的事物。爱梦想的人中有好多人都是这样的。这是梦想者的规律。他们举目眺望，却什么也没有看见，眺望着空虚的永恒。山谷里的学校中就有五六个这样狂热的小家伙。他们愿意相互来往，坐在一起，眺望远处，似乎他们自己是不存在的。他们只听到相互的声音，说着"真可怜"、说着莫希干人、说着大海、说着海员俱乐部、说着奥蕾恩斯百货公司，还有加利福尼亚。小人书里描述过，这种团伙里的人豪爽，有激情，这是男孩子的品性。马丁的经历却与此正好相反。当他长大以后，回想起他加入这个群里，抽芦荟叶烟卷，把浆果汁涂在眼睛四周扮演印第安人这段经历时，他没有留恋这段日子。虽然他们有时候演得很逼真，也能使他们有几个小时的欢乐时光，但是，他们的声音不但听起来是空虚的，而且整个气氛也是空虚的。

跟这些伙伴在一起之后，会使人像喝酒后醉酒一样，日常生活像只沙袋那样来回晃悠，日子变得更加糟糕，干活计像是下地狱被火烧烤，到最后连最简单的活计都没有心思干了，脑子里净想着这些事情，满脑子想的是在美国萨克拉门托山谷，身处在那里的一个关隘，身上总是佩戴着温彻斯特式步枪，子弹上膛，随时准备射击！要不就在萨克拉门托河的上游淘金；要不就是跟随着英国海军军官出海去了。直到报纸（真实的报纸，每天的日报）的到来，上帝保佑，让这些胡思乱想加进了一点点关于德国北部赫尔高兰海岛激烈战斗的世界之现实的叙述。现实总是会被孩子们忽略的。

斯坦和马丁两人一起坐在托勒湖边。他们削了几条桦树船，放在水里，听凭它们在自己的脚下漂流。他们就端坐不动，瞪大眼睛看着，他们是不能玩耍的，这些舰船已经陷入石头堆中，并且沉了下去，而军官们到莫希干或者是到女人们那里去了。他们坐着，极目远眺，却似乎什么都没有见到，而脚下的垃圾堆成了一支庞大的无敌舰队追波逐浪，他们视而不见。内湖的水白浪滔滔，他们没有看到。岬湾上空一只潜水鸟盘旋翱翔。天空忽然彤云密布，灰蒙蒙的苍穹之下，暗蓝色的浪涛翻滚。在岸边，两个孩子端坐着，同病相怜，惺惺相惜，他们没有看见潜水鸟，但是透过潜水鸟的背脊，把目光投向"加利福尼亚"，投向永恒的虚空。

* * *

在这个有如夏天般美丽的初秋，骄阳依然灼热逼人。田野里土豆的叶子仍旧一片绿油油。现在不过是9月中旬，秋播已经结束，鹊鸰却还恋恋不舍地在田野里觅食。落叶林间深耕细作的菜田里，萝卜长得像小孩大腿一般粗。萝卜有一半长出地面，比脚面高出许多，拔萝卜的孩子们在脑海中难以克制地联想到裸露的身体。

威尔海姆雇来两个男孩帮马丁一起拔萝卜。马丁和那两个孩子玩起了谁能拔出"最裸露"的萝卜比赛：拔出长相扭曲古怪的或者是长着两条腿的萝卜。

那两个孩子一个叫埃米尔，一个叫比吉尔。他们心中没有任何秘密，嘴里说的无非是关于性的问题和印第安人。马丁从他们那里学到了一些东西，也知道了事物的价值是有变化的。

"我们现在该说些粗话了。"他们说着就坐了下来，嘴巴里说起了脏话。他们用这地方女孩子的名字给长相最稀奇古怪的萝卜取名。马丁因为牛犊的事，心里乱得很。当这两个孩子厌倦了玩萝卜，就又谈起了印第安人。即使此时此刻，马丁仍旧心不在焉，他们说着莫希干人走路毫无声息，可马丁只是想着自己在树林中用树叶掩盖那头牛犊的血迹、林中一片寂静的时刻。

"究竟能够隐瞒多久？"他不敢再往深处细想。

到了下午稍晚的时候，威尔海姆来到了萝卜地里，邻居的那个农夫也同他一起来了。马丁这惊吓真是非同小可，浑身血液都快凝住了。但是他把惊吓隐藏在内心，没有人看得出来他已惊恐万状。他连眼皮都不抬一下，仍旧自顾自拔萝卜，动作很大，一副卖力干活的样子。

"你们有人在这一带树林里见过一头牛犊吗？"威尔海姆问道。

"是呀，那头小牛崽子走丢了，你们也许看见过吧。"那个邻居农夫说道。

其他两个孩子都摇摇头说没有看见，马丁也就趁势作了同样表示："没有，我们没有看见过。这里没有小牛走过。"

邻居农夫看看威尔海姆。马丁仍旧卖力地拔萝卜，用使出浑身劲头的动作来掩饰自己的恐慌和不安。他拔起萝卜后就把它扔到一边，堆成一堆，他干活干得很出色，速度并不比那两个孩子慢。邻居农夫仍旧盯住了威尔海姆。

"怎么样，我说的没有错吧。"他说道。

马丁心跳得如此剧烈，几乎要透不过气来。那个农夫究竟说了些什么？他一口气拔了几十上百个萝卜，但愿上帝赐给他心灵上的平静，好让他听得清楚那个农夫在说什么。

"是呀，没有别人，只有鞑靼人才干得出来，"邻居农夫说道，"你不是昨天亲眼看到鞑靼人的大篷车队从这里经过，有5辆马车哪！"

"不错，你倒是这么说来着，"威尔海姆仍然有点迟疑，"也不见得不可能……"

"不用再多想啦，事情对我来说已经一清二楚了，"邻居农夫说道，"那些该死的鞑靼人，偷牛贼！"

现在雨过天晴，豁然开朗了，邻居农夫的脑筋里是如此，马丁的心灵上也是如此。

那两个大人骂骂咧咧，数落着鞑靼人的种种罪过，他们徐徐向远处走去。马丁心里暗暗对上帝感激涕零，因为这人世间居然还有鞑靼人。这三个男孩子继续拔萝卜，似乎什么事情都没有发生过，直到吃晚饭的时候才回家去。不过在以后的好几天里，马丁还是神志恍惚，那头被他斫死的牛犊和埋葬牛犊的土坑一直在他眼前若隐若现。

"你看起来那样美滋滋、乐呵呵。"海尔维格说道。一点也不错，他确实如此，心里充满了对上帝的感激之情。但是内心和脑海深处却是另一幅景象，他不停地在扪心自问，探究自己。他的内心里浪迭波起，汹涌不已，整个世间都在他内心活动着。

他自己是处在人生之中，而他的人生又是处在出生到成熟的半途上，处在孤独的童年的半途上，在人生的沙漠中趔趄蹒跚。

到了10月份，马丁搬到诺达农庄去寄养了。同托勒内农庄告别没有半点柔肠寸断的愁离苦别之情。

马丁早就感觉出来农庄上是没有人会牵挂思念他的。"白色海洋"里的那只大座钟一成不变地嘀嗒嘀嗒走着，到时候就叮当叮当地敲时报点。一切如常，毫无变化。没有人会说马丁就是躺在这张沙发上的，每天晚上他就坐在那张椅子上做功课，他双手的手肘撑在桌子上，到眼皮睁不开的时候就用手去揉揉。唉，不会的，他就像一阵清烟，随风飘荡而去，什么痕迹也没有留下，连一点点气味也不会留下，甚至不会像一个鬼影出现在丁香盛开的卵石甬道上。

"你会在那里过得很好。"威尔海姆人云亦云地这样说道。"倘若你很乖的话。"他又加上了这么一句。

他说这句话的神情非常奇怪，马丁暗自思忖，他这不阴不阳的态度背后隐藏着一个想法哪。

马丁看看他的脸色，一下子什么都明白了，原来他们是在说反话哪，他们要把他送到一个境况远比他们清贫困苦的家庭去领养，这是他们心知肚明的。他们是在把他从油锅里拉出来又推入火坑。他抬头看看威尔海姆那张扬扬自得的面孔，一切都变得昭然若揭了：须知一个看不出自己即将面临的未来的人是一个不明事理的糊涂虫。

"哼,事情既然是这样,"马丁想道,"那么我倒不如在吃晚饭前走掉算啦,省得再让他们多供给我一顿晚饭。"他低下头来看着自己的木屐鞋。他脑中考虑的唯一事情是如何把这个想法说出口来。

就在这个时刻,他竟然冲口而出了,讲得那么突然,连他自己都不曾想到。

"我马上就走吧。我的意思是说现在就走算了。"

"噢,何必那么着急,"威尔海姆皮笑肉不笑地说道,"你可以待在这里吃完了饭再说嘛!"

"嗯,"马丁咽了一口口水说道,"不过我……一点……点也不饿。"

威尔海姆觉得好生奇怪,若有所思地盯住了他看。

"那么好吧,我不强求你。"

马丁觉得松了一口气。威尔海姆把目光移了开去。一切都变得轻松自如起来。海尔维格端来了他出门要带走的纸箱。

"哼,连纸箱都给拿来了。"他瞪大了眼睛逼视着她,这是他过去所不敢干的。她的眼睛里有晶莹的泪水在滚动,他不明白这是为什么。"装出一副慈悲相,在可怜我吧!"是呀,谅必如此。他的眼角里冒起火来。他觉得深深地受了刺激。哼,可怜我,可怜汤姆叔叔的儿子,哈哈。他忽然咧开嘴巴,冷笑起来。海尔维格吃惊得后退了一步,悻悻然地回到厨房里去。叮当,叮当,那边屋里的座钟敲响了。马丁从自己的梦想中惊醒过来,从自己的精神世界里返回到托勒内农庄这个现实中来,回到这些人中来,他开始向他们告别。

他从一个人面前走到另一个人面前，挨个地告别。这时候他们都已经回到了客厅里，围坐在华贵的地毯四周。他们几乎个个噤若寒蝉，偶尔讲一两句鼓励的话，诸如"诚实做人一世受用""心中不可一刻无上帝"，等等。那座白色的大钟真是又细又高，不过只有马丁去注意它，别人连瞅都不瞅一眼，因为在别人眼里它只是司空见惯地直僵僵站在那里，挺着个钟摆不停晃动的大肚子。基督从墙上的画片上俯视下来，看着他的羔羊走过这华丽的地毯，仿佛在一片好心的鼓励声中走过一片修剪得平平整整的草地。哦，基督真是太与人为善慈悲为怀了，他额头上流下的淋漓汗珠就像是蜜糖一样。马丁先走到老贡纳尔跟前，握住了他的手。没有人说一句话，然而沉寂本身就说出了他想讲的话。再见吧，老头儿，谢谢你捆了我几个耳光，谢谢你骂过我这个骂过我那个。但愿你日子过得好吧。

哦，威尔海姆，这个曾经上过农业学院的农夫，这个只顾尘世俗务的家伙，竟然把星期日当成星期一来对待，在安息日也要颐指气使叫人干活。你真是心狠手辣，记得那一回在湖岸上我还精赤着身子你就上来狠狠地打我。再见吧，你有本事就这样过下去吧！还有你，贡莆尔，但愿你过得太平好啦。

"总算是告别过了，感谢你们所有的瓦登斯特罗姆时代的人物。"

他在告别的时候没有把这些心里话说出来，甚至几乎想都没有想，因为他很"乖"。他顺着地毯边沿朝"白色海洋"外面走去，觉得所有人的目光都朝着他投来，目光之中似乎隐隐约约露出了依依惜别之情。

此刻,他又回到了头脑完全清醒的星期三下午。教区抚养的孤儿马丁朝着屋门走去,那只纸箱像一只大南瓜坠在他的后腰际,他的手臂拧过去挽住了那光滑的、棕色的厚纸。他走到门口回过身来朝他们看了一眼,可是泪珠却不由自主地夺眶而出。他们坐在那里看见他泪水涟涟便宽慰地绽露出了一丝笑容。那个迷途的孩子踏出门外。牛犊的事情他压根儿一句都没有提起过,而那个生灵却是他亲手戕杀的。所以说到头来还是他自己的罪孽最为深重。现在这桩事情又在他心中翻腾起来。他大概应该返回房间里去,扑到威尔海姆身上,坦白说:

"是我杀了那头牛犊,是的,牛犊是我杀的,威尔海姆,你应该宰了我才对。正因为如此,我现在才原谅你的一切所作所为,不去计较那些无缘无故挨到的耳光和那次狠狠的毒打,还有在湖边朝我裸露的身体吐唾沫。"

他伸出手去,正要把房门关上,他的目光忽然同墙上挂的那幅瓦登斯特罗姆像相遇。它在探询,它在逼问,你这个杀害牛犊的小凶手。罪孽像一块巨石压在他的心头,压得他快要透不过气来。他伸出哆嗦的手把那扇快要关上的房门又打开得笔直,探进头来,嘴里像是塞了满嘴的干羊毛一般,声音喑哑而颤抖地说了一声:"愿上帝保佑你们大家!"

这句话是他费了好大劲头才说出口的,至于从哪里冒出来的,他自己也弄不明白。于是坐着的那几个人都用手去揩拭自己的眼睛,他们都哭起来了,默默无声地淌下了眼泪,只有威尔海姆还在用探索的眼光看着他。他没有太多时间在门口流连耽搁，便悄悄地把房门合上。他蹑手蹑脚地走过门廊的地板，走出门廊之后在院子里加快了脚步。院子里秋风飒飒，仍旧花草飘香，在树篱里松鸡惆怅地在声声啼叫。卵石甬道在木屐鞋下踩得咯咯声响，大门吱嘎吱嘎地被打开。他朝向诺达农庄走去。上帝保佑你们大家，上帝保佑你们大家。他哭泣着低声呼喊。

今天他务必要沿着湖边去，走上大半天，走很长很长的路。

他脑袋里已经汇集了成百上千个想法，他要静下心来好好地想想。他心里默记下了许多首歌曲，他要放声歌唱一番。

不过，他首先想到的是战争，那场大战从夏天爆发以来，正打得如火如荼，不可开交。他看到过图片。

现在他想象着战争的场面：打仗的士兵从战壕里一跃而起，往前冲锋。

士兵们跃身向前，奔跑冲刺。他们拼命相搏，他们在彼此残杀，他们要拼个你死我活。

他想到了那头牛犊。一路往前走去，战争和牛犊在他心里交替出现。

他曾经听到过贡纳尔同威尔海姆在谈论这场战争，那真是惨烈悲壮，鬼泣神愁。

当他在听大人们交谈时，他恰恰好像自己也长大了，具有同大人一样的理解领悟能力，只消你认真细听的话。

他们的话一讲完，自己又陡然变得年少不更事起来，如同在听他们谈话之前一样。

马丁边走边想，忽然发现童年时代的品格性情是可以随心所欲地拉长缩短的，它可以伸展自如，甚至伸展到耄耋之年。有些日子里，一个人可以比平时更明白事理，而有些时日则非常孩子气，也有些日子里是在装出一副持重老成的模样。倘若能把所有的听来之言全都记住，那么不消一天就可以变得同大人一样聪明。

因为人家在同他说话的时候是要动脑筋的，也就是说从人家的话里可以学到人家是怎样动脑筋的。马丁这样想道。

他现在已经不小了，懂得不少事情，开始知道人生百态，世道沧桑。大人们决计骗不了他，因为大人们绝对无法知道他究竟懂得了哪些。

比方说吧，海尔维格告诉贡弗尔说道鹳鸟给邻居家送去了一个孩子，他就知道这分明是诳言。既然是鹳鸟送子，那么奶牛又当何论？难道还有专门送牛崽的鹳鸟不成？他早在7岁的时候就知道得明明白白，孩子是从妈妈肚子里生出来的，而且还亲眼看到婴儿呱呱坠地的情景。他还知道许多别的事情，其实他知道的事情不比他们少，有时候他觉得自己还比他们要知道得更多一些。不过他孤独一人像这样信步漫游的时候，既听不到人交谈也念不到书，他一下子又缩小了许多，觉得自己懂得很少。

有一个星期，他听到人说工人是非常具有危险性的，他们会铤而走险，有朝一日把有钱人统统劫掠一空。他倒很喜欢有钱人，因为他们知书达理，懂得非常多。奥伦和奥蕾恩斯百货公司的大老板就是个富翁，从百货公司货物目录单上的图片上看来，他慈眉善目，面团团一副富贵相。

又一个星期，他又听人说，工人和有钱人都不好，只有"老百姓"才好。于是,他心里把人分成三类:工人,富人和普通老百姓。其中普通老百姓最好,而他自己正是个普通老百姓,不过他想要发财致富。其实他倒并不见得要成为一个有钱人,而是想成为一个富有的普通老百姓,比方说在船队里当个水手。他讨厌干活,他不情愿干活,因为他觉得自己一直在干活受苦,干活干得太多了。他不喜欢当工人,因为当上了就要无止无息地终身干活。这就使得他非常讨厌工人。为什么他们非要干活不可呢?难道他们不想干下去的时候就不可以一口拒绝吗?对他来说,他倒宁肯在舷桥桅杆上爬上爬下,就像小人书里的图片上的小船员一样。不过,总要有人干活才行呀,是不是?

他一边走,一边"动着脑筋",有对的想法,也有不对的想法。当他走了很长时间后,他觉得累了,便把战争咧、工人咧和老百姓咧一股脑儿全都忘掉了。这时候,他不免为自己而黯然神伤起来,他自己什么都不是,只不过是个教区抚养的孤儿而已。他已经一口气走了5英里路。在整个这段时间里,他一直在高唱着一首殉教的姑娘之歌:

> 大家听好,我细细说个端详,
> 那是个年幼的殉教姑娘。
> 她在主日学校里学会了,
> 热爱主耶稣,孩子的慈父。
>
> 她的家里一贫如洗,
> 整天不是挨打就是挨骂。
> 食不果腹、衣不蔽体,

没有丝毫家庭的欢乐。

父亲脾气暴戾浑浑噩噩，
嗜酒如命狂饮滥酗。
母亲年纪轻轻就命赴无常，
只留下一冢孤墓。

有一天小安娜婉转一曲，
歌颂主耶稣，孩子的慈父。
父亲大发雷霆，恶声怒骂：
是谁教你唱这劳什子？

我在主日学校里学会唱的，
小安娜心灵圣洁地回答。
耶稣将会搀着我的手，
领我一步一步进天国。

父亲怒不可遏恶向胆边生，
他举起了烧酒瓶子，
打碎了女儿的天灵盖，
云端里的圣者看得明白。

小安娜的灵魂被迎上天国，
端坐在金壁玉柱的殿堂。
嘹亮的歌声在星际回荡，
颂扬吾主上帝的荣光。

可是天堂的花名册上
却马上抹去了父亲的名字，
他很快就丧失了理智，
猝死在一家小酒馆里。

这就是殉教者安娜之歌。
主耶稣把她带领回家。
这支歌谣本来很短，
阿格纳斯·安德逊把它改编加长。

  他的思路重又回到了战争上，从图片上看来的战争场面，那真是兵燹战火，永无太平。有一回，他曾亲眼见到过汪达尔炮兵团的大炮。那时候，他年纪还很小，跟着伊纳兹姐姐一起到外面去玩。长长的一串大炮辚辚地开过来了，好不威风，士兵们骑在骏马上，嘴里叼着烟卷。这一下子地方上就热闹开了。那天晚上几乎所有的大姑娘都到湖里去洗澡，光着身子裹了块毛巾就朝着岸上的士兵们调笑。那几天里，她们对孩子们可凶啦，嫌他们太碍事。他看到有个姑娘那天晚上追着一个放牛娃打，周围的人挤眉弄眼嗤笑，说道，她已经鬼混上啦。

  就在那一年还没有过去，有个姑娘死了，因为在临盆的时候孩子难产了。

  那些订了婚的情人们对待孩子们也很凶，只顾自己在丁香树下喁喁低语，一味把孩子们轰赶开去。那些有产业、有身价的人也很凶，到了夜里他们放恶狗出来咬人。

  马丁身心里的精神之火在自我的隐蔽之下被人世的劲

风愈吹愈旺，蹿出了熊熊的火苗。他正在人生的道路上往下走去，以今日之悟而省昨日之非。但是他对人没有"坏心眼"。追忆昔日旧事就好像有人在轻轻拍弄一只猫那样地抚慰他，而后果则大为不同。一只猫只会跳蹿开去，躲在角落里去看牛奶盆，丝毫不解那轻拍抚摩的用意。而马丁则不然，他会得到信仰。巨大的信仰，这样他就用不着神魂颠倒地到处探索，省得在根本空洞无物的角落里白费工夫。如今他像一盏教区里尘封垢积的小油灯。有许多张嘴都在朝着他这个小小的火苗吹气，吹得它摇曳不定、明灭闪烁，而且往往把灯罩玻璃熏烤得油烟乌黑。

也许正是这个缘故，他才如此热爱学校。在学校里面，每天都可以见得到整个瑞典和全世界。在学校里面，他有自己的安身立命之所，虽说别的学生的托庇之所是在自己的家里。他们天天下午从学校回到家里去，而他却没有家，只是从学校里出去。他真想在学校的教室里过夜，是呀，他宁肯躺在教室里，即使是躺在光溜溜的地板上也舒服得多，因为在学校里有瑞典全国存在，有全世界存在，日日夜夜都可以陪伴着他，不会离开他半步，不会叫他感到孤独。在学校里，即便是粉笔灰飞扬，空气干燥得叫人连连打喷嚏，但是江河大川却在奔流，汪洋大海却在波涛起伏。在教室里端坐着身披灰色布袍的马丁·路德[①]，他头脑中充满了圣训戒律，却不曾为人所爱戴过。还有教学图片上的亚当和夏娃就像天使之剑将他们雕刻出来的那副模样，在那里走来走去。他们究竟干了点什么呢？哦，不管好歹，

[①] 马丁·路德（1483—1546），宗教改革家，将旧教改革成新教。

无非就是吃了智慧树上的果子而已。真是一个不可思议的谜。这个疑窦真是叫人猜不透,叫人心痒难抓。

在某些方面他也不大喜欢学校,因为那里假话也说得太多,而且是用一种文雅得叫孩子们无法听懂的语言来讲授的。不过,那里毕竟是他的避难所,是他的宝岛,再说,他委实喜欢那几门只说真话的课,比方说地理呀,自然科学呀,等等。

他走到诺达农庄的时候，天色已经很黑了，家家户户点起了灯火，朝着荒原的山墙窗户都拉下了黑布窗帘。

　　他在通向诺达农庄的两边都是石头院墙的那条"街道"上伫立了半晌。他站在一簇野莓果树丛旁边，信手摘了几颗野莓果放到嘴里。哦，莓果真甜。天穹之中，月华初现，乱云飞渡，那个农庄轮廓分明，恰似一座农民的城堡一般。

　　两支短笛的悠扬笛声在夜空的微风中悠扬交错，互相呼应，仿佛就像故事里描写的一样。农庄上的铃铛悬挂在屋檐下，形状如同一只倒放的石舀，在云翳半掩的月亮照耀下显得那样微小。这样的夜对于秋天来说实在是太温和了，天气暖融融的，令人腻味。

　　夜空中传来声声犬吠，那是半饱半饥的猎狗在朝他狺狺狂吠吧！叫声回荡在寂寥的棚屋之间，回声萦绕，听起来仿佛有上百条狗在吠叫。

　　湛蓝的夜空中，朵朵乱云你追我逐，月亮下边的，洁白如银，而月亮上边的，则像黑丝绒一般。这样皎洁的夜空对于梦想来说未免有点扫兴无趣，因为那些自认为遭受排斥的人，总是爱久久地仰望夜空。马丁也站在那里对天兴叹。倘若他不走进这家农庄的门又会有什么后果呢？也许会挨牧师一顿打？不会，牧师从不打人。他干脆一屁股坐在野莓果树丛旁的一块石头上,细细思忖究竟会不会挨一顿打。不会,他不会为了这个缘故而受到判处的。那么市政当局会不会让他挨一顿揍呢?

他听人说起过,市政当局自己肯定不会动手打人,不过可以把人罚送到一个专门的地方去受苦挨打。那是两座旧日的宫殿,后来改建成了感化院。那里四周风景优美,建筑也很宏伟,不过感化院毕竟是感化院,哪怕是宫殿改建的。人们为了最细小的罪名就可以被送到那里去饱受缧绁之苦,在铁窗后面度过漫长的岁月。

> 在遥远的拉瓦宫殿里,
> 度过漫长的悠悠岁月,
> 尤伦海姆在坐着沉思。
> 坐在穹苍的高围墙上,
> 周围被黑夜笼罩,
> 没有星星在闪烁。

如今的农民已经不像早先那样没命地毒打那些领养的教区孤儿。他们只消往罗姆感化院一送就算了事,再说要送那些孤儿们去感化院也委实太方便,只消到霍尔伊地方去跑一趟,领出一张送往感化院的证书就行了。然后打个电话,感化院的惩教人员就会乘着火车前来抓人。那么再往后呢?嗯……再往后……

为了驱走这些令人不快的念头,马丁放开嗓门歌唱起来,他会许多许多劝人为善的歌曲。

劝君千万少喝烈酒，
切莫犯酗酒的罪过，
须知人生并非在玫瑰上跳舞，
不过也可过得乐哉逍遥，
倘若避开酒瓶子的祸害。
切莫与烈酒结下不解缘，
不管眼前怎样乌云密布，
总有云开见日的那一天。

只消想想亚历山大远征，
他率领大军跋涉沙漠。
倘若人人头盔里藏着烧酒，
岂不要一败涂地全军覆没？
亚历山大知道冲出沙漠之路，
那就是：滴酒不沾头脑清醒。
他一直把不许酗酒引为戒律，
这才使他跻身英雄之列。

马丁又摘了几颗野莓果，坐在乌蒙蒙的夜晚里细细咀嚼起来。月华满地，夜风轻柔，毫无料峭寒意，马丁一点也不想站起身来走进那农庄里去，他想要再坐一会儿，"想想这片刻不停的人生"，"真是奇妙哇。"他想道，抬头仰望着天际的星星。

这时候，有几头好奇心很重的小母牛和小公牛走过来，从宽阔的石头院墙上探出头来朝他张望。在这个温和的秋夜，它们在晚上还出来吃青草。马丁沉醉在这迷人的月夜和自己的梦想之中，过了很长时间才发现这几头牛犊。他正在大声歌唱，看到了牛犊就停止了歌唱，眼睛也不再瞧星星了。

真不知道地球上哪来那么多牛犊！哦，吾主上帝啊！一头、两头、三头、四头！哦，它们一齐伸长脖子，瞪眼瞅着他！哦，那边还有一头！他掩身躲闪开去，想要挺起胸膛，鼓起勇气。就在这个紧要关头，他觉得一股睡意袭来，他赶紧把两片嘴唇闭紧，生怕一打哈欠，打扰了这良心上愧疚的时刻——伸懒腰打哈欠是亵渎神灵的忌讳。他把那个哈欠一口咽到了肚里，让它在那里稍待片刻再说。要知道此时此刻他顾不得许多，因为那头牛犊居然站在石墙那一头！！它站在那里纹丝不动，怪模怪样地瞅着他。哦！天哪！

那头年幼的牲畜双眼发出粼粼光芒，大概是橙黄色的月光在它眼睛里反射出来的缘故。整个场面都像是鬼出现一样，牛犊居然会像猫一样双眼发光。哦！天哪！

马丁的嗓音变得像小婴儿那样咿咿呀呀、模糊不清，就像个三岁的小孩：

"唔，上帝，唔小牛，那么小，还是到那边去吃草吧，天气那么好……唔，上帝，唔，上帝……"

可是牛犊还直愣愣地盯住他，由于他说话咿咿呀呀，那头牛犊就更好奇心大发了。别的牛犊一见到此情此景也走过来凑热闹，尽量地靠近石头院墙。于是，从石头院墙上伸出来了五个牛头，一齐盯住了他，靠最左首的那个牛头是那头小牛犊的。

马丁捏紧了双手。在维尔纳斯农庄上，人们常说："宁肯朝着鬼迎面走过去，也比返身逃走要强得多。"可是他却既不敢迎面上前，也不敢抽身往后逃。他的身体像粘在石头上一样，坐在那里叽里咕噜、咿咿呀呀，又是对着牛犊求情，又是向上苍祈祷。在这段时间里，他内心里明明知道，那绝不是牛犊的鬼魂前来索命。不过，他又吓慌了神，嘴里一直在对着那条被斫死的牛犊说话。

但是，"牲畜是没有魂魄的"，他忽然急中生智想起了这句话。去年秋天，他们宰杀那头猪的时候，人们还说起牲畜是没有魂魄的。那么他要不要给它们一家伙？朝它们扔块石头过去把它们轰走？不行，他不敢。上帝啊，那么最好的办法莫非是写封信给市政当局，交代清楚事情的原委。不行，不行，那样一来，他们准会把他送交感化院的。那么再往后呢？"我爸爸死了，我妈妈在加利福尼亚……"唉，算了吧！这里有几头牛犊站在面前，当务之急是如何对付它们。那么究竟要不要用石头去砸它们一下，看看它们是不是鬼魂呢？

他手里拿起了石头，准备去砸牛犊的脑袋。他看了看那块石头，把它揣在掌心里捏来旋去，就像大家在买进一块怀表时那般爱不释手。就在这个关头，从院子深处传来了几声犬吠，那猎猎的吠声穿过了两侧的棚屋，像是从一个硕大无朋的漏斗里发出来的一样，显得分外凄厉凶狠，回声萦绕不断，仿佛群犬齐相呼应。马丁把石块捏在手里盘来旋去，这一阵阵犬吠倒对他大有帮助，使他稍微恢复镇静，不再那样骚动不安。他手里仍在揣摩把玩着那块石头，还是想砸过去，把那几头纹丝不动地站在那里的牛犊驱赶开去。可是忽然间手一松，他听凭石头掉落到地上，而他自己仍旧直僵僵地坐着。当他再抬起头来看天上的月亮的时候,这才发现片刻之间夜空景象大变。现在月光四射,整个天宇澄澈如洗,一扫方才乱云翻滚的阴森凄楚,而他在这段时间里一门心思在想着那头牛犊,那头被自己斫死的牛犊。现在他从内心深处笑出声来,如释重负地哼起一首描写异教徒的生活惨状的歌曲。

我听到千万个声音在回响。
感谢和赞美吾主上帝;
带着欢乐声音献祭的来自远方的异教徒:
"感谢上帝,在死亡之夜给我们光明。"
上帝的话使我们得到拯救。
您的爱是最好的宝藏。

高昂的感恩声从中国传来。
那里过去崇拜莽汉和石头。
上帝精神深入人心,感动死者。
上帝啊,
您的恩情传向陆地海洋和各个国家。
您的拯救之言有着胜利的威力!
请看,不管看向何方,
您的威力到达南方和北方。

这首歌跨过海浪,直达到印度众生。
多少消沉和压抑的灵魂。
上帝得到愉快的回复:

感谢吾主上帝,给了我们平安和自豪。
圣明的主啊!宽恕罪人,
从坟墓里救起我们的生命。

听吧!歌声来自刚果黑暗里的子民,
像滚滚的波涛,
上帝用血肉买来他们的自由:
"感恩上帝,
拯救的声音响彻大地,
并将很快听到来自上帝拯救的信息!
上帝啊,
我们的救世主,使我们沉浸在光明之中。"

歌声在广袤的平原上回荡,
那里曾响彻过战斗的呼号。
一群人跪着祈祷:
"永恒的上帝啊,
是您将圣子送到了人间!
我们衷心为您而歌颂。
只有您,吾主上帝,
威力无人可比拟。"

静静听吧,犹如巨大水流在咆哮,
更响亮的歌声在大地响彻,
上帝宣告穿越黑暗欢庆之年无穷尽:
"仁慈的主啊,
您的子民从大海到大洋,

从这块陆地到那块陆地。

您的威力证明您是大家的主宰。"

曲未终,马丁已经泪流满面,双颊冰凉濡湿得像只梨一样。

可怜的异教徒,在《汤姆叔叔的小屋》那本书里,念到过他们的生活是多么困苦,还要挨毒打鞭挞。他正在想的时候,耳听得木屐鞋的响声从那条"街道"自远而近。一个人影在一团红光背后摇摆,有人举着风灯走来了。他的心里顿时充满了说不出的欢悦。于是方才那股邪劲又附上了他的身,他捡起刚扔下的那块石头,朝那几头牛犊扔过去,那几头牛犊吓慌了神,转过身去一溜烟消失在斜坡上。

他一点没有害怕,只觉得浑身舒畅轻松。这是他所期待而又不敢奢望的事情。

那盏风灯愈来愈近了。他站在那里,非常喜爱这黑暗中的一线光明,这使得他心里泛起了真正的暖意,而且还爱屋及乌,对小丘顶上的那个农庄也有了好感。在这一瞬间,他真心地为自己能到诺达农庄来而觉得高兴。随着那盏摇曳不定的风灯愈来愈近,他听到一只铅桶发出的哐啷声响,还有使得孩子们放心安宁的窸窸窣窣的裙裾扫过地面的声响。现在他已经站在那一圈光亮之中,从那玻璃瓶形状的风灯里所散发出来的昏黄而温暖的油灯灯光显得十分美丽,映亮了他的身体。来人走到他的面前,那是卡拉,她那高大而宽阔的身躯像一堵温暖的墙挡在他面前,他仿佛在她的卵翼之下。他就像到了家一样。

卡拉是在去树林里的泉水的路上。

"哦，原来是你来啦，"她口气平静地说道，"是呀，我们估摸着你大概今天或者不出明天就会到的。"

"是呀。"他回答道。

她把风灯举高一点来看看他长高一点没有，没有，连一点点都没有长高。

"好吧，你先跟我到泉水那边跑一趟，然后再进屋去。"

"好的。"他几乎非常感激。于是他们就到树林里的泉水那边去。小丘顶上的狗叫声已经停止，一切又都归于沉寂。他像一个受保护者那样跟着她走。卡拉每迈开一步，她的裙子就发出窸窸窣窣的响声，这响声要比森林里的松涛更为深沉，更为强而有力，盖过了森林里发出的一切声响。

诺达农庄

他们到沼泽附近的田里去拔萝卜，马丁和卡拉两个人。茫茫暮霭笼罩着沼泽地，她那高大的身材在暮霭中显得更加吓人。他们俩闷声不响地埋头拔萝卜，萝卜叶子纷纷落在他们的木屐鞋上，叶子边沿很锋利，像荨麻一样割手。她真是又高又大，好像天天都在长着个头。他对她的畏惧一直没有真正消失过。来了不久，却已经挨了两三次打，而且她打起人来下手很重。就在今天她还打过他。他犯了个错：把燕麦秸误以为是陈年的裸麦秸壳给倒掉了。这样的错误是不可宽恕的，他应该知道燕麦秸草几乎同豌豆差不多，也是上好的饲料。她拉下他的裤子，用手狠狠揍了他几下屁股。挨揍的地方至今又肿又疼，他心里也怨忿未消。

"你这个可恶的大个子女人。"他在心里暗骂。她不时瞅瞅他，大概看穿了他的心思，对他冷冷一笑。这种皮笑肉不笑的样子使他悚然，使他遑遽，因为意思尽在不言之中。在这段时间里，他们俩都不说话，闷头拔萝卜。她回过头来，冷笑过两三回，似乎在说："哼，你这个小调皮，难道我对付不了你吗？我有一千个肚子，可以轻轻松松把你装进一个肚子里去。"

"你吃得消吗?"她忽然勉为其难地关心起他来。

"还好!"他讷讷地说,屁股上挨她打的地方还在隐隐作痛。

一阵浓雾飘荡过来像是一袭绵绵无际的轻纱把他们俩紧紧裹住。她在雾中显得更加高大,一转身时她那条笨重的裙袍便会像钟楼上的大钟那样晃动。他们用刀子嗖嗖地把萝卜叶子斫干净,叶子唰唰地掉落在他们的木屐鞋上。不消多时,他们便把萝卜收拾停当,干干净净地堆成一堆。

卡拉走过去把她随身带来又放在田埂上的那只闹钟拿过来。她常常把他谑称为"我的小姑娘",现在她又说道:"把这个拿好,'我的小姑娘'。"她把闹钟裹在他们带来的一个麻袋里,随手就将这个包裹递给了他。

"现在我们回家吧。"她阴沉沉地说道。

"好吧。"他说道。

他们顺着沼泽地中间的一条小路往回走。她走在前头,又高大又壮实,把掩盖在青草中央的小路全都占满了。他跟在她身后,矮小得像个侏儒,瘦削得像是湍流里的一片碎屑。她的裙袍在他前面发出窸窸窣窣的响声。

有一回,她遽然转过身来,看看他跟上来没有,他这个"她的小姑娘",这个教区叫他们领养的小孩子。

他没有提防,还是朝前走去,一头撞在她那肥大的胸脯上。她的身体热腾腾的,连她四周的空气都是暖融融的。

他站定脚步等她往前挪动。于是她转过身继续往前走,他们俩的木屐鞋在田野里橐橐作响。

乔尔应征入伍,整个夏天和初秋都待在军队里,如今他回家休假了。那顶三角形的军帽放在门廊进口处的衣柜上,三个王冠的军徽闪闪发亮。灰色的军装被贡妮拉挂在一眼看得见的地方。这倒不是为了要炫耀一番,而是因为那套军装终究是在枪林弹雨的战争中穿的衣服。如今虽说由于中立而太平无事,可是什么事情都有可能发生。

无论如何,时至暮秋还没有什么动静,贡妮拉稍微放心了一点。乔尔有时还告诉她一点兵营里的生活。他用手去抚摩一下挂在衣架上的军服。他说道:"妈妈你要知道,战局已经稳定下来了。谅必不会再有多少仗要打了。"

他言简意赅,说得一针见血。他对人生世事都不抱什么幻想,这倒也有它的好处,至少现在对战争既不过分惊恐紧张,也不怪念丛生,而是随遇而安,得过且过。

倘若他和贡妮拉聊起天来,他会用农民的眼光把事情看得一清二楚。他这么说道:

"妈妈,你要知道,那些当兵的就像灰老鼠一样偷偷摸摸地东躲西藏。如今的大炮炮火是那么厉害,'轰'的一声就打死一大片,整连整团地死在炮火之下哪。"

"哦,上帝啊,"贡妮拉说道,"想当初,在我年轻的时候,那些驻扎在贝克大森林的卡尔十五世的军官和士兵是那么雄赳赳气昂昂。"

"唉，那是过去的事情啰，"乔尔说道，"那时候是太平盛世不打仗，而现在……"

他没有把话说完，不过意思是一清二楚的，那就是用当初同现时相比较岂非可笑。

他们母子俩对战争的交谈常常这样不了了之。那个身为一家之主的保罗坐在一个角落里默默地听着，心里在盘算别的事情。他对战争毫不在意。战争自有它的归宿，不关他的事，也用不着他操心劳神。他在人世间的地盘只不过是这个可供起坐的木沙发的一个角落，在属于他自己拥有的农庄上，他可跷起二郎腿悠闲自得地在那个角落里坐上一两个小时消磨黄昏。若是有人被他的连环屁的臭气熏得坐不住了，那么他们大可不必奉陪在座，自己识相地躲到另外的房间里去好了。

他和乔尔父子俩一个星期也谈不上几句话。若是父子俩对起话来，除了一口一句约定俗成的粗话之外，多半只剩下"行"和"不行"这两个字眼儿了。他们父子两人都是沉默寡言的人，对话大抵是这样：

"嘿，见鬼。"

"衙门里的那个鬼本来说好要来看看树林的，都快一个月了，连那个鬼的影子都没有见到。"

"是呀，真是见鬼，让那个鬼进地狱去吧。"乔尔说道。

他们父子一口一个鬼，倒还能谈得拢。可是这个浑身长着灰毛的保罗同卡拉却是话不投机半句多了。

"你又老又蒙，浑身的毛都灰色了，你该闭嘴了。"卡拉怒气冲冲地说道，因为保罗总是爱唠叨，埋怨她不该放荡成性和生那么多孩子。

"你这个笨女人！"

"你这个老糊涂！"卡拉也寸步不让，对骂起来。

她生那么多孩子说不定正是为了出口恶气。看来，她似乎要使这个日益凋敝困苦的农庄人满为患，到处是大哭大喊、蹒跚滚爬而又整天张嘴要吃的小精灵，这才使她如沐春风，这才可以解解她心头的怨恨。她同她妹妹克拉拉也过不去，姊妹俩见面就少不了发生龃龉。她说克拉拉是个没人要的放鹅小姑娘，整天两眼盯着一无所有的空气去寻找"永恒的爱情"和"纯洁的精神上的思慕"。卡拉讥讪克拉拉，克拉拉很看不起卡拉，对她的讽刺往往不屑理睬。只有一次，她反唇相讥道：

"一个女人嘛，爱情光为了大肚子、生孩子那是作践糟蹋自己。"

"你不要假正经啦，"卡拉叫嚷起来，"你倒是想跟随便什么人都来一下，可惜个个都有去无回。没有哪个男人你能弄到手。"

克拉拉脸色煞白，双手捧住了头，坐在那里一句话都说不出来。

到了夏天的傍晚，她会跑到荒原上去，有时候在霍尔特湖里痛痛快快地洗个澡。洗完了之后就躺在湖边上，顾盼着自己如凝脂美玉般的身体，自我怜惜起来。她坠入了痴心妄想之中。

瑞典大概是地球上最独具一格、最多愁善感的国家，这种沉闷压抑的性格也浸润了它的人民。在这个国家里有不少长满睡莲几乎一眼看不见水面的湖泊。那些碧水如黛的湖水孕育出了多少哀艳缠绵的动人故事，冒出了多少镜花水月的希望泡沫。

有谁知道，克拉拉躺在霍尔特湖边究竟在想什么，她虽然痴心妄想为情所困，然而她的心灵却单纯天真得要命。她很小就开始读《格林童话集》和其他童话故事，看过瑞典的民间故事，仙人和妖精，女保护神耶诺维瓦传说和天鹅湖，等等。可以想象，浴罢出水的克拉拉正躺在霍尔特湖边，等待着她的白马王子的到来。他也许会奇迹般地从睡莲花蕊中的露珠里、从天空中惊喜地出现在她眼前，满怀着天鹅湖畔纯真洁白的情愫。

可惜，我们的人生终究是忧郁阴暗的，我们的希望越大带来的失望也越沉重。正因如此，有那么多动人的故事是在斯堪的纳维亚黑魆魆的大森林里发生的，好让我们心里的饥渴之火蒙上阴沉的色调，使它变得忧郁沉闷。有不少人就这样眼睁睁地看着自己那颗心在熊熊的火焰中燃烧成炭黑的灰烬，就这样躺在痴心妄想中竖起耳朵倾听着自己的心在烈火中被煎熬得吱吱作响。待到梦醒回头，更感到这一厢情愿终于落空，终于化为泡影的痛楚，这也是那些故事害人匪浅之处。克拉拉就这样躺在自己编织起来的梦幻之中，她抚摸着自己，也是自己唯一可以信任的知音。

在诺达农庄上，耳边听到的几乎只是一味地谩骂。

"真见鬼，滚到地狱里去！"

"哦，鬼东西，该罚入地狱！"

卡拉那连荒原上都听得见的高声诟骂、讥讪有时被克拉拉的恼羞成怒的叫嚷所打断："不许再肆无忌惮地胡说啦，不要像个母夜叉那样，卡拉！"到了夜深人静的时候，那一对双胞胎会放声啼哭；那个领养的教区孤儿会在被子底下抻拳蹬腿；而克拉拉会在梦中呜咽啜泣地呼唤出一个名字："……维尔各特……"

这一声呼唤没有被她梦中的心上人听见，却偏偏被她的老父听见了，保罗在睡熟之前素来不会放过每一声含糊不清的叫喊。

"维尔各特！哼，想同维尔各特要好！随你怎样要好，就是不许你带一大堆孩子回来。"

此后，夜晚就消停多了。卡拉给那两个哭干了喉咙的双胞胎喂了奶。马丁在沙发上被噩梦惊吓得连连嗷叫。一轮满月像是一张惨白而又带着伤痕的脸映照着熟睡和哺乳的人。

马丁只有10岁，却已经熟睡在他的第五个家里，躺在第四张木沙发上。他眼下的主人名叫保罗·斯文。他有六条胳膊。将来有一天，他还会再多出四条胳膊，只不过，马丁还不知道什么时候而已。睡吧，睡吧，但愿睡个好觉。

几天以后，希杜尔从传染病医院回到家。人家怀疑她患了白喉，留院观察了几天，结果只是急性喉炎。她的脸色比早先苍白得多，夏天晒成的黑色都已经褪去。还没有等脸色红润起来，她又像往日一样操劳忙碌。过不了几天她的那张脸灰蒙蒙、阴沉沉的，一副倦容，有时候她也会懒洋洋地微笑一下，但是很少讲话。诺达农庄上没有哪个人有欢乐之言。若不是卡拉在那里的话，他真恨不得放一把火把这个农庄烧个干净。他们这两个兄妹相称的领养孩子各有各的心事，尽管他们也像别的孩子之间那样惺惺相惜、同病相怜，却并不能使他们得到更多一点欢乐。恰恰相反，正是由于他们各怀心思，都在自怨自艾，而使得他们在一起更觉难过受罪。有时候他们在棚屋或者田野里见面时也会相互说上一两句话。不过那都是学着大人平常说的那些客套话。至于他们内心的疑惑、对人生谜团的探索，他们是绝口不提的，总之，他们俩相互都不敞开心扉。尽管他们俩性别不同，他们的脸蛋都长得像莓果一样，也就是说同对方说话几乎就像自言自语差不多。他们之间的关系几乎如冰炭水火一般，相互从来不帮一点忙。他们谁也不提自己过去的家庭，尽管他们各自魂牵梦萦地思念着。现在对过去的家庭已经在回忆中涂上了一层灿灿金光，被美化到无以复加的地步。唉,那时候无忧无虑的生活,那些轻松快乐的日子。他们毕竟有过一个家,他们这样自我安慰地想道。有时候他还梦见伊纳兹,同她互诉衷肠和离别之苦。

到了10月,农庄上住满了前来帮忙收土豆的雇工。他们都是住在山坡背阴面小农舍里的布莱金厄郡土生土长的赤贫民。这些小农舍有一边山墙同沙丘或者斜坡建在一起,使它们看起来好像是同山丘和悬崖连在一起的。在诺达这一带,共有七处这样的小农舍,像是一种户外穷人的石头橱柜,不过门前有布莱金厄式的小块土地,上面有着一丛丛鼠尾草、薰衣草、牛膝草和薄荷,还有血红的苋菜。这一丛丛植物,缤纷绚丽,争奇斗艳。最后提到的苋菜,它的红色既像鸡冠又像赫路律骑士头盔上的羽毛。这个国家曾经有过很多统治者。直至今日,他们自己也弄不清楚究竟算是什么种族的。从祖先的血缘关系来说,似乎什么都有一点:丹麦人、瑞典人、赫路律人[①]、汪达尔人。他们的房屋也很有特色,门非常狭小,若是有人背井离乡到外面去闯世界,而又长胖了回来,那么他就无法从这扇窄门里挤进屋去,可是房屋却偏偏只有一个入口。

这种坡地小农舍的房顶上覆盖着厚厚的干草,不过往往杂草丛生。大家都把这种农舍叫作"永恒的生命",不过这类布莱金厄农舍低矮得出奇,其实就是放在露天野地

---

① 赫路律人(Heruler),古代日耳曼的一个种族,曾居住在斯堪的纳维亚。公元3世纪曾在黑海一带活动,公元6世纪被灭。据说其中一部分人又回到了斯堪的纳维亚。对他们的历史存在着不同看法。

里的一只用石头砌成的匣子而已。人们站在平地上，只消踮起脚来就可以轻而易举地把房顶上的杂草拔下来，那类号称"永恒的生命"的匣子就是这么矮。建造这样一座农舍大概要6到15个劳力用一年的时间，全看面积大小而定。可是这些当地人的儿孙们都长得一代比一代高，如今他们已很难再在这样的农舍里生活下去了。时转势移，他们渐渐扬起脑袋直起身体，把这类"永恒的生命"的房顶捅穿了。因为他们闻到了外面世界的花香，于是他们便动身到波拉美尼亚去，到明尼苏达去。不过也有例外的：有一部分人进了海军；有些人进了马尔摩轻骑兵团；有些人进了尤斯塔龙骑兵团或者是汪达尔炮兵团。那个汪达尔炮兵团不仅驻扎得最近，而且也最适合他们的习俗。不要看他们在平日懒懒散散、无精打采的。到了星期天他们个个都生龙活虎，全是寻欢作乐的高手。他们放浪不羁，什么坏事都敢干，而且具有汪达尔人的禀赋，爱说爱笑，说得出随便什么污秽下流话。身为汪达尔人最出色的后裔，他们也嗜酒如命，打起架来不顾性命。

马丁跟在雇工后面收土豆。整整一个星期，弯着腰趴在田野里。秋天似黄金一样散发出光芒。白桦树梢已经染得火红金黄，把黄叶像雨点般撒落在土豆地的垄沟里。马丁紧跟在卡拉后面趴着。卡拉是蹲着干活。要是她弯下腰来，那就——可马丁从来什么都没有见到。

马丁像有人说的那样有点小不正经，那是太正经的人才这么说的。

有人说，总有别的东西可以看吧。他们指的可能是美丽的秋天。可是美丽的秋天对马丁来说没有一点美丽可言，他只是拼命干活。人家都说，诺达农庄一点也不顾怜这个孩子。人家还说，只消人人对彼此都不像恶鬼那样凶狠，天下到处都有阳光和鲜花。哪怕阳光灿烂、鲜花遍野，若是缺少了情爱，人也会在阳光和鲜花中把灵魂冻僵的。

当他长大以后，他想到了那些埋在地下的死人。他们得到了鲜花！！！他们这些早已僵直地长眠于地下的人才得到了鲜花。他们犯不着去指摘阳光的弄虚作假。哦，死者有多么舒服，他们不会说话。

是呀，这就是那个年代，第一次世界大战还在进行的昔日时代。

他们弯腰趴在诺达农庄的垄沟里。秋天是美丽的，他们弄不明白做人是需要有点怜惜疼爱的，哪怕是在额头上轻轻一拍或者是嘘寒问暖的只言片语。简言之，只消有点顾怜疼爱就会使得这个男孩子感到温暖，帮他从自怨自艾的歧路上返回。

马丁现在处于有判断力的时候，他机智地看到周围发生的一切，使他十分痛苦。眼前的一切似乎是为了"让你的眼睛去看"。他想闭目不视，但是眼睛还是让他看到太多的东西，好在声音还能听到，森林里的风声、母牛的哞哞声、绵羊的咩咩声，还有猪在屋外的抱怨声。现在马丁还听到卡拉对糟糕的麦秆的抱怨声，一匹马咀嚼满嘴干草的声音。这匹马感觉到了马槽被磨光的愤懑。当马儿吃完草，它站在那里开始捉摸起生活来。它是怎么捉摸的，谁也无从知晓。马丁把萝卜喂给它吃，它吃了起来。有时候马丁感到这里所有的牲口站在那里让时间静静地流逝，充分意识到自己只是动物而已。它们只是牲口而已。也许它们心头有无穷的悲哀：在牲口棚里和马圈里的动物终究自己会发现动物命运的真谛。

马丁把牲口那深红色的粪肥放在独轮车里，推到混有燕麦麸子的粪堆上。粪堆外有棵白杨树，它的根深深扎进粪堆下。这棵白杨树，死了已经有八年了，是被粪肥烧死的。乌鸦栖息在光秃秃的树干上，为已经停止飘落的雪花而感到兴高采烈。它们往下看到高高的粪堆已经被厚厚的积雪覆盖住。

现在马丁把粪车翻过来，倒出粪肥，这个小精灵！打乱了白雪的宁静，白白的积雪上出现了斑斑点点。真是不像话！

马丁已经11岁了，乔治·华盛顿在这个年纪把他家的梨树砍倒了。11月的第一天来了一个长工，名叫尤里乌斯。

马丁睡的那张木沙发已经从大屋里搬到长工房里去了，现在他同那个长工住在一起，每天晚上听那个长工大吹法螺。长工来自维蓝德县，是这一带地方远近闻名的不知悔改、无可救药的快乐而粗鲁的小伙子。

长工说，他的名字叫尤里乌斯，那是因为他"是在圣诞蜡烛光里出生的"。那倒一点不假，他掏出自己折得皱巴巴的证书来，那上面写着他是和拿撒勒人同月同日生的。

他长着一头浅色的鬈发，这倒同他的名字尤里乌斯很匹配。他哈哈大笑又说了一句：

"我的伙伴都很了不起，连耶稣本人都是。想想看，我们的主都和我平起平坐哩，阿门。"

马丁很难习惯同他住在一起，觉得和他不大合得来。他有不少稀奇古怪的毛病，粗野而又头脑简单得像裸麦干草一样。他还常常要"喝它个痛快"。

"倘若我有朝一日坐到了地狱的石头上，我宁愿当个吹号手。"

劳苦是长工的命

——八匹大马来拉车——
宫殿四周撒粪便——
哈哈。

出气筒是长工的命
——八匹大马来拉车——
水坝炸掉淹宫殿
哈哈。

挨冻是长工的命
——八匹大马来拉车——
穿着七件裙衫住宫殿——
哈哈。

酗酒是长工的命
——八匹大马来拉车——
肥腿坐在宫殿里——
哈哈。

死神来要长工命
——八匹大马来拉车——
拉进德国战争死难逃
哈哈。

  尤里乌斯是从斯康耐省的大农庄上来的，最近在劳勃洛弗干活，在这以前在特洛雷伦比待过。

"我到这个巴掌大的小农庄来干活真是大材小用了,无非是来寻个开心罢了。"他信口开河地说道。"不过来看看这里的人是怎么过日子的,也挺有意思。在大地方待惯了也想要尝一下在老鼠洞里过日子的滋味如何。你要知道,我随时可以走人。人嘛,总要自由自在才痛快,真见鬼。"似乎为了要证明他是个自由人,他痛痛快快地往鼻子里塞进分量加倍的鼻烟。他坐在这个老鼠洞里的床沿上,在昏暗的煤油灯下深更半夜当起绝对的自由人来。

可是他为了寻寻开心,不得不像牲畜那样拼死拼活地干重活。那份罪也是够他受的,可是他有分量足够的鼻烟,有简单得像裸麦干草那样的头脑倒也能够对付下来,再加上大言不惭的吹牛和说一些污秽不堪的脏话,日子倒也混得过去。

> 劳苦是长工的命
> ——八匹大马来拉车——
> 宫殿四周撒粪便——
> 哈哈。

有几个晚上,他觉得需要"吊吊嗓子",他便拿出一本黑色漆布封面的歌曲本来,那些歌曲"全都抄在上面了"。他津津有味地从开头一直唱起,书里五花八门什么都有一点,多半是波兰舞曲节奏的所谓欢乐曲调,大多是描写男女野合缱绻的情景,比方说在长工房的地板上男女两个身影在打滚之类的事情。歌中重复的词是"欢乐",淫秽色情和自我羞辱的字眼儿。

当歌本里的所有小调都唱了一遍,也就到了该睡觉的时候了,又过了一个"痛快的"晚上,可以呼呼大睡了。在放人造黄油盒子的架子上(也是放书盒子的架子),有一本《有钢铁拳头的男人》或《魔鬼之子》一类的书籍那个晚上没有翻过。长工脱下袜子看看自己的脚趾。

"真是活见鬼,唱歌唱得脚上长出鸡眼来啦。"他说道。

房间里被那些邪恶罪孽熏得一片漆黑,哪怕煤油灯仍旧点得明晃晃,也无济于事。

"我只消让卡拉再怀上一对双胞胎,"他过了一会儿又说道,"那么我就可以走掉了。"

马丁没有回答,他躺在木沙发上想自己的"心事"。

现实往往不如马丁的意,甚至事事处处同他作对,比方说主人的吩咐十分苛刻啦,使唤的东西(平时用的物体、干农活用的工具,等等)不称心啦。而眼下最紧要的现实却是沉重的木头:他自己脚上的那双木屐鞋。他对木屐鞋的深恶痛绝已经超过了他的理智能忍受的限度。

现实十分具体地落在了他的脚上,而且他走到哪里就跟到哪里。踝关节上磨出了伤口,他每走一步伤口就像刚刚磨破的那样鲜血淋漓,火辣辣得疼痛难当,这就是他痛恨木屐鞋的缘故。木屐鞋成了他痛恨现实的第一个确凿口实。现实的整个概念就以这双可诅咒的木屐鞋的形式表现出来。他不管走到哪里,那木屐鞋磨出来的伤口,旧痂上又绽开新伤,一直血污斑斑。

这真叫人觉得当穷人的滋味真不好受,嗒嗒嗒,唉,这双见鬼的木屐鞋。

穿木屐鞋的最佳之处是当他像梦游者一样边走边想心事的时候,它们会对他敲起警钟,仿佛在大喝一声:真见鬼,让你尝尝生活的滋味!于是他就没完没了地骂了起来,把瑞典各地可供选择的骂人话一股脑儿搬了出来。

在夏天,还可以光着脚丫,在草地上跑跑,两只脚就像鸟儿在树林里歌唱那样自由自在。到了9月底又不得不穿上木屐鞋了。到了10月两只脚早已磨出了伤口，整个秋天都是血淋淋的，到了晚上连袜子都脱不下来。马丁会愁眉苦脸地盘膝而坐，看着那双袜子不敢下手去把它们脱下来，因为那股疼痛真是钻心剜肉一般。哦，哦，哦！呀，呀，呀！

"等我长大了，扇你个大嘴巴，可恶的农夫！就扇你个大嘴巴，像鼻烟和喷泉那样溅你一身！"

"对，让他们统统下地狱。"尤里乌斯赞同地说道。"扇大嘴巴"这个词就是马丁花了九牛二虎之力从他那里学来的。

"对，就要扇大嘴巴，让鼻烟像油井喷油那样喷得他们到处都是，墨西哥的油井，他妈的，管它什么地方的油井呢！"

"没错，就得这么干。"马丁想道，他终于咬紧牙关把紧粘在脚踝伤口上的袜子脱了下来，一头钻到木沙发上睡下了。天已经下了第一场雪。湿漉漉的初雪会连泥带水地粘在木屐鞋底上。他走起路来，脚下踩着厚厚的两团泥，真是每迈一步就叫人想到自己是个穷人，撞！咚！哦，哦！撞！咚！

乔尔和马丁在森林里砍伐盖屋顶用的荆条。他们斫伐松树和柏树的枝条。他们把从斯摩兰省的森林里伸过来想要缠住和扼死布莱金厄省北边树林里的榆树、桦树、欧洲椴树和榛树的千百条手臂锯断下来。他们还把已经无人居住的破农舍、野莓果树篱四周长出来的蓬蒿荆棘也收拾干净。山毛榉树的树皮像河马皮一样粗硬，但是树冠却明亮发光。在春天，人们可以从瞭望塔上看到山毛榉树冠，像火红的金色兽皮伸展在湖面上。乔尔和马丁砍伐的都是貂皮那样黑色的松树和柏树枝条。这些经过上万年长途跋涉来自西伯利亚的树木十分坚硬，除了少数几个地方之外，它们已经征服了斯堪的纳维亚半岛。

"你这个鬼，你不是在用力拉锯，而是一点不费劲儿地装样子。"乔尔骂道。

马丁干了整整一天重活，如今快到黄昏时分，已经精疲力竭了，一听见这声怒骂便不由得拼命加快速度。这样一来也逼得乔尔不得不手上加把劲儿赶快拉锯，这让乔尔更是怒不可遏地喝道："我是叫你要用劲儿不要偷懒，你这个鬼。"

马丁总是被叫作鬼，随着时日的推移，他对这个头衔也习以为常了，其实这个字眼儿本身何足道哉，只是最通常的口头禅而已。这个字眼儿倒没有多少危险性，不过说出来的腔调都千变万化，令人捉摸不定，那么为什么要把腔调变来换去呢？诺达农庄是个令人憎恶的农庄，谅必过去不知什么时候发生过什么灾祸。托勒内农庄无论如何是个非常好的农庄，天哪，那里真是不错。而维尔纳斯农庄真有如天堂一般。乔尔本人大约过去也闯过什么祸来着，所以仇恨浸透了他的心灵。他的讥讪尖刻又狠毒，出口就伤人，说话的声音也是恶腔恶调的，他是在用仇恨来作为自卫。有时候他也"开个玩笑"。

"你不会有多大出息的，"快到黄昏时分乔尔忽然说道，"你的屁股太大了。"

马丁强装出了一丝笑容，因为他不觉得这有什么好开心的。

"前两天我同你学校的老师谈过话，"乔尔分明在说假话，"老师说你倒还容易教，不过我对他说了，没有什么用处，他是不会有多大出息的，因为他的屁股太大了。"

马丁一时拿不准是不是要相信他的话，所以拖延了半天才咧嘴一笑。不过这个笑容也仅仅是牵牵嘴角而已。嘴角刚刚牵了一下，他就把想说的话咽了下去。学校老师是一点都不会在乎你所说的这些屁话的。他从大锯上抬起头来，面无表情地瞅了乔尔一眼，乔尔却跟平常那样美滋滋地恶笑着。

"现在我们回家去吧，"乔尔说道，把大锯藏在一棵柏树底下，"你有兴趣晚上再来干点活吗？"

马丁未置可否，但是他又不敢流露出来他心里的委实不情愿。于是他两眼望着地面，佯作微笑，装出一副什么都不在乎的、听话的乖孩子模样。

"好吧，"乔尔说道，"我们先回家去吃饭，然后再回到这里来，夜里接着干活。晚间运动运动大有好处，应该干的。"

说完他就朝院子走去，马丁跟在他身后几米远。怎么想得出来晚上还要干活，真是太愚蠢了。他只能悉听尊便，怎么都可以。他试着去想另一件事，他也不会把它放在心上，也不会在乎的。他瞅瞅乔尔的后脖颈，想道：懒牛！还想晚上干活，你，这个坏蛋。你要不要用石头砸一下你自己的脑壳，你要不要呀？！

当他们走了片刻之后，一只松鸡遽然从草丛中飞了出来，它先扑扑振翅然后再凌空飞去。

他们站定下来。打猎的念头油然而生，这一点上他们俩倒想到一块儿去了。

"那么一只肥家伙，真见鬼。"乔尔啧啧有声地说道。

"是呀，"马丁拖长了腔调说道，"那个肥家伙……"

他们目送松鸡徐徐飞远，直到它来了个鹞子翻身，一头钻进柏树林中去。然后他们又默不作声地往前走，乔尔往覆盆子丛上连连啐口水，再也不提那只松鸡了。

马丁还想站定下来说上几句，可是乔尔对男孩子在他身后嘀嘀咕咕根本就没有放在心上，他连连啐口水，大步流星地自顾自往前走了。

他们走到门廊里脱掉了木屐鞋，光穿着袜子走进厨房。黑沉沉的厨房里，炉灶上火光熊熊，卡拉刚刚从火上端下来一个大铁锅。

学校坐落在一个小土丘上，那些呆头呆脑的孩子每天都上那儿去。他们从来不曾学会过任何东西，只是呆呆地坐在那里，瞪大了眼睛像看一条死鲈鱼那样瞅着学校老师。他们那副懒洋洋的、无所用心的模样真是叫人生气又催人欲眠。人人都有一个互相给对方起的绰号。马丁被起了个绰号叫作"脚指头"，至于究竟为什么这样叫他，他就不得而知了，反正他们所做的每桩事情都是愚不可及的。学校的老师是从西哥特兰省来的，那里是一望平畴、视野广阔的。虽说他在学校教室里执教，他也还沉湎在对远方的憧憬向往之中，仿佛他不属于这个尘世间一般。他是个西哥特兰人，名叫斯塔夫。

　　几年之后，马丁到外边去闯荡，他听人辗转相告说斯塔夫已经死了。没有哪个医生比马丁更明白斯塔夫的死因，那位老师是郁郁寡欢而死的，要知道世间没有什么比懒散悠闲和无所用心能够气死人更不可思议的事情了。须知愚昧和懒惰乃是人类一族中多数人身上都有的天性，而且顽强无比。它们的策略是钝刀子割肉，慢慢地，一点一点地，像中国式刑罚那样把人折磨致死，这就注定了斯塔夫迟早要被气死的。不过说不定斯塔夫不甘心一辈子当个教书匠。他还有比按照课本提问更远大的雄心，可惜郁郁不得志。他想施展抱负表现出他的个性人格，这就注定了他必然处处碰壁而被活活气死，因为任何人都不可以有个性人格，否则便会遭殃，而斯塔夫恰恰就是那一类人。比方说，有一天他在讲授地理课的时候，忽然心血来潮，讲了许多课本上没有的东西。他完全沉浸在自己所讲述的题目之中，而且把自己的感情都投入进去，绘声绘色地讲述，旁敲侧引地求证，务必要使听者信服地球是何等巨大而壮美。"欧洲椴树郁郁葱葱长满绿叶，待到落英缤纷时，整个大地都盖上了一片绿色。"说完之后，斯塔夫站在讲台上嘿嘿地笑了起来。他的一片赤子之心洋溢在这笑声之中，真是暖人心田（不过也正是由于他博学多闻、阅历丰富才有那样一片暖人心田的赤子之心）。他的笑声仿佛在说：看吧！觉醒起来吧！我发下誓言要醍醐灌顶，要振聋发聩，让灵魂的沙漠上长出银莲花来！于是他伸出双手在等待。可是那些孩子却端坐在残破不堪、摇摇欲坠的课桌椅上，觉得挺搞笑地看着他。教室左侧的女生们装腔作势地坐得端端正正、似醒非醒地瞅着斯塔夫，不过心里想着怎样给她们的娃娃编织一条毛线裤。教室右侧的男孩子在抠鼻子，可是心里却在想着怎样掏喜鹊窝或钻到女孩子们的裙子底下去。无须讳莫如深，或者矢口否认有这样的事情，其实斯塔夫也心知肚明，这都是真的，因为他亲眼见过一棵榆树的枝干上粘满了被砸碎的喜鹊蛋。他看到过的胡闹事何止这些，甚至还目睹过被钉在十字架上的老鼠。

　　马丁也同其他人一样，不过稍有不同的是他的脑海深处比别人多了几分追求。也许这就是他将跨入一个有明确主张的年龄的起点。

"主耶稣是怎样说的呢?"斯塔夫提问道,他做了个手势要马丁回答。马丁猛然惊起,站得笔直,双眼看着地板。

"让孩子们到我的身边来,不要把他们斥于门外,因为他们属于主的天国。"

"很好,"斯塔夫夸奖说,"坐下,你,鲁道夫,再复述一遍!"

马丁坐了下来,在此同时,鲁道夫勉为其难地复述起来,结结巴巴、断断续续,吃力得像蚱蜢在沼泽里打滚一样。他笨得出奇,不过却是个家道殷实的农庄主的儿子,住在一幢高大宽敞的红房子里,褐红色的山墙闪闪发光,他家在银行里有大笔存款。

"坐下,"斯塔夫说道,"今天显然是上不好课了。这当然是不消说的,外面已经是阳光明媚的初春天气。不过若是你们在课间休息时到冰上去玩的话,千万要小心。如今阳光已经把冰层晒得解冻融化起来。孩子们,一时的逞能不是什么勇敢。好吧,起立,下课,出去吧。"

斯塔夫就是这样一个人。他真是没有多少可以被人指责的。可是村里的人却对他充满了憎恶厌恨。他们把斯塔夫说得一无是处,这个家伙居然敢抛开课本自己"胡诌一通",有时候他根本连课本都不看一下,自顾自胡说八道。既然身负教师重任,怎么可以站在讲台上随心所欲地胡言乱语,这样的人岂能为人师表?不行,这个家伙不行。

后来村里渐渐形成两个派别:一派认为这样讲授倒也无伤大雅,效果不错;而另外一派则非要大张挞伐不可,这些人占多数，可是连为什么他们要奋起挞伐，非要将他诛之而后快，他们自己也心中无底。"只能这样干，"他们说道，"因为非这样干不可。"诺达农庄的贡妮拉在这方面则是开路喝道的急先锋。她煮了数公升咖啡，纠集了8个农庄的女主人。这些人裹着饰有长流苏的大披肩，踩着湿漉漉的积雪，来到她家里共商大计。斯塔夫在那里受到齐声谴责，他的荣誉在诺达农庄上是无可救药了。当马丁注意到这一点，他愈发觉得斯塔夫是个出色的老师，也愈发爱戴这位老师了。现在要请假不去上学，越来越叫人为难了，也不容易请准，可是家里却三天两头叫马丁去请假，乔尔越来越频繁地在晚上吩咐说："明天你再去请一两天假。"

马丁十分奇怪地注意到他每回请假都照准不误，这使得他深感纳闷儿。他总是在下课后趁斯塔夫还没有走出教室就走上前去。

"有桩事情要对老师说。"他总是先鞠个躬，然后开口说出自己的要求，斯塔夫通常不忍心拒绝这个勤快的学生。

"好吧，我的孩子，准许你请假。"

于是这个勤快而又用功的学生就鞠躬致谢，得意地咧嘴笑了笑，眼睛里发出狡黠的光芒，再鞠个躬，急切地转身走出教室，他心里却为了自己的虚假得逞而感到不安。可是还没有走出校门口，他就痛恨起斯塔夫来了，他为什么要对自己的请假有求必应呢？他也痛恨起自己来了，为什么自己要为诺达农庄而去弄虚作假呢？马丁是懦弱的，也就是说，他是个两面三刀的虚伪者，是个当面一套、背地里一套的人，为了说谎而说谎。斯塔夫却对他深信不疑，以为准许他请假就是为他做了一件好事,所以就这样宽宏大量和心甘情愿地伸出基督徒之手给他假期。

"有朝一日我非放火烧了那个农庄不可,"马丁想道,"有朝一日我非烧了那个农庄不可,哦,上帝啊!"

在请假不上学的日子里，马丁得补上因上学而耽误的活计，譬如说铡饲料的干草啦，清扫牲口棚啦，给牲口棚里三只特大的水缸挑水啦，等等。他得用扁担到一个叫格劳特泉水的地方去挑水，这个泉水位于1500米以外的森林里。农庄上原来那口19米深的水井在春天化冻时坍塌了。诺达是个大而懒散的农庄，那里的一切都在慢慢地倒塌。这种现象夏天最为明显。那时，成千上万疯长的荨麻把屋子四角都包围了起来，甚至那口井里都长满了荨麻。当有人拿起挂在锈迹斑斑铁链上的水桶，手握辘轳把手要打水的时候，水桶首先要经过井口荨麻林，然后消失在荨麻林下的土地里。不过，换个角度来看，这口井倒是蛮好看的，井里还长了酸浆草，水井四壁上都长满毛茸茸的绿色青苔。在井道深处也长着一串串植物。如果把荨麻等植物拨开，露出井口，一直往井底看，就能看到水中有个黑眼睛，从黑眼睛的瞳孔里，还有你自己的图像在往上看着你。井中所有植物的叶子上都是水珠，青苔在这里过得十分快活。这口井已经很老了，过去肯定曾经有过井盖。

　　现在，正是刚才所说的，位于森林深处的格劳特泉水代替了这口水井。到泉水的路要先通过农庄大路，这条大路一直延伸到刚才已经讲过的、用大石头砌成的农舍之间。

这些灰色石头的建筑现在成了鼩鼠活跃的场所，它们也显示了这里以往有权有势的气概。当前，在这里有权势的就是卡拉和青苔，还有上百万的荨麻了。在夏天，那些荨麻会带着毒汁来折磨你的脖子。卡拉是诺达农庄力量的最后爆发，她威风凛凛地站在古老农庄的石碓上，挥舞着一面荨麻旗帜。

泉水在斜坡下，那里生长着茂密的蕨菜，成了一个青蛙花园。泉水猛力往上喷涌，冬天都不会结冰冻住，而是形成一只似火车头上冒蒸汽的大冰壶。天寒地冻，结冰严重的时候，喷出的水会往下流，大冰壶周围会形成一个比舞池还大的平面冰场。泉水往外喷涌，不断地喷涌，冰场上面的冰结了一层又一层，形成了冰台阶，也就是说，要一级一级走上冰台阶，才能到达泉眼，好比在日本要看到菩萨必须爬台阶一样。

在这个泉水旁，一个奇怪的现象发生了。

晚冬的一个清晨，马丁沿着弯曲的、结满冰的小路行走，他似醒非醒，充满了对黑暗的恐惧。水桶发出的叮当响声使他害怕。他觉得在这座死气沉沉、星星都不闪烁的森林里，水桶的叮当声太响，太惹人烦。他闭上眼睛，想着自己秘密的、半公开的和全公开的罪责。突然，他对一切都感到害怕了。

整个宇宙和他自己的过度紧张状态融合在一起。一切恐惧都存在于他的眼睛之中。

起初他想逃跑，跑回农庄去撒个谎，说是看到了什么动物，一只麋鹿？或者撒谎说看到了一棵树倒下了？说的谎话总得要有人相信才是，因为他们是不会相信，害怕会有危险的。接着，他又想到，如果是麋鹿的话，雪地里得有脚印，如果是树的话，那么树总有倒下的地方。就在此时此刻，一个看不见从何处发出的巨大声音在他身边响了起来："你不许撒谎！"恐惧像狂风一样把穿着木屐鞋滑行着的身体和灵魂刮倒在地。水桶"哐当"一下掉到小路上，扁担打在马丁的后脑勺上，好像是这个看不见的声音扇了他一记耳光一般。马丁痛得嗷嗷大叫。在他还搞不清楚到底发生了什么事情、还来不及爬起来的时候，一个燃烧着的巨大火桶从天空掠过，熊熊火光，亮得无法直视。它坠落的一刹那，时间静止不动了，而且似乎是无休无止的静止。它最终坠落到森林的另一边了。但是马丁没有听到坠落时的碰撞声，不过他却听到那个看不见的声音命令道："站起来，到泉水那边去，把你要的水挑回家去！"

吓得瑟瑟发抖的马丁站了起来，一瘸一拐地向泉水走去，嘴里还喃喃地不断祈祷。到了泉水边，瑟瑟发抖的马丁脱下一只木屐鞋，在泉眼上砸出一个洞。为了不再看到怪现象，他闭上了双眼。水桶灌满后，他就回家去了，至于他是怎么回得家，他是一点都记不起来了。他已经被吓破了胆，好像嗓子眼儿被套上了一根冰冷的钢绳，其实只是冬日的寒冷，其他什么都没有。他走上农庄大路，往农庄走去。当他触摸到有十四个格子的农庄大门时，他顿时放松了下来，号啕大哭，泪水夺眶而出，滚烫的泪水冲洗着他的脸。

幸亏那天是学校上学的日子，他干完了早晨该干的活计后，喝了咖啡，就到学校去了。整整一天，马丁都严肃地坐着，心不在焉地听斯塔夫老师讲授咖啡种植的课。脑子里乱七八糟，一天稀里糊涂很快就过去了。下午最后一次课间休息时，斯塔夫尚未离开，马丁赶忙走上讲台，按照乔尔的命令，再次要求请假。他得到准假后，急切地向门口走去。经历了火桶事件后，他再也不敢去怨恨任何人了，不管是逼他请假的乔尔，还是准他假的斯塔夫。他很快握住门把手，向一直上当受骗的、善良的斯塔夫点头微笑，一种小学生式的灿烂微笑。一切都是虚假的。黑和白很清晰。当他关上门，立刻又恢复了满脸的愠怒怨恨和内向郁闷的表情。他的双眼凝视着，但什么也没有看见。他寻找被恨他的人踢走的自己的木屐鞋，鞋子像雪橇那样已经被翻转了过来。他的双眼湿润了，充满泪水，陈旧的、在脑际翻腾过千百次的想法又涌现出来："我的爸爸死了，我的妈妈在加利福尼亚。"他穿上木屐鞋，橐橐橐地走下石头台阶，汇入穿着冰鞋、在他周围溜冰的农家子弟中间，就像老鹰捉小鸡中的小鸡那样逃不出来。

　　天空中的火桶是流星，它成了燃烧着的"火桶"。那是由于幻想、恐惧或者是幻觉，所以流星成了火桶。

马丁又回到沙发上睡觉了。那个雇工尤里乌斯离开了农庄另谋高就去了，于是马丁又重新搬回大屋去睡。星星在窗外闪烁。马丁躺在木沙发上望出去，想要同星星玩耍一番。他便侧着身体，眯着眼睛去瞅它们，直到星星和窗台上的仙人掌保持水平，然后他扭转脑袋，让自己的视线看到星星围在仙人掌刺尖周围。当他玩得倦怠不堪，才睡熟过去。在熟睡之前，他又把"永恒"从各个方向，自己能够理解的各个方面统统想了一遍。他想的东西，有些很有意思，有些毫无意思，在大人们的头脑里是理解不了的。他在想，天堂里不知道谁会去清洗长到拖脚板的白色长袍，也许，这些白色长袍在地狱里清洗，再送到天堂去。睡着之前有那么一会儿，他又想到了维尔纳斯农庄。"我觉得那里像个家。"他想道，舌头在嘴里转动，嘴唇翕动起来，不过没有把这句话说出口。

"可是在这里我没有家的感觉。"

在托勒内农庄我没有家的感觉，没有，一点没有家的感觉。他又加了一句：没错，只有真的是家，才会有家的感觉呢。他无声地说出了这句话，不是用标准的瑞典语，而是用当地的土话说的。他又望着窗外的星空，那深邃辽阔的宇宙似乎变得五彩缤纷起来，白色、红色、奶黄色的世界，看得人眼花缭乱。"有一颗星星，"他想道，"是绿色的。"谅必那颗星星上面长满了青草。他的思绪忽然从青草上一跳三跃，想到了土地，想到了那些拥有土地的人……

那些有产业的人把所有土地都占有了，连对面的那片土地也归人家所有。他捉摸不透那住在对面的人家究竟是谁，是个黑人，还是个印第安人？现在住在农庄正对面的人家又是谁呢？哪家人家才可以算得上是真正的邻居，是近在咫尺的"底层邻居"，才要互相写信问候的。他又想道，不知道那家人家是不是也领养了教区的孤儿，等他长大一些他务必要打听清楚。

他睡熟了，到了后半夜他梦见了丝绸，整个世界都是丝绸，再没有别的东西，连青草、树木、畜生都是丝绸做成的，唯独他自己不是丝绸做成的。他吓得惊醒过来，双手痉挛地揪住了身上盖的那条破被子。

等到他再睡熟时已近清晨。那真是只有大人先生们才能够享受得到的舒服觉，可惜时光却不让他好生享受，要催他起床了。卡拉已经起来了，一副似醒非醒的倦容，一双肿胀而惺忪的睡眼，满脸愠色，怒气冲冲。马丁连眼皮都不敢睁开，仍佯装熟睡，鼾声连连，那是年轻的公子哥儿在清早消受的起床前的小憩。几分钟之后卡拉走到了木沙发旁边，把他叫醒。这几分钟的舒服觉就到此结束了。

"嗯嗯嗯。"他一边回答着，一边在床上辗转反侧，可是这也拖延不了多久。片刻之后，他已经在穿衣服了，纽扣冷得像冰块一样。伯莎曾经对他讲起马戏团里"小丑"能够用背心上的纽扣变戏法，那大概总不会是清早这种冰凉的纽扣吧。是呀，马戏团能从纽扣中变出什么东西来呢？是大象吗？如果是大象，一定能够把农舍给踩塌了。整整一堆大粪堆。可是想有什么用处呢？一点用处都没有。

他满肚子不高兴，脸上却不敢露出半点，踏进厨房的时候，卡拉正忙着煮咖啡。过了一会儿，希杜尔从另一间房里走了出来，她脸色发灰，形容枯槁，嘴巴紧闭，一副根本没有睡醒的模样。她的皮肤灰中带青，像是已经酸腐了的牛奶一样。两条短短的小辫像两根棍子一样垂在肩上。由于感冒，她说起话来瓮声瓮气。她是睡在"大厅"背后的那间后房里，房间里的壁炉好几年前已经坏得无法使用了，可是至今一直不曾修好。诺达农庄就是这样，没有一样东西是完整可用的，一切都在凑合对付。只有荨麻，只有争吵，只有卡拉不断生出孩子。这些才是真正存在的、不凑合的。

卡拉此时忙着从胀鼓鼓的乳房里挤出奶汁来准备早晨喂婴儿。她粗声粗气又怒气冲冲地问希杜尔孩子们是不是还在睡着。

"还睡着哪。"希杜尔懒洋洋地回答。

整个清早的交谈大抵就这样几句话。相互间的问候在诺达农庄上还是不大被人接受的习惯，除非来了陌生人。马丁很快就学会不向人问候致意，省得向这些人说"早安"倒叫人痛快多了，尤其是今天不用去上学的日子。

他朝卡拉那边偷偷瞟了一眼，咖啡还没有煮好。他知道每天起来睁开眼就该忙碌不停，打扫牲畜棚、担水、倒垃圾，然后劈柴，再把柴火捧进来。他的木屐鞋底在院子里橐橐作响，犹如清晨的寂静中的阵阵雷鸣一般。一共要捧进来7捆柴火，但是漫不经心地随手一撂以至在屋里也哗啦啦响起一阵阵雷鸣,那他是万万没有胆量去做的,有一次他被狠狠揍过,因为他不小心惊醒了卡拉的孩子们,孩子们大声啼哭起来,这一下闯了天大的祸。还是悄无声息的好,要知道卡拉搁过来的耳光重得足可以把一头公牛打趴下。

卡拉会不声不响地憋足劲儿,然后猛地一掌搁过来,如同水井辘轳的手柄翻转过来一般。不过同卡拉在一起干活倒是挺痛快的,她恰好是人们所向往的那种干活伙伴。

不过,有时候正在起劲儿地干活的时候,忽然心里会泛起一阵孤独感,一阵完全寂寞凄凉的苦楚,免不得叫人唏嘘叹息,恨不得大哭一场。那时候卡拉在不在附近,能不能见到她的身影都于事无补。在这样的时刻,卡拉也帮不上他的忙。她呼哧呼哧的喘息和身上散发出来的热力都不再能保护他。那时候她就像秋天的一片落叶从他的灵魂中飘逸出去,只剩下一股冰凉的痛苦凄楚的情绪,像旋风般回荡在他的躯壳之中。

有时候他比卡拉醒得早,在卡拉还没有来叫他起床前的这段时间里,他躺在那里,只觉得心酸难忍,觉得自己要吹吹口哨大声唱上几句。这样心里会舒服一些。不过主人在睡觉,华尔兹舞曲会惊醒他们的美梦,算啦,别吹什么口哨啦。那么放声大哭大喊一场呢?要是哭喊的时间很长呢?不行,那也要闯祸的,他们会猜想他大概发疯了。不要动这些没有好处的念头了。

算啦,躺在那里想象着自己在哭喊吧,在脑海中听到自己的哭喊声吧。那些哭声就像上百个摇篮里的婴儿一齐啼哭一样。那么摇摇他们吧,摇呀摇,摇来又摇去,晨星半睁半闭着眼睛在窥视着,地板上的粗布地毡在清晨的昏暗中似乎连踪影都不见了。

当他趴在地板上把那第七捆柴火堆放整齐的时候,他就有这种感觉。现在这种情绪是对着卡拉。她应该被狂风吹到一边去,跟其他人一起去挨千刀万剐。为了发泄自己的怒火,他抬起头来用仇恨的目光瞪了她一眼,他仇恨她,恨得如此之深,以至浑身战栗。他仇恨她的胸部,以至他感到她的乳房也战栗摇摆起来。

"咖啡煮好啦,"卡拉吆喝道,"来喝吧。"

"来啦,谢谢。"他回答道,坐到饭桌上。

希杜尔也坐了下来,他连正眼都不瞅她一眼。

她不断地打喷嚏,她感冒得很重,那准是睡在冰凉的里间的缘故。哼,该死的主人。

热气腾腾的咖啡,还有那股扑鼻而来的芳香。那咖啡的香味实在好闻,有一股宁馨的家庭味道,叫人不由得回忆起昔日的家里。不过这股芳香并不全是咖啡的,主人在咖啡里掺进了炒焦的裸麦,该死的主人。只好佯装不知闷声不响地喝下去。

思路被打断了,他听见希杜尔一口一口啜饮咖啡发出很大声音,他忍不住要告诫几句

"你在咂嘴巴,"他说道,"在我们老家喝咖啡是不兴咂嘴的。"

此话一出,他们俩都仿佛被老家这个字眼儿联系到了一起。她立即停止了啜饮,他们俩默然地望着对方充满渴望而又憔悴疲惫的脸。他们静默了一分钟,就像议会为了哪位德高望重的、头戴大礼帽的议员去世而致敬默哀一般。

他们仿佛又听到了尼塔老家的时钟在嘀嗒嘀嗒地走动,他们在脑海中喝着一杯早已喝得一滴不剩然而仍然余香四溢的咖啡。

对往昔的回忆徐徐消失,或者更准确地说被从中切断,两人一下子又回到诺达农庄的现实中来,如梦方醒更惆怅愁苦,那掺着炒焦了的裸麦的咖啡喝进嘴里,一股苦涩味道直透心间。可恶的主人,与其喝这玩意儿倒不如干脆喝冷水更痛快一些。

默默地喝着、想着,一双狐狸般狡猾的眼睛从咖啡壶边缘露了出来。保罗·蒙逊从他房间里走了出来,脚步在陈旧的地板上吱嘎作响,走了十二步到门口,然后消失在门外"一鼻子空气之中"。乔尔接着也大摇大摆地走出去看看田野。两个孩子的目光追随着他们,然后又转回到桌上,又扫到了卡拉的宽阔巨大的身躯上,扫过那一排挂在墙上的铜锅锅勺,最后落到那个挂钟上。5点差5分。唔,跟往常一样,不早也不晚。有种仇恨这么说:这种仇恨会思考,这种仇恨会喝咖啡,这种仇恨会走向内心,会成为年轻的悲哀,预测自己有可能——可能——可能会怎样去死。哦,不行,不能死。那么把自己割伤吧,割伤一点点,然后再包扎起来。好,就这么干,也许这样之后就快要死了。卡拉走过来,把搪瓷壶续得满满的,便坐到桌旁吃喝起来。瓷壶很大,但饮料毫无味道。坏心眼活起来了。我要喝更多,喝更多,这样我就可以坐得更久一些。

愚钝的保罗吸了"一鼻子空气"后回家来了,他拿了个咖啡杯,在桌旁坐定。

"你打扫好之后就去砍柴火。"他吩咐道,眼睛盯住了杯子，在等待那一声顺从的应答。

"……行呀。"马丁回答道。

在这以后，咖啡变得毫无味道了。马丁站起身来，找到了帽子，在门口穿上木屐鞋，匆匆走了出去，随手将门关紧。他鞋声橐橐作响，羊毛袜刺得双脚发痒，迈开酸疼的双腿，走下台阶来到棚屋，在棚屋前面擤了一把鼻涕，头脑里想着"那蓝色的加利福尼亚"，心里又自怨自艾地泛起一阵辛酸和陷入极大的"自我可怜"之中，眼睛里泪珠在滚动。他甚至没有注意到清晨的来临，其实，清晨是可以有很多希望的。不是所有野兔的耳朵都被割掉了，夏天，彩虹还会出现。

到了猫月的3月份，有个善良的小精灵前来光顾牲口棚。他的名字叫艾德里安，这是今天命名日的名字。这场战争叫圣战，在离这里老远的地方打。今年的华尔兹是考斯特华尔兹，而且近在身边。到处都在传说黄油以后也要涨价了，价格要涨得离奇地高，跟黄金价格一样。

棚屋的门铰链发出吱吱嘎嘎的响声，早就应该加油了，这家子人家早就应该想到。牲口棚里站着一排奶牛，公牛站在右首。棚屋的后门已经打开，有人准备来挤牛奶了，不过现在为时尚早，这里的一切都是赶早不赶晚。

"喂，马丁，"屋外有人吩咐道，"切点甜菜给奶牛吃，让它们安安生生地站着，省得一会儿挤奶的时候它们犟头倔脑。"

"噢，好的，我去切。"

于是，他到放甜菜的棚子去。棚子的门吱嘎作响地推开了，一股猫尿鼠屎的臊臭味扑鼻而来，还有扔掉不要的挤奶时用的围裙，牛奶桶里剩下的奶渣发出熏人的酸臭味，角落里堆放的杂物（哀伤的地窖气味）霉味四溢，这股味道真是叫人受不了。棚屋有一扇三个格子的窗户。蜘蛛网上粘满了被粘住的苍蝇，还不时听得见那些自投罗网的苍蝇发出的营营哀鸣声。他的理智清楚地告诉他不要去在乎这些，因为人并不是蜘蛛，也绝非苍蝇。它们是抓不到牛虻的。唉，那里的这些蜘蛛，其实很苦，也很无奈。自从被创造出来后，它们得自己照顾自己，后来也不可能有什么作为。角落里到处是霉味臭气。令人作呕，难道这样的地方也有上帝在吗？你相信吗？哼，做人真没意思，从早干到晚，没有哪个人敢撂下活计玩上整整一天。倘若他们星期二玩一整天而不去挤牛奶，那么到了星期三就会过不去。用长柄大镰刀去刈蘑菇那真是好玩。再不然就动手做一面鼓……唉，算了吧，忍一忍吧，这股霉臭真叫人受不了。

　　那台甜菜机就放在草棚的泥土地面的正中央。手要是往里伸进去一些，保不准会切到手，那就把伤口包扎起来。要真是……那也没有办法，照样还要干活。唉，那些见鬼的苍蝇，赶也赶不走。动手切吧，那些奶牛爱吃带甘甜味道的蓝萝卜。现在开始吧，就像学校老师说的，我们现在开始唱，孩子们。"姑娘们系着红蝴蝶结去跳舞，姑娘们系着红蝴蝶结去跳舞。"可是那个小姑娘艾格达过复活节的时候发辫上系着白色缎带。那么我们改口唱一遍："艾格达系着白缎带过复活节，艾格达系着白缎带过复活节。"怎么样，也还顺溜吧？复活节的时候玩什么来着……咔嚓，咔嚓，不要害怕，还能熬得住，不会有事的。嘣，嘣……怎么回事？原来是青草里夹了一块石头，猛一看还真像草根上沾的泥土。滚到一边去吧，那块石头被拣出来扔到旁边去了，这个鬼东西！对啦，应该有个吉他才好。现在你既然没有，那就免开尊口，闭着嘴滚开吧，你这块臭石头！你以为你能够一辈子混在草堆里吗？你这块臭石头，休想！现在开动车轮，火车头！冒着青烟，一口气开到加利福尼亚，蓝色的加利福尼亚。咔嚓，咔嚓，快切吧。很快就好了，母牛！

> 为了没有父母的年轻人和没有父亲的小孩，
> 为了又唱又跳法啦啦，
> 为了又唱又跳法啦啦，
> 当我长大，每个我都要抽打，
> 高兴得又唱又跳法啦啦！

切了这么多总该够了吧！足够这些该死的奶牛美美地吃上一顿啦。你们这些奶牛，哞，哞，哞，你们说什么？战争吗？真不晓得是哪个上帝来打仗的。将军们从望远镜里看着战争的进行。士兵们一字排开向前冲锋，可惜在枪林弹雨中听不见他们的呐喊。哞，哞，什么？吃吧，现在你们吃吧，见鬼的奶牛。

他沿着干草槽走过去，奶牛角对角地排成两行，他就在这两行额头雪白的脑袋中穿行过去，感觉得到牛的犄角在他腿际磨来蹭去，有一只犄角还抵住了他的脚踝骨。行啦，行啦，你们这些鬼东西！他受到奶牛们的喜爱，它们总想要对他表示亲昵。他往槽里倒了青草，那头公牛真是没有出息，让它再多等一会儿，最后才喂。奶牛都窸窸窣窣地饕餮大嚼起来，不时从青草上抬起头来一边咀嚼着青草，一边茫无表情地瞪着他。牲口棚新近刚粉刷过，是马丁粉刷的。"是我一手粉刷的呀。"他想道，举目朝棚顶和四面墙壁看看。"难道不是雪白耀眼吗？"他想到了教堂，那管风琴真是优美动听，若是没有了管风琴上帝也就不存在了。真应该时常上教堂去，那样做有不少好处，因为艾格达一直上教堂，而且参加了唱诗班，再说农庄的脸面上也光彩些，他们不情愿显得比艾格达的父母差一些，因此也乐意派个人上教堂去。唉，艾格达，她的发辫和嘴唇在他眼前晃动。

"喂，你痴呆呆站在这里干什么？"

"那很好，马丁！"

"是呀，那很好，马丁。"另外一个姑娘的声音像回声一样。

来挤牛奶的姑娘们蹲着，两腿间夹着奶桶，前额向下顶住奶牛的肚子，眼睛瞅着那白花花的牛奶哗哗地在膝盖之间流淌下来，那白色的溪流。哦，站在那里别动！她们低声细语地说了一些别的事情。

"你莫非以为汪达尔人回来了吗？"一个姑娘这样说道，但是却没有人回答。马丁已经动手收拾挤完奶的奶牛身底下的湿漉漉的垫草。他竖起耳朵谛听着。汪达尔人，就是驻扎在K城的炮兵团。在初秋时分，他们就会拉着大炮来到这里。车辘辘、马咻咻，他们驶过还残留着裸麦根茬的田野，大森林里响起了闷雷般的轰鸣，5英里开外都听得见。马丁对他们又崇拜又憎恶，又恨又爱。他们身上的金黄色铜纽扣真漂亮，不是吗？还有那高大的骏马和锃亮的长靴。只消想想，要是有钱买得起两三门大炮，还有那些身着制服的士兵和4匹骏马。那就不消打仗厮杀也照样能体验到个中滋味，对不对？可以拉着大炮，四处耀武扬威一番，然后轰隆轰隆漫无目标地放上几炮。再不然就朝着无人居住的托林厄山头上开炮，每一炮都直接命中，反正那里荒山野林，随你怎么说都行。于是他们就可以招摇过市了。这批自以为了不起的笨蛋！他们连自己正在闹哄哄地戏耍都不明白。真是笨得可以，连戏耍都不懂。不行，还是出海去的好。陆地上的人们都是笨蛋，在农民麇集的土地上住着的那些人都愚不可及，而且都愚蠢到朽木不可雕的地步。

"汪达尔人要到9月10日才会来哪，"另一个挤奶姑娘说道，"到那时，我们一起聚一聚，你说呢，不该聚一聚吗？"

"哦，你倒知道得一清二楚。"

"喂，你以为今年他们还会在这里住一段时日吗？"

"哦，他们当然要住下来的，这是不消说的。"

马丁开始用独轮手推车把沟槽里的污物运载出去。独轮手推车，着实不好推。顺着狭窄的跳板推到棚屋外的水泥平台上，这全要讲究平衡才行。在冬天的早上，倘若有那份闲情逸趣，抬头看看天上的星斗，那么他准会连人带车倾翻在地。这就是天上的星星和地下的污浊之间永远存在的抗争。按理说，人应该在额角头顶上长一只眼睛来看星星才好。唉，算了吧，别胡思乱想了。

艾格达。

世间有了艾格达才会这样美丽。

有时候她的两条发辫垂到肩上,就像这个样子。一头秀发如云,飘逸起来仿佛具有生命活力。俯仰起合之间,缕缕青丝都反射出太阳的光芒,既不是灼灼发光也不是闪烁发亮。不,闪烁发亮的是她的一双星眸。不过发辫蒙上了一层炫目的幽光。对,正是炫目的幽光。

马丁把手推车推回到那暖融融的牲口棚里去,心里却在想着,到了圣诞节他要去买一根白缎带,送给她一根白缎带,顺便把她的发辫在手里握一会儿。

他倾听着挤奶姑娘们还在谈论着汪达尔人,从她们的腔调和声音中可以捉摸出其中必有奥妙玄机。

姑娘们总是盼望着汪达尔人来,可是汪达尔人一走,留下的是柔肠寸断和一笔孽债。

为什么人要打仗,
甘愿把鲜血染红沙场?

姑娘们踩着那条狭长的跳板走了出去。她们脱掉了挤奶时穿的外套,把身上的衣裙抻直就走掉了。马丁又形单影只了。

他给一头奶牛打扫身体底下的湿草和清除牛粪。他嫌那头奶牛挪动得不够快，便抽打起那头可怜的牲口来，先是用铁锹捅，后来抄起一根树枝没命地抽打。他在牲口棚里俨然是个伊凡雷帝①，在这里称王称霸，不可一世，拿牲口来出气。树枝抽断了换根新的再打。棚里的树枝都抽断了，他的余怒还未消。他那孩子气的残忍连他自己都觉得是不堪忍受的。在厨房里吃饭的时候，他除了听到要敬鬼神的迷信话和口角争吵之外，再也听不到什么别的，他在这个农庄上还不曾见到有哪一天真正亲热和睦、快快活活地过日子。到了残冬初春，他几乎活不下去了，做人的所有意义都已荡然无存，他的精神已经崩溃，想着与其活着受煎熬倒不如一死了之。他找到了一把刀子，可是却钝得没刃了。他便在磨石上磨了半天，然后朝着手腕上割了下去。疼痛钻心难当，刚割了浅浅一道刀口就痛得刹住了手。鲜血淋漓，他把掌心收拢起来形成了碗状，让鲜血都流到"碗"里去。他要给厨房里的人去看看，便掌心里捧着一掬鲜血慢慢地走到厨房，生怕一摇晃鲜血便会淌落到地下去。他推开厨房门，双手血迹斑斑地走了进去。可惜卡拉没在。

---

① 伊凡雷帝（1530—1584），俄罗斯历史上第一位沙皇。

贡妮拉一见到那么多鲜血，吓得险些晕了过去，那是因为她患有晕血症，是为了她自己，而不是为了他。他坐到洗脸盆前，把手浸了下去，血和水掺和在一起把盆里染成了玫瑰红色。手腕上的伤口依然热辣辣地疼，鲜血如同一条涓涓细流往下淌，流得倒不算多。他听到身背后传来了"嘶"的一声，贡妮拉撕下了一根布条，又走出厨房去，从一个坛子里取出三片治伤的叶子。她返身进来，捧起他的手，在那盆玫瑰色的清水中把那只手洗干净，然后急匆匆地包扎起来。那治伤的叶子像油布那样冰凉。

"很快就会好的，没有什么危险。"

后来她再也没多说什么。厨房里一片沉默。从大房间传来挂钟钟摆亘古不变的嘀嗒声，那就等于是监狱里的囚犯在捡黑豆一样（这是农庄上聊天时候的谈话内容）。他在厨房的一张椅子上坐了下来，心想别人总要安慰他几句话才好，有人给他唱个歌也好，可惜没有人理睬他。贡妮拉应该一边煮咖啡一边跟他讲点什么，可惜她一动也不动。

他返身走出屋外，又套上木屐鞋，嗒嗒地往前走去，像达拉纳的挂钟那样，不紧不慢，亘古不变。他来到了牲口棚，奶牛一齐回过头来瞪着眼睛朝他看，仿佛他是个不祥之物。

他痛痛快快地哭了一场。蜘蛛在角落里冬眠，奶牛在安详地咀嚼着萝卜和甜菜，窸窸窣窣，只有它们发出响声。他起初只觉得喉头哽咽，声带颤抖，而后发出一阵凄楚的啼声，泪珠也禁不住涟涟而下，于是他索性放声号啕起来，哭得天昏地暗，哭得涕泪满面。他一边大哭，一边还自动地在干活。这天也就这样慢慢地过去了，是在牲口棚里度过的，是在一捆捆柴火堆中度过的。这是在学校里请了假在家干活的一天。

那是3月份的一天，冰封雪积的大地刚刚开始解冻，是阿德里安命名日。战争还在继续。马丁双膝一沉，跪倒在还没有融化的积雪之中向上帝哀哀求告。"原谅我，吾主在天之父啊，我是多么想跳出这个苦海，日子实在无法熬下去了。在天之父，你保佑我吧。"

"习惯久而久之就成为自然,孩子们。"斯塔夫说道,举起了手中的钥匙。

"尽管我妹妹来看我,家里有她在,可是我出门时还是上了锁、拿走了钥匙,结果把她反锁在屋里了。"

"习惯久而久之就成为自然。"

他又举了举手里的钥匙,就匆匆地离开教室回去为那位被他反锁在家里的妹妹开门。他刚一离开,男孩子们用墨水纸做子弹,准备在教室展开一场大混战,还没有等他们把子弹射出去,他又回来了。于是这些天堂里的蛇貌似虔诚地摆出圣洁姿态,秩序重新恢复。孩子们都规规矩矩地坐得笔直。

"我们从这类事情当中可以学到点什么呢?"斯塔夫继续说道,从背心衣袋里找出了一点鼻烟丝,技巧娴熟地悄悄放进了嘴里。

"是呀,那就是说我们日常生活之中大多数事情都是以习惯为准则的。"

斯塔夫扶正了夹鼻眼镜,亲切地看着孩子们。

"因此,至关重要的是要不断养成新的、良好的习惯,于是这些好习惯就会像天生的一样,这样日久天长就会形成一种新的性格。习惯久而久之就会成为自然。"

斯塔夫坐了下来，掏出花手帕来擤擤鼻子，又擦了擦夹鼻眼镜，然后马上开始听写。

远处漂亮简陋的农舍，公牛被人牵着哞哞地叫，狗在大门旁吠叫。美丽的小湖边风光宜人。这个地方是属于一个手持干草叉、又胖又高大的汉子的。他燃烧沥青，被处罚得比偷猎二十只雷鸟还要重。

孩子们都认真地边听边写。马丁时不时地朝四周投过去一个幸灾乐祸的眼神，暗自高兴地看看他们多半在愁眉苦脸地咬着铅笔杆，因为有不少生字他们拼写不出来。马丁这下可神气啦，终于可以扬眉吐气，这一节课真叫人解气。他平静而惬意地拼写着，用不着挨揍也不消干重活，只消把一个个字拼写正确就行，那又算得了什么真功夫。唉，还是上学好，轻松自在得多。

整个这一节课，他把全部心思都投注在拼写作业上。那支铅笔就像一根小小的权杖，在他手中潇洒自如地龙飞蛇走，写出的作业连一个错误都没有。对于几个发音很难的字母他却得心应手；对于那些难以拼写的字眼儿他也是游刃有余，可以毫不费劲地应付下来。在听写这方面，他俨然一个国王或王子，你休想找出一个音节来难倒他。

他拼写完作业后就消停地垂下双肩使自己坐得更舒服一些。他仿佛在等待着学校董事会把他捧到一张软床上，再把一块烤制的糕点塞到他手里，而不是啃不动的坚果，并且说道："你快把这块糕点吃掉吧。"

马丁和自己的字母坐在一起，在"tje-"开头的字母里，他是石油大王洛克菲勒。是呀，好比一只孵蛋的母鸡，他心里无比快乐，他把"tje-"开头的字母轻松地拼写了出来，就像母鸡把一只只小鸡孵出来一样。鸡崽一次次叫喊道："我会的，我会的！"啊，有人在偷看，眼光掠过马丁的肩膀。他们已经拼写错了20个字了。现在写到"偷猎"，他们把身子往前靠，想偷看马丁是怎么拼写的。

不给看！马丁用自己的身体挡住自己的字，不行，不让看，我亲爱的同学们，你们不能偷看我拼写的字。写在纸上"tje-"开头的字像块肥肉，让围着他的一群"狼"直流口水。他小心翼翼地护着他的字。只有他的同桌可以看，因为他的同桌常常请他吃巧克力，这使他深为感激。所以他们俩很和睦，帮着他来抵御这些"狼"。这些"狼"被"tje"追捕着，他们希望"tje"字的拼写能从天上掉下来。

这一节课很快就完了。课间休息的时候马丁通常只有挨别人打的份儿。不过今天倒还算好，有他的同桌拔刀相助。他长得十分高大，孔武有力。今天的攻击不难对付。"狼群"有点犹豫。纵然是这样，也经过了一场恶斗，尘土飞扬，卵石被木屐鞋踢得四处乱飞，彼此揪住了衣领，纽扣从外衣上"嘣"的一声落下来飞向天空。

教室门口的台阶上站着3个女生。她们都是拼写作业的佼佼者，都在神色平静地冷眼旁观，对那个被人家压在卵石上动弹不得的、自命不凡的拼写才子流露出满脸鄙夷的神色。

孩子们从不同的方面渐渐辨认出真理和谎言。

格林兄弟的童话很适合这个地方，所以孩子们就让他们在这里居住下来。芬兰儿童文学作家图帕留斯适合石楠丛生的荒原。眼光睿智的一条狗叫作"姆斯踢"。

沿着北石楠丛小溪旁能看到"睡吧，我的小垂柳"①。在去荣格塔瓦的路上有一幢被火烧毁的农舍，它的烟囱像一根直指青天的手指，笔直地竖在那里，雪白的石灰早已被油烟熏得乌黑斑驳。在已经毁坏的烟道前的那座炉灶几乎完好无恙，雨水把瓷砖上的污垢煤烟冲刷得干干净净，所以到了秋高气爽的日子，从荒原上远远望过去，一眼就可以看到那台白毿毿的炉灶。马丁把这台炉灶当作亚伯拉罕将他的独生子艾萨克献为燔祭的地方。众所周知，他的这个举动被上帝所制止，后来用一只两角扣在稠密的小树中的公羊来代替。这些都很容易做到，因为那幢被火焚毁的农舍四周有不少黑刺李树丛。

大概在几年之后，马丁曾经见到直到那时还活在人世的房主。那是一个双目已快失明的老妪，无依无靠只好住在济贫院里。当她听说他是从那一带来的，便问他可曾听

---

① 这是芬兰儿童文学家图帕留斯创作的儿歌。

说过她横遭回禄之灾的事。说来也奇怪，她一谈起火灾，非但没有伤心反而沾沾自喜，眉飞色舞地讲述她是如何受到天谴神罚的。他告诉她自己是怎样在学着亚伯拉罕的样子献燔祭，她不听犹可，一听大惊失色，吓得双手连连捶膝。

"那是异端的邪恶，千万不可那样做，"她嗅着鼻烟说道，"烟道前面的烤炉还在吗？"

"哦，在的。我在那里放了汉斯和格莱塔塞①啦！"

"哎哟，你把什么玩意儿都放到我的家里啦，是吗，你呀？"

她用手指点点画画，满脸狐疑和愤懑，大概担心他在她的破屋里什么穷凶极恶的事情都干得出来。

"那边如今怎样啦？"她问道。这个问题也许想得很笨。月亮照样升起又落下，太阳也如此，大概同早先没有什么两样。上次是因为打雷才烧起来的，她又解释了一下："到现在已经31年了。"

她现在已经86岁了，可是满脑子想的却还是她当年55岁时的事情。"那雷真是厉害，好像天要塌下来一样。响声比汪达尔人的大炮还要大，一下子就把穷人的房子点着了。唉，情况就这样，一切都完蛋了。"

在石楠丛四周和森林里，马丁都有自己存放东西和童话的地方，也是他珍藏自己情绪和幻想的地方。这一带的所有地方各司其职，马丁都有安排。

不过童话也有危险性，它们能够把人分成两半，叫人

---

① 格林兄弟的童话故事。

无所适从。

在大荒原上住着一群贫穷却心地善良的人们,当他们听说上帝用暴风雨冲刷荒原背脊的时候,都不免有点提心吊胆。他们都是卫理公会教徒,他们的教义是人只能得救一次。倘若重犯罪孽必将坠入永劫,因此他们对重新获罪怕得要命,这一点是不容置疑的。他们是这一带独一无二的、真正知道虔诚笃信艰难和严格的教徒。有时候也有一些别的卫理公会的教徒前来拜访他们,不过都是远道而来的,他们都清癯消瘦而且狂热。那些远道而来的教友还真是不远千里而来,有一次他们成群结队从美国来到这里。其中有一个名叫约翰纳逊的小姐。她头发剪得很短,浓眉大眼,耳朵倒也很大,活像一个早熟的男孩子。她裹着一件奇形怪状的美国大衣,冒着大雨,佝偻着身体走遍了四周的林中幽径,领略成为上帝的女儿的情趣。

马丁从卫理公会教徒那里得到《基督播道之行》,是一本有插图的书。

"你务必小心保存好这本书。"他们亲切地对他的灵魂说道。

"嗯……"他的灵魂回答道。

"最好包个封面。"屋子角落里有人这样说道。

"是呀,这样最好。"别人齐声附和,那位小姐对他友善地微微一笑。他在装腔作势,而她竟然没有注意到。"哼,多亏她还是从喀斯喀特山脉千里迢迢来到这里的!"她送给他一张明信片,画面上是她任教的那所学校的全景。那个学校是培养传教士的,她负责讲授避免犯下罪孽,分清什么是罪孽而什么不是。学校坐落在风光旖旎的青山翠谷里，房屋高大，足足有上百扇窗户，而那个山谷大得足足可以容纳下这一带的9个县的地方。

马丁说那地方看起来非常美丽漂亮。

"哦，是呀，那是上帝自己的美丽。"她说道。

他们请马丁喝咖啡，待若上宾地围着他坐下来，个个心里都在害怕重新获罪。人们在担心，倘若有人从椅子上摔下来的话，他们就会重新获罪。在墙壁上挂着《人的年纪》的图画，一张是男人，一张是女人。人从摇篮里爬起来就沿着一个阶梯拾级而上。阶梯上的第二级台阶是10步光景，身穿短裤，头戴小圆帽。再上一级台阶穿上了成套服装。再上一级台阶，他已经结婚成家，蓄起了唇髭，过着美满的家庭生活。到了50岁光景，他已经登上人生羁旅的最高峰，头戴大礼帽，手持银手杖，那手杖的形状像个问号，似乎在问："我是不是个上等人？"说不定他还有支雪茄，把它藏在身背后，佯装是个不抽烟的人，不过倘若他愿意的话，也可以堂而皇之地表明自己是抽烟的。在这一点上倒还不曾有什么禁忌。

人站在生命中的阿尔卑斯山之巅，站立在最高处，此后人生就一直走下坡路了，越来越蹩脚，最后他只好去投奔上帝，这是最好的归宿。

这是那张男的图画。那张女的图画大同小异，只不过身上的穿着换成了裙袍。这张图画寓意隽永，表明"人生无常，本该如此"。人可以坐定下来，细细揣摩它的深远用意，透过玻璃和画面。透过墙壁一直看出去，领悟它的"人生无常，本该如此"的哲理。

本该做的事情真是多极了。克里斯蒂娜·尼尔逊本该印在明信片上，上帝本该待在天上。

他拎着捆成一包的《基督播道之行》回家去。卫理公会教徒们端坐不动，目送他的灵魂，他那被上帝宠爱的灵魂消失在森林小径之中。

星期日傍晚在脉脉余晖之中，他拿出那张来自喀斯喀特山脉的明信片来，目不转睛地细细观赏。那张明信片真是叫人爱不释手，犹如看一张画着圣父圣灵的法国画片那样脍炙人口。在牲口棚的石板窗棂上，几只春天的苍蝇被粘在蜘蛛网里嘤嘤嗡嗡地哀鸣。他掏出了《巨人的困惑》仔细地阅读起来。

夏天来了。夏天的气息荡漾着,这是大地上最美好的季节。连那棵名叫苏珊娜的千年古橡树也披上了一层绿色轻纱。她欣然把它披上,然而绿纱毕竟太小了,只能裹住树冠的最高处。于是她好似戴上了绿色的假发,而全身却还是光秃赤裸的。一个浑身节瘤、树皮皲皱的美女苏珊娜在出浴——沐浴在和风丽日之中。有一只乌光金亮的鹿角虫大得像块肥皂正在树干上作朝圣之行,它沿着皲皱的树皮往上爬行。到了日落时分才爬到一根粗大的枝丫上,然后转过身体朝向西方。夜来临了,不过一点不黑,只是有点昏暗而已,各种颜色照样看得清楚。在一根树杈上站着一只夜莺。造物主自己创造出来的音乐匣果真不凡,她歌喉婉转,唱出一首又一首美妙的歌曲。为了自己唱也为了那些愿意听她歌唱的耳朵唱。人们听着她的歌唱在夜间回家,也听着她的歌唱在夜间出来。夜对他们喃喃细语,这些话变成了他们自己的想法。

有些晚上马丁这样想道:"我要那么早就起床,凌晨4点钟就得起床。那么为什么还要睡觉呢?倒不如去看看美丽的夜景得了。"

他开始吹口哨,信步穿过草地。在一面长满青苔的小山崖上传来了潺潺的流水声。那面山崖并不高,只不过同农庄的院墙差不多高矮，雾蒙蒙的水汽底下奔腾着一洌清泉。他走到泉水旁边侧耳细听。一只青蛙在泉水里跳跃着，它浑身碧绿，绿得像是中了妖法而披上绿皮的王子，扑通扑通的声响就像往水里扔进了一块石头。在溪流中，泉水在倾诉衷肠，叮叮淙淙恰好似千百支桨在划动。溪流像是一棵水的大树，在青草底下长出了银色的水的枝丫。夜阑人静，细细谛听，就会听见这一切的动静和声息。

夜里一切都是怯生生而又非常美丽的。他自己也怯生生、静悄悄地返回农庄去。他就是这样度过夜晚的。

在这样的一个晚上，他信步走去，一口气穿过原野，来到了名叫荣格塔瓦的岬角，再往前是一片荒原。森林管理局在那里靠近欧根雪县的地方有一个种树苗的苗圃。在一块四周用红色木栅围起来的苗圃里栽种着成千上万株松柏幼苗，一排排、一行行，井然有序，而且精心培育。天哪，光看那条黄沙铺就的甬道就觉得气势非凡了。森林管理局还不时派人来巡视，看看树苗长势如何。每棵树苗必须先在那里种上两年再移植到荒原上去。那里寂静得很，在那个角落里建造一座有墓地的小教堂倒挺合适。马丁静悄悄地站着，挑了一块应该属于自己的地方。

四周的宁静和心里的惆怅使他联想到了教堂的墓地。这里可以成为孩子们的墓地。只有孩子们和伊纳兹可以在这里，其他人不能长眠在这里。伊纳兹，她已经长眠于自己的老家。不，他不愿意再多想这些。于是他的思绪就转到了他们长眠于斯的墓穴里。他知道死者的躯体会遭受腐蚀最后化为泥土。不，这里不是墓地。不，不是，这里是为绿化荒原而栽培的苗圃。他又想到了那些松柏树苗。几年之后，这些幼苗将长得又高又大，迎风摇曳，叶声飒飒，傲然屹立在荒原上。待它们长大之后，昔日荒原将不复存在。不过他觉得荒原的消失总使人有点伤感，他想为此洒下一掬泪。他没有意识到，其实他站在那里已经感受到孩子们对失去借口的悲哀；孩子和诗人最爱找借口，没有任何事情比找借口让他们更喜爱的了。荒原之所以是荒原就在于它的荒凉。

马丁满腹凄楚，踽踽行走，心里还在想着荒原。为什么那些柏树幼苗不能安安生生地待在苗圃里，一直那么幼小，一直那么悲哀呢？

他顺着一条小径走进一个杂树丛生的小山谷。走了不大工夫，他来到青草覆盖、车辙很深的大车道上。道路尽头有围篱，旁边有供行人穿越围篱的台阶。5个小伙子和6个姑娘倚在篱笆旁，五大三粗的当长工的小伙子，胸脯高耸的干农活的姑娘。他们站在那里谈兴正浓，都在讲着故事和趣闻来打发时光消磨夏夜。马丁站在那里迟疑起来，既腼腆又胆怯，不敢朝他们靠近过去。有个小伙子招呼说道："你干脆走过来吧，用不着害怕。"

他走上前去。

他刚要走过台阶，有一个姑娘开口说道："你不就是那个诺达农庄领养的教区孤儿吗？"

"哦，是的。"马丁胆怯得如同惊弓之鸟，他在台阶最高处，两脚像在马镫上一样跨在台阶两边的木板上。

"上帝啊，"那个姑娘说道，转脸朝向别人愤愤地鸣不平起来，"把一个孩子折磨成这副模样，难道不是罪孽和耻辱吗？"

"不错。"大家异口同声说道。

有个小伙子说："保罗曾经因为虐待牲畜而被判以罚金，他已经被罚过三次了。可是这样对待孩子竟不用受罚！"

"那个乔尔呢？"有人问道。

"那个鬼东西、混账家伙。"小伙子们都怒骂起来。

姑娘们的眼睛里泛起了晶莹的泪花。马丁一屁股坐在多结节的栏杆柱子上。

他们都点着头，长吁短叹又沉默了一段时间，似乎在思考有何善策。小伙子们的鞋尖在草地上划出一个又一个带着露珠的绿圈。姑娘们泪眼汪汪，咬紧嘴唇，梦痴般站着。一个身穿皱皱巴巴的服装、戴着歪歪扭扭的体育便帽的小伙子提出一条建议，打破了沉默。

"我们找个机会给乔尔点厉害看看，让他吃点苦头。"

"好，"他们都赞成，"这倒是个好主意。"

那个小伙子脱下体育便帽，逐个儿走到另外几个人跟前，举行了一次草地募捐活动。募捐到的善款总额是83奥尔。这是他们倾囊相助了。马丁非常忸怩地接过这笔塞到他手里的意外之财——半把铜板和两三枚银币。

马丁坐在栏杆柱子上，举了举自己的便帽，半开玩笑，半夸张，为的是表示出小学生的彬彬有礼。然后他跳下身，挨个儿同他们握手，向他们鞠躬，以表谢意，在他烦恼和苦闷之中，冒出了这样一个想法：当教区孤儿也并不坏，嘻嘻，嘻嘻！

"你可以用这点钱随便买点自己喜欢的东西。"那个头戴体育便帽的小伙子慷慨爽朗地说道。姑娘们眼含热泪露出了笑容。

　　他走过停留了不少时间的台阶，他们朝他频频挥手，看着他那赤裸的、被蚊蚋叮咬得鲜血淋漓的双腿在黑色的桦树林和橡树林之间闪着白光。他回到家的时候不早不晚，恰是要把那些放牧在露天的奶牛赶回去。夜间挤奶的时间，卡拉坐在那里，用手指敲打着一只空奶桶，大概是为了驱赶睡魔使自己不至于睡熟。铜板和银币在裤袋里叮当作响，马丁把头上的便帽摘下来塞进裤袋，这样就不再有响声了。

　　按照往常的习惯，他们俩互不打招呼。马丁把奶牛赶到拴奶牛的地方，卡拉就动手挤奶。当一头奶牛挤完奶之后，他解开绳索，又赶一头新的奶牛前来再把绳索拴好。他们就这样闷声不响地干活，直到把所有的奶牛都挤完。这时候露华正浓的草地边际，一轮旭日即将喷薄而出。卡拉的睡意已消，而马丁却困得抬不起眼皮。

后坡农舍有一个农家,他们有一个儿子,在皇家轻骑兵团里当兵。每年秋天和春天他都会回家来,是林子里的耀眼人物。他的制服从正面看,像是张大嘴笑的木板条,或者是像烧得发红的烧烤铁架。"我们轻骑兵把这个叫作肋骨。"他对一个姑娘这样说道。他已经把这个姑娘的心放在烧烤架上慢慢地烤熟了。9月,他用轻骑兵的词句向姑娘发来了一封绝交信。这封信像石灰一样灰白,一样令人绝望,姑娘跳进了湖水里。10月3日,尸体被打捞了上来,肿胀得成了"尸体浮标"。地区当局对这个事件做了一般性的通报。后来,这个轻骑兵在图鲁普又找了一个情人。那个地方,土地干燥,没有湖泊。

有一天晚上，马丁把奶牛赶回来的时候，在榛树林里碰上了阿格达。她是荣格塔瓦一个农庄主的女儿。皮肤白嫩，眼睛明亮，长长的辫子，一边走，一边在念着什么。她矜持地同马丁打了个招呼，就走过去了。马丁羞怯地向她点了点头。他为自己笨重的木屐鞋感到羞愧，赶紧走进榛树林。

几天以后的一个晚上，马丁又碰见她了。他们像以往那样打招呼，她矜持，他羞怯。他们之间不会有任何事情。可是马丁对她却幻想了起来。

后来马丁在石楠丛遇到基督教遁道宗信徒的儿子时吹牛说，他几乎每天都和那个可怜的女孩子一起犯那种巨大的罪孽。

那个遁道宗信徒的儿子胆怯地听着。但是过了一会儿，他变得热情了。没过多久，他悄悄地告诉马丁，他自己也很会勾引女孩。他在地平线上东指、西指。围绕着指南针刻盘——如果他们有指南针的话——他在这里勾引、那里勾引。除了勾引之外，不干别的，而且永不停止，永不停止。

马丁是反对方，其他人是赞成方。在整个世界上，他唯一忽视的人是希杜尔。他就是这么做的。她几乎不存在。她无权无荣誉。那么一个人还有什么呢？

他喜欢有权有荣誉，喜欢征服，喜欢财富。

他除了只在《插画报》上见过这些东西外，根本没有见过这些东西。但是他仍旧认为"他就是这样的人"。

接着是阴暗和浮夸，发酵时期。很多事情混杂在一起，难以分辨明白。

《插画报》报道说世界上存在原子，并且说明原子是怎么回事以及它们是怎样无处不在的。

马丁在脑海里长久地想：它们无处不在。在乔尔身上存在，在保罗身上存在，在花朵中也存在着。是的，在所有东西中都存在着。在一切美好的事物中和一切丑恶的事物中都存在着。可是，情况怎么会是这个样子的呢？他仍然有点相信上帝，尤其是打雷的时候。在狂风大作、雷声轰鸣的天气里，上帝就会紧密地在你身边。雷声就像一个沉重的铁球在房子阁楼的地板上来回滚动。

难道上帝也是由原子组成的？那是不会的。每周来一次的《插画报》在晚夏时会提供星云。现在他正好站在星云和原子之间，衡量其轻重。

他现在能更深更远地去看待问题，从远的方面来说，可以远过加利福尼亚州，从深的方面来说，能深过"性生活"。在卡拉性生活最深处存在原子。是呀，那里面存在原子是很奇怪的。唉，你们这些大人们。你们别那么有把握。孩子会挤进你们的里面，在你们里面"推断猜测"。如果他们感到太孤独，得不到体贴，在额头上得不到轻抚，听不到一点安慰的话，那么他们就会挤到你们里面去，来"推断猜测"你们。

你们看到过一个被教区领养的孩子走来走去在猜测你们吗？他脚趾朝里地走着，他会把赞美诗和流行歌曲混合在一起，把麦穗和性混合在一起，把干草和女人混合在一起。他会把这份最有道德的《插画报》重新阐释，这份报纸同一本名叫"默不作声"的书几乎是一样的。他没有在看着你们，他只是在"推断猜测"你们。

他到诺达农庄已经快一年了。保罗已经毒打过他6次，也许是7次，他几乎不曾正眼瞅过保罗一下。乔尔在他看来也不是人，卡拉也不是好东西。克拉拉和贡妮拉照他看来也都不像人样。他只不过把他们看成是权力，是性生活的动物。他已经"推断猜测"过他们了。

有个星期天，他到荒原上去找卫理公会教徒，打算把那本《基督播道之行》还给人家。走到半路，他遇到了一个早先只曾耳闻却从未目睹过的人：一个高中毕业生。

早在老远的地方，他就看到了高中毕业生头上那顶白色学生制帽在荒原上晃动。他身材又高又瘦，大概念书过度用功，活像一根绳子或者是随风摆动的复活节水仙花，不久之后，那个高中毕业生顺着崎岖不平的小路越走越近，走到了马丁面前。

"你好，小放牛娃。"高中毕业生打招呼说。

"你好。"马丁如同遇到神灵圣明一般局促不安，诚惶诚恐地举起了头上的便帽。那副敬畏的顶礼膜拜的样子弄得高中生有点不好意思起来，而马丁却一点没察觉。

"我大概走错路了。"高中生说道。

高中生讲的是一口纯正地道的瑞典语，而且带着最优雅的斯德哥尔摩口音，这同马丁想象之中别无二致。

"你能指给我看看去荣格塔瓦的路吗？"

马丁茫然无措了，一时之间不知道怎样称呼对方才好。怎么称呼他的头衔呢？称他高中毕业生可以吗？"我真拿不准叫他高中生是不是失礼？不行，我想还是叫他高中毕业生先生为好。"

"哦，高中毕业生先生若是原路折回去，一直往前走，会见到一条岔路。高中毕业生先生顺着那条岔路走下去往右一拐，就可以到荣格塔瓦了。"

"好的，多谢啦，那好极啦。"高中生说道，把那顶奶白色的学生帽从头上往上拎了拎，露出了头顶上的分发线，白得犹如象牙一般。高中生把帽子又端端正正地戴好。在帽子正中有一个小的点缀，看样子是一朵五月花。哦，原来这就是他们在大街上义卖用善款来抵制肺病以救他的爸爸和姊姊伊纳兹的五月花呀！可惜他们早已长眠在老家的教堂墓地里了，马丁飞速地思忖着。据说我爸爸曾经还相当有钱哪。马丁脑海里出现了这样的想法，他希望这种想法想过就算，很快忘却，可是这一想法久久不肯离去。高中生仍然驻足极目，眺望着近绿远黛青山翠谷的宜人景色。

要是告诉他，我其实不是他称呼的"放牛娃"，确切地说，我从小就是生在有钱人家的。唉，算了，这有什么意思呢？那样的话，还得要说明，家是怎么败落的。算了，还是不说吧。他们已经在老家欧根雪湖安息下来了。

高中毕业生弯下腰去，采撷了一簇娇小的石楠花，注视良久。

"这里真是一片风光旖旎的大旷野。"他举着那一簇石楠花说道。与此同时，他心旷神怡地观赏这一大片足足有方圆10公里的石楠花盛开的地方。

"是呀。"马丁说道，他很高兴总算在这一点上自己知道的不少，可以对答如流和做些介绍。

"这花是挺漂亮（'风光旖旎'这个词刚刚学到了手，不便于现学现卖，先藏起来再说），不过可惜得很，现在他们要在这里植树了，要种松树和柏树。"

"哦？"

"一点也不错，我们要在这里种树，我们在欧根雪的苗圃已经准备好了一万两千株树苗。我们马上就要种的。"

他甚至没有注意到自己已经改口说成"我们"了，他把这一带的风景看成是自己应该担当的无形而巨大的责任，因此，脱口而出说了"我们"，而这个"我们"是把李斯特尔县北部和尤英厄县西北部全部都包括进去了。

"是的，我们要种树，这块地方有朝一日会变成大森林。风光旖旎得不得了的大森林。"

"是呀，我深信不疑，"高中毕业生说道。"我谅必可以深信不疑的。"

马丁明白过来这是地道的瑞典语，那边的人大概都是这么说话的。

他说:"没错的,这一带会有很大的变化,随时都会动手植树的。我们已经开始在北莫尔托瓦种上了五百棵树哪。"

"噢,北莫尔托瓦,"高中毕业生若有所思地说道,"我一定要过去看看。"他说完这句话就想走了。他伸出一只手,手指握成乌鸦头的形状,大拇指和中指之间夹着一枚50奥尔的铜板。

在不到一分钟的时间里,马丁的头脑里展开了一场斗争,落落大方和斤斤计较之间;维护风景的重任者和小男孩之间;"我们"和"自我"之间。

"谢谢,不必啦,"他终于开口说道,"我没有做什么事情,我不应该收这些钱。"

那个高中毕业生笑了,50奥尔又装回自己的上衣口袋里去了。

"好,那么就谢谢了。"高中毕业生说,握成乌鸦头形状的手松开来成了手掌。

"谢谢,谢谢,不用客气。"维护风景的重任者回答道。

高中毕业生走了,他看着地面,微笑着,默默无言,颇有乌普萨拉大学大学生的风范,也像个深入乡村进行调研的调查员。他又高又瘦,念书过度用功,身子在荒野上摇摇摆摆。马丁站在那里目送他远去。

"一切都很好,"马丁想道,"完全就像是个学校老师接待了一次国王大驾光临一样。真的对答得非常好。"

他感到有一股伟大瑞典的微风一直吹进诺达的角落。

高中毕业生的身影在石楠花盛开的荒原上徐徐远去,

现在他已经走得很远了，在大片石楠花海中，成了一个小点点。那顶闪闪发光的白色的高中生制帽一下子像一颗珍珠扣子那样被甩到一边消失在山丘背后。这时候，马丁又继续往前走，朝着卫理公会教徒住的房子走去。他老远就看见那幢房子前面高大的向日葵在迎风摇曳，一条小路像是蓝色石楠花遍野的荒原上的一条灰色腰带横亘其间。他每走一步，野蜂都嗡嗡地追随在他身后结伴同行。这一情景倒不像是他走在李斯特尔县和尤英厄县的交界处，而像是他正在走向永恒之国。"死亡大概就是这样的，"他梦魇般地想道，"孤魂野鬼在辽阔无际的旷野里踽踽游荡，身后一群野蜂结伴追随。"

他走近卫理公会教徒们住的房子，可是从窗户里却见不到人影。只有两只花盆迎窗放着，似乎在说："愿吾主保佑我们的家。"在门前台阶的石板上蹲着一只猫。它必定刚刚吃过带血的肉，所以眼睛里闪出粼粼绿光。它的皮毛雪白纯洁，正如画片上司空见惯的那种宠物猫一样。它们平日都跟在女主人身后，当女主人编织毛线袜，四根针像时钟走动那样忙碌不停的时候，它们就悄无声息地滚着毛线团玩。

他敲了敲门。这是一扇坚固结实而又美观大方的门，竖直的长木板上还交叉着两根木条用以加固。

"请进。"屋里传出了声音。

他把那本《基督播道之行》掖在左臂腋下，用右手拧动铁锁。那扇门竟是朝里开的。他走了进去，里面是一个精致小巧然而略显狭窄的门廊，卫理公会教徒们的木屐鞋都排列在地板上。再往里还有一扇漆得雪白、开得笔直的门。他乖乖地把木屐鞋脱下来放在那扇门外，然后伸出手去把外面的屋门和里面的白色小门都关上，再光着脚走进房间里去。

只有约翰纳逊小姐一个人在家。她站在粗布地毡边沿的地板上，活像一个算命妇人在推详爻算星象图一样。她身材瘦削细长，一副眼镜像是两只怀表那样闪闪发光——眼镜框架大概是金的，被射进屋来的阳光照得发了光。阳光也把她那修长的身材分成两半，一半极其明亮，另一半却黑魆魆的。她的一头短发至今还没有蓄长，左边有一条分发线。

"你好。"马丁说道，脱下了帽子拿在手里，顺手把头发也拢了拢。唉，真应该梳一下才好。头发蓬松得像荒原上的蓬蒿一样。

"你好，你好。"约翰纳逊小姐说道，亲热地微笑了一下，露出从阿拉斯加来的三颗亮晶晶的金牙。"请坐吧。"她和气地说道。她是喀斯喀德山区的人，即使原子像蚂蚁那样在悬崖山峰中爬动，她毕竟是来自喀斯喀德山区的人，那是一个有着雄伟自然美景的地方。

马丁怯生生地在一张椅子上坐了下来，不过只坐了半个屁股。他像往常一样腼腆，心慌意乱得不知怎样才好。他只有一个人待着的时候才会感到平静。

他曾经听说过有钱人家的富丽堂皇的豪华大厅，他觉得哪怕死在那种地方也是得其所哉了。他内心的腼腆在那种地方会使他透不过气来，感到窒息。在那种大厅里，地板平整光滑得可以让人跪在上面滑来滑去，可是，有谁敢在这里滑来溜去呢？不敢的，那非得让人羞死不可。心在胸膛里怦怦直跳，就像小鸟在鸟笼里从这个枝头跳到另一个枝头。可是他腼腆得要命，哪敢在这平滑的地板上滑来溜去。他在卫理公会教徒家里的约翰纳逊小姐面前一动也不敢动，只觉得心头怦怦直跳。那大概因为她是从喀斯喀德山远道而来的稀客。

"嗯……我是来……请允许我……还这本书。"

他走上前去，把那本书递给她，站在她身边听候她的吩咐。

"哦，是这样，哦，好的。"她说道，她用那只从喀斯喀德山来的、毫无罪孽的纤纤玉手把书接了过去，用卫理公会教徒的认真态度审视了一下书脊和封面上的书名，然后把它塞在小书架上的《圣经》旁边。

她再开口时，是在对着马丁的灵魂说话。

她所讲的一切首先必须翻译成灵魂的语言。在那种语言的世界里是不存在所谓的肉体的，而这种肉体在那份"家和家庭的报纸：《插画报》"中，是鲁本斯常常画的。在那种肉体中，存在一份快乐、九份地狱，而其根深入良心的最深处。卡拉就有这样的肉体，她裸体的样子可以在图画中看到。她从不需要脱掉衣服，人们早就什么都知道了。

这样的肉体男人也有，麻烦的、沉重的肉体。孩子们也有这种肉体，他们发现有这种肉体时，只感到一点点快乐和深深的绝望。

这种肉体去参加战争，杀死别的肉体；肉体被扔进深深的坟坑。周刊《插画报》的原子存在于这些腐烂的坟坑中，那本叫作《默不作声》的书就永远没有需要了。这被称为《死亡》之书。

灵魂类似一块面纱,据说它一直控制着肉体,自肉体从妈妈——本身也是肉体——张开着的大腿之间生下来那时起到被放进棺材,直到肉体消失为止。据说灵魂和上帝是"一个超越一切理解的奇迹"。这一点是贡妮拉一天晚上在读《周日评述》时读到的。她巨大的肉体坐在大厨房的角落,朗读关于灵魂的评述。卡拉的肉体就坐在她的旁边。

有一天晚上,她们在谈论黑死病。(乔尔在军队受训,保罗由于诉讼去法院了,开庭是在第二天,但他必须提前到达。所以那天晚上家中只有女人和孩子,还有这个教区领养的孩子,他们在谈论黑死病。)他们害怕黑死病会死灰复燃,再次爆发。他们说黑死病会再次来到人间。

贡妮拉讲了个传说:一次在森林里人们发现了长满青苔的教堂大钟。木质的教堂腐朽了,但是大钟像一只长满青苔的高脚杯,还在森林中原来的地方,黑死病也在那里流行过。

贡妮拉一边讲一边摇晃着肉体,大家面对死亡的谜团,感到恐惧,处在对过往时代悲惨的沉思之中。

厨房里很黑,他们坐在暮色中。炉火通过缝隙发出一闪一闪的红光,映照在每个人的脸上,脑子里想着的却是最黑暗的幻想。他们像是个宗教教派,在贡妮拉做弥撒一般的女中音里,在举行一个以死亡名义的集会。

一个想法从马丁的脑海里冒了出来。坐在这里的所有人其实早已经死掉了,是得了黑死病死掉的。

贡妮拉讲完故事,其余人在黑暗中轻声细语地讲了他们想讲的话后,默默无声地坐了一会儿。他们听着门外风吹过树木声和炉门挡板微弱的呻吟声。他们的思想被幻想紧紧抓住。谈话停止了，他们掉进了坟坑的深渊，掉进了谜团之中。这个谜团会出现某种东西，出现在各个时代里。马丁看见贡妮拉把头埋进双手，她的两条粗而重的辫子像两条大鳗鱼垂在膝盖上。

马丁用舌头舔了舔双唇。他坐在一个双胞胎孩子的板凳上。他把板凳往卡拉身边靠，恐惧使他更靠近卡拉。但是，他无法控制自己，还是要把自己在想的话讲出来。

"我们大家可能已经死掉了。"马丁说，"在一个生命里，我们已经死了，在另一个生命里，我们也将死去。我们可能正在走向死亡，走向死亡，死亡。哎哟！哎哟！"

他紧紧抱住卡拉的膝盖。他有点歇斯底里了。连希杜尔也开始哭泣起来。卡拉把马丁从身边推开，他重重地跌倒在地板上，用手在卡拉脚脖周围使劲儿乱抓。

"别抓住我，小家伙，"卡拉喊叫道，"别抓住我！"

她用脚把他踢开，马丁在地上打了个滚。

"把灯点上，"卡拉叫喊，"以耶稣的名义，把灯点上吧。"

"哦，上帝呀！"贡妮拉说，"哦，上帝呀，怎么回事呀？到底是怎么啦？"

"我不知道。"卡拉恐惧地说道。

大家都很紧张，急促地喘着气，互相刺激得激动起来。

这时，坐在角落里的克拉拉划亮了一根火柴，小心谨慎地走向桌子，免得火柴被熄灭，拿起灯罩，点亮了灯。

"怎么啦，发生什么事情啦？"克拉拉迷迷糊糊地问道，"我坐着，一定是睡过去了。发生什么事情啦？"

"没有，什么事情也没有发生，"卡拉回答道，说着扇了马丁一记耳光，此时的马丁已经在灯光中站立了起来。

"你这个窝囊废,真丢人!"克拉拉说,"打一个毫无还手之力的孩子!"

"闭嘴,你不是睡着了吗?"卡拉回敬道。

"是的,没错!"贡妮拉气鼓鼓地说,她那对巨大的乳房像两只石头罐那样硬硬地顶住她的衬衣,仍旧急促地在喘着气。

"和你们混在一起还不如睡觉。"克拉拉反唇相讥道。

大家看着她。她开始把分离器拆开,准备洗刷。

这次幻想集会就此结束。马丁默默地哭泣着,卡拉的嘟囔渐渐停止,当晚的幻想集会在灯光和静默中无果而终。希杜尔轻手轻脚地和克拉拉一起为晚餐喝粥摆桌子,做准备。

在阳光灿烂的白天,马丁站在卫理公会教徒约翰纳逊小姐面前,她是对着他的灵魂在说话。她把他只看作是个灵魂,也愿意别人把她也看作是个灵魂。

"那么今天你难道不想再借书看啦?今天你可以借几本书去看。"

"好的,谢谢。"

"灵魂的归宿要远远超过其他一切归宿,"她说道,"我的孩子,我的孩子。我当初在印度传教的时候,有三个我教的学生被眼镜蛇咬死了。不过这仅仅是他们躯壳之死。他们的灵魂却马上就会变成别的东西。眼镜蛇也拿灵魂毫无办法,咬不死它们的。"

"我可以坐下来吗?"马丁问道。

"可以,请坐吧。"她说道。他重新坐到那张椅子上。

这一回他大大方方地坐了下去，不再是屁股沾着椅子边沿了。羞怯的心情几乎完全消失，心跳也平静下来了。

"那么眼镜蛇是怎么咬人的呢？"他问道，形状和鳗鱼差不多的眼镜蛇窸窸窣窣地在印度竹林里钻来钻去的情景引起他莫大兴趣，好奇心驱使他变得残忍并且头脑清楚起来。他的双手在椅子边沿上摸来摸去，摸到了一处油漆结成疙瘩的地方，他便用手指甲去抠挖。

"告诉我，眼镜蛇是怎么咬人的，好吗？"

她友善却又严肃地瞅了他一眼。目光中流露出不以为然的神情。唔，这个脆弱而狂热的灵魂竟使他的身体发出如此世俗的声音。

"这全凭主的旨意。吾主上帝手里有上千条道路，条条都通向他的屋宇。孩子，你不应该问这个问题，你应该问的是：他们找到上帝了吗？找到救世主了吗？"

她一边说一边用手拍打着自己瘦弱的肩膀，她双臂交叉成十字架，放在胸前，尖尖的胳膊肘向前突出。

"应该问我关于灵魂的事，而不是眼镜蛇！"

"唔……"马丁倒抽了一口冷气，尴尬得不知如何是好。

马丁想，原子也在她的身体中。就在这一瞬间，他觉得他要走了。

他站起身来，双手揉搓着便帽。

"唔……"他说道，"这真是稀奇。"一时之间，他想不出别的什么话。有一段时间，他们俩默然相对，谁都不说话。她仍旧双臂交叉成十字架状站在那里，一双素手搭在肩上。

"我必须回家去了，"他终于开口说道，"他们会感到怀疑的。"

她把双手从肩膀上放下，她看上去像一个瘦长的人形鹤。

"好吧，"她用女教师的腔调说道，"既然家里人会起疑心，那么你应该回家去啦。"她走到书架前，又说道："不过在走之前你先拿好这些小册子。这是我翻译的在乌干达地区活动的华德传教士的布道讲稿。"

她点了点数。

"一共6本，"她说，"拿着吧，我的孩子。"

他伸出手接过那6本薄薄的小册子。

"好好念这些书。它们会给你指点迷津，帮你辨明是非的。"她说道。

马丁把小册子夹在胳膊下，走过地板。

"好的，多谢啦，再见。"他说道。

"不要谢我，"她说道，"感谢上帝和救世主吧。"她在他身后慢慢地关上了屋门。

片刻之后，他又站在石楠花盛开的荒原上。石楠花荒原将很快变成大森林——尤英厄县的木材砍伐地。

他把她给他的那几本小册子统统塞在荒原的一块大石头底下，然后再继续往前走。那些小册子大概会天长地久地一直躺在那里。雨水和冰雪将会把它们重新冲刷得雪白，泡烂成一团团纸浆。劲风会从远处的大海呼啸而来，怀着无限惆怅呜咽哀鸣，那些被栽种在这片石楠花盛开的荒原上的树苗将会在劲风的怒号下哆嗦颤抖，然而它们终将长成高大的柏树。

乔尔又从海岸警戒部队回来休假。正值收割农忙季节，偏偏又遇上刮风天。在晚夏的大风天里收庄稼，大风把收割好的小麦和秸草全都吹散，麦秸横七竖八、狼藉满地，仿佛在机关枪扫射之下士兵们陈尸遍野一般。报纸上的新闻报道说欧洲战况如火如荼，愈来愈惨烈。从山背后出来帮工收割的人们对此毫不在意，他们谈论的是经济新闻，比方说最近的屠宰啦等等。风刮得真大，彼此讲话都要大声呼喊才能听得见。叫喊了一阵就觉得口干舌燥、疲劳得很。于是他们开始说些别的事情，眼前的焦虑事，最后他们在大风中叫叫嚷嚷，变成了叫喊。

"那么大的风，说什么话都听不见。"

卡拉也来收割，她是田里最强壮的劳力，只有狂风比她更厉害些。大风把她的裙衫倒卷吹了起来，形成了一面勾魂摄魄的艳帜，两条赤裸的大腿掀起了暴风骤雨，像闪电般几乎叫人不敢睁开眼睛。她站在那里用手去押住裙衫的下摆，不过无济于事，就像是一个一筹莫展的娃娃那样听凭狂浪的风儿轻薄地戏弄她那两条粗壮浑圆的大腿。

"该进地狱的大风！"她叫嚷道。

对于寻求肉欲之欢的那些雇工们来说，她那硕大的身体不啻是香甜可口的蜂蜜。收割季节尚未过去，她就又怀上了孩子。当她发现了这一点,她的脾气比往常更暴躁了。过去她还略带讥讪地微笑,如今连这点温柔也不见了踪影。马丁常常为了最细小的缘故,甚至是无缘无故,只是碰在她的火头上而挨她重重的耳光。她如今已不再叫他"小姑娘"了,而因为他是男孩子更对他恨之入骨。

"你这个被宠坏了的小混蛋,"她恶狠狠地吼道,"这里可容不得你撒娇耍泼。"

他时常哭泣,不过他也觉得奇怪,自己为什么竟对她恨不起来。她是诺达农庄上打他最多的一个人,克拉拉从来不曾打过他。

有一次他趁别人没看见溜进了自己睡的那间房间。但见克拉拉正坐在那里玩着他的口琴。一见他进来,她一脸尴尬,把口琴撂在旁边。

"它有点走音了,"她不好意思地说道,"我是来试试我还能不能吹出曲调来。不过我大概没有这方面的天赋。"她又补充说道。

收割刚过的一个星期天傍晚,乔尔回到家来,马丁正在牲口棚里照料马匹。乔尔已经喝醉了,从牲口棚前光滑的卵石甬道上脚步踉跄、跌跌撞撞地走过来,他的一只眼睛布满血丝红肿起来,半边脸上青一块紫一块。

马丁马上明白过来是怎么回事了,一见他来势汹汹,他想夺门而出。可是刚抓到把手想要开门时,乔尔已经闯了进来,一把抓住他的双肩把他推了个筋斗。

"你到厄根雪湖农庄找那些长工干什么去啦?你为什么要把我说成恶魔?快说啊!"他狠狠地踢了马丁一脚。马丁爬起身来还想逃出去,他害怕得叫不出声来。

乔尔追上了他，揪住他的头发把他拖进棚屋里。马丁吓得两眼发怔，喊不出声来。他的双手乱抓乱挠，想要去掐乔尔。

"哼，你还敢犟，你这个鬼东西。"乔尔叫嚷道，按住他的脑袋没命地朝墙上撞过去。

眼前金星直冒，四周一片漆黑，一切都归于沉寂。

待到他苏醒过来时，他觉得额头上鲜血在流淌下来，右眼肿胀，疼痛难当，隆起了一个大血泡。

当他从地上爬起来的时候，那几匹马一齐转过头来看着他。他反倒冷静起来，把怒火憋在心里，闷声不响，这一切都预示着不祥之兆。那几匹马不禁纳闷起来，因为平日，他很少有不出声的，不是骂骂咧咧，便是自言自语诉说着对未来的想法，再不然就是放开喉咙唱上几句。

可是这会儿他唱不出来，也想不出有什么未来。

他走进和牲口棚有通道相连而今已人去楼空的雇工棚屋，在那尘封垢积、空空荡荡的柜架上寻找起来。哦，这里倒还有一盒火柴。

他拿起那盒火柴转身返回牲口棚，他一走动盒子里那仅剩的几根火柴便窸窸窣窣发出响声。

"我先要把马儿放走。"他想道。

他这样做了。

他打开了牲口棚的栅门，又把拴马的绳索统统解开。那三匹高大雄伟的马儿一本正经地鱼贯而出，马蹄敲在卵石甬道上发出清脆的嗒嗒声。它们以为到了喝水时间，自不待言往山坡下走去。到了围篱跟前，它们踟蹰不前，转过劳累得愁眉苦脸的脑袋朝他看，等他来打开篱门。

他在牲口棚门前站立良久,眺望着峰峦起伏的山丘,初秋已经开始把暮夏的绿树浓荫中的几片叶子染上了金黄,一只喜鹊从小树丛中冲天而起,振翅在空中盘旋后飞走了,夜空闪光形成一幅黑白分明的可怕景象:浑身缟素的裙衫边缘露出了里面白色的内衣。马儿在围篱旁边久候得不耐烦了,它们用前蹄敲击着地面,还咧开嘴巴用又长又黄的牙齿去啃篱笆。

他走过去为它们打开篱门。马儿往前走下山坡。他满腹伤心委屈,慢吞吞地跟在它们后面。

马儿喝了几口水之后,就站在那里,扬头掠鬃,细细思索起来。它们看着那初秋的景色百思不得其解,为什么这个时候要放它们出来。于是它们又低下头去喝水,它们就这样歇歇停停地喝水。马丁从衣袋里掏出一样东西来。那几匹马顿时警觉起来,用前蹄刨着河岸。这东西难道不是一擦就会闪出火光来的吗?荣巧平市威斯特拉厂出品,火柴盒的标签上这样写得分明。过了半响,马儿看到那个盒子凌空飞起,掉落在溪水的漩涡中顺水漂走的时候,它们这才安下心来又低下头喝了一次水。那个黄色的火柴盒碰撞到了一些灯芯草,在漩涡里打转转,漂到了溪边的白桤木底下。

他让马儿在围篱外面的草地上打滚,自己站在一旁等着。马儿缩起前后腿把铁蹄腾空,东侧西翻,在草地上打起滚来,沉重的身躯摩擦着地面。然后它们笨重地站立起来,把鬃毛抖动干净,咻咻地喷着鼻息。

它们走回牲口棚去,蹄声嗒嗒,缓慢而又沉重,敲在卵石上分外令人黯然神伤。随着如咽的马蹄声,它们又回到了牲口棚里。马丁给每匹马套上缰绳,还拍了拍它们。其中有一匹马的脖颈被挽具擦破了皮,马蝇蜂拥而来叮咬那涂过焦油的伤口。

他缓慢地在身后关上了牲口棚的门,迈出脚步走了。他走得很慢,似乎并不着急于到哪里去。他时不时地扭过头来,仿佛随时想要一改初衷,然而他毕竟没有回头。

流年似水,春去秋又来,他长大了。

一个小时之后,他们开始呼唤他了。卡拉跑到白桤木溪水边去喊他回来。她一直沿着小溪往前走去,一直走到了那棵五百年前破土而出而今华盖似亭的古橡树底下。可是她听到的却只是自己的回声。在她木屐鞋下面的小溪里,一个火柴盒在漩涡里打转。

她换了个方向朝山谷那边走去,一直走到叫狼草场的地方,并且喊叫着。她呼喊了很长时间,嗓音变得愠怒和恫吓起来。可是听不见回答,连回声都没有。

"他准是逃走了。"卡拉嘟囔着返回了农庄。

石头砌成的养老院

由于他擅自逃跑，在1916年被遣送到一座石头砌成的老人院去教养。那幢石屋是1912年盖成的。

他已经11岁半了，而且就在那一年他开始发育。没有人可以再叫他"长不大的小毛孩子"了。他抵达养老院的日期是教区规定的，可是火车站上竟没有人来认领，他只好自己去打听寻找，幸亏一切还算顺利。他在那个小城的郊区找到了那所老人院：一幢巨大的花岗石楼房，整个正面涂抹成白色，表面凹凸不平，像是一张粗糙的砂纸，又像海星的皮肤。楼高四层，是他见到的最高的楼房。两个足足有小棚屋那么大的烟囱突突地往外喷出一股股浓烟，黑得像尤尔福熙的工厂喷出的黑烟一样。他愈走近那幢楼房，愈是觉得它硕大无朋。他穿过一扇看样子是用铁条当作毛线编结而成的铁门。从大铁门里伸展到老人院大楼的砂砾甬道弯曲成一个巨大的S形，路面宽得像乡间的公路一样。这里的一切都大而无当。马丁顺着甬道往前走去，褐黄色的砂砾踩在脚下窸窣作响。那幢楼房近在眼前，他抬头观看那白色的正面，楼房的正中赫然写着年代：1912年。就在这时，4层楼上有人探头出来朝底下啐了一口痰，大概是闹着玩才这样吐痰的。马丁凝神屏息地注视着那口痰像陨星般坠地，这竟要很长时间。

马丁手拎着木条手提箱站在那个砂砾铺地的巨大的"S"正中。他犯糊涂了，弄不明白他究竟应该从哪头走进屋里去。这幢楼房盖得同他见过的楼居颇为迥异。没有镶着彩色玻璃的门廊和正门。没有呀，这里楼前只有三座水泥台阶，每扇门都是一样的。那么他究竟该从哪扇门进去才好呢？看不见人影，他们大概都像冬天的蜜蜂被关在这幢石头的蜂箱里，而他却像个偷蜂蜜的贼那样在蜂箱的三个入口处探头探脑。正在这个时候，从正中那扇门里走出一位雍容华贵俨然像王后的人物。她几乎就像他所想象的那样——是个女巨人。

她身穿一袭从双肩拖到小腿的白色罩袍，同楼房正面涂抹的颜色倒也蔚然相称。她鼻子很长，一头黑发向上绾成一个大发髻，像个黑洋葱。哦，她长得真高大，不过还不像卡拉那样高头大马。哦，她的皮肤真的是雪白细嫩。正在这个时候，她叫喊起来，问他是不是那个新来的孩子。是呀，他应声回答，虽然心里还有点拿不准这究竟是不是在说他。于是她从台阶上走下来，跟他打招呼。她好像很和蔼可亲而且很有力气。他要对她显得毕恭毕敬，结果反倒弄巧成拙，他一而再地没有拎住木条手提箱的把手，好几次都抓了个空，因为他只顾把便帽握在手里了。他脱帽致敬之后，就再也不敢把帽子重新戴到头上，除非那位院长小姐吩咐这样做，可是那位院长小姐偏偏没有开口，于是他只好一手拿着帽子，一手拎着手提箱跟在她后面走进门去。他们是从中间台阶的那扇门进去的。他事后才得知，原来他走进去的那扇门竟是正门。进门后朝左一拐便是那位院长小姐的房间,他可以把木条手提箱放在那里。大门右边是厨房的入口。不过这间院长小姐的闺房简直太过华丽,以至于使他的毕恭毕敬升格为诚惶诚恐了。当那位院长小姐注意到了他的害怕,便马上带他走出房间,来到了在大门右首的厨房。厨房也极其宽敞,厨娘名叫玛丽亚。她的个头要比那位院长矮小得多。她正在准备晚饭:炖肉和胡萝卜泥。房子里面传出了老人们的吵闹声。玛丽亚向他打招呼,院长小姐笑了笑,拍拍马丁的肩头。马丁瞄了一眼,看到了她的手,他觉得她的指甲留得太长啦。"不过在中国,他们都时兴留长指甲的,而且留得还要长。"他想道,记起了在画片上见到的那样。他们的指甲就像耕田中的葡萄草。现在院长小姐打开另一扇门,推着马丁慢慢地往前走进去。

他们走进饭厅,那饭厅大得有如教会的讲道大厅一样。在一个角落里有一架风琴。餐桌上摞着多得数不清的盘子。远处传来老人们的叽喳声。

"离晚饭还有1个小时,我们赶紧把餐桌桌布铺好,放上杯盘刀叉,这样你还来得及洗个澡。"院长小姐吩咐道。她领着他走进一条走廊,那条走廊又黑又长,同通向埃德的公路一个方向。如果从走廊这一头走到那一头,就等于在公路上走了很长一大段路了。在这里他们见到了第一批靠社会救济度日的老者,对马丁来说简直是见到一个不为人知晓的种族,他们是那么萎靡不振、颓唐消沉。在这些人中间,马丁一眼认出了本教区北部那个永恒的约翰。约翰是研究永动机的工程师,他一直在设计一种能够自己不停地转动的永动机,永远转动不息,直至永恒。他倒没有认出马丁来，而是躲闪到一边畏缩而悄无声息地打开一个房间的门。他又听到老人们叽叽喳喳的说话声，不过这大概是从楼上传下来的。那些在走廊里过往来去的老人们个个都蹑手蹑脚、悄无声响的。他们身上的穿着非黑即灰，只有一个人穿着一件火红色的民族背心，肚子上还挂着一根银表链。他掏出怀表来看了三次：哦，那么晚啦！现在马丁总算知道那个人是有表的。院长小姐向他打招呼，叫他安德斯。

"嗨，安德斯。"她用悦耳动听的声音说道。这是一个习惯的打招呼方法，意思是：唔，安德斯，日子过得怎么样？那块表走得怎么样？据我看，走得还行，走得不慢吧，或者是走得还不错嘛。

"哦，不错，院长，不管怎么说，还算不错。"安德斯回答道。

"可以这么说嘛。"院长说道，这也是一句习惯的寒暄话。

他们现在站在一群靠社会救济的老人们中间。身穿白色罩衫的院长小姐像一座灯塔般耸立在人群之中。她站在灰蒙蒙、黑乎乎的平纹布、绒布和家织土布的陈旧衣服之中，叫人眼前一亮，她是一群叽叽喳喳的喜鹊当中唯一的雪白优雅的白鸽。

"嗨，老爷子们。"她亲切地打招呼。

那个身穿火红色背心的人站在最前面，他抢着代替别人回答，尤其是因为他穿着鲜艳和挂着表链显得分外触目：

"噢，身子骨还都挺硬朗。日子还过得去。"

马丁曾经听到过这类寒暄话，见面通常就是这么几句话来应酬一番的。他看了看那件火红背心和那根银表链，不看则已，一看才发现原来那根表链竟是镍的。他猜想那个穿背心的老头是与众不同的特殊人物，也许大有来头，可能是这群养老人中的领头人物亦未可知。他隐隐约约对他抱有一股敌意。

院长小姐顺着走廊往前走，马丁跟在她的身后。那条走廊真长，似乎没有尽头。从一个房间里传出乒乒乓乓像锤击般的声响，那大概是永恒的约翰造的那台身子骨挺硬朗的永动机，仍在转动不息。马丁想起了他在教科书中念到过的瑞典发明家克里斯托夫·珀尔海姆，是呀，生活真是奇怪，他像小大人似的想道。这种想法信手拈来，这是他习以为常的想法。在走廊尽头，院长小姐推开了一扇门，把他拉了进去。那个房间里四壁空空，只有许多挂衣架，还有一条可供憩坐的长凳，长凳底下是暖气管子。这原来是间更衣室，再往里去就是浴室。水声哗哗，人声喳喳，汇成一片。他猜想那里边大概有不少老人在边洗澡边谈笑风生。

"现在你把衣服脱掉，走到里面去。"院长小姐吩咐道。她注意到马丁的样子十分害怕，便又加了一句："你会喜欢在老年之家里洗个痛快澡的。"

他动手解开衣服，不过他实在害臊，不肯在院长小姐面前赤身裸体，于是他把动作尽量放慢，可是院长小姐却偏偏不走。为了拖延时间，他便在双肩上挠痒痒，还使劲儿地抓头发。院长小姐忍不住问他身上长没长虱子。他愣了一下，旋即想到了人家的腻味和由此产生的后果。

"没有，"他回答道，"我相信我没有长……我不会长的……我总是干干净净的。"

"那倒不错,"她说道,"就应该如此嘛!要整齐干净。"

要整齐干净也是人们挂在嘴边的老生常谈,这句话的意思是衣服上有了破洞就要马上补好了再穿;耳朵背后总要洗得干干净净的。

他不敢真正把自己脱得一丝不挂,却又不能再挠痒痒和抓头发,真不知如何是好。有片刻时间,既没有声息也没有动静。院长小姐终于觉察到他窘态百出,便口气轻松地说道:"好吧,我去把琳娜找来!"说完,她就走了。

他端坐在那里思忖起赤裸身体这个难题来。唉,他们会看到自己精赤条条的身体,这使他痛苦不已。他变得又害怕又害臊,自己也弄不明白怎么会这样害怕裸体。反正如今就是这样的心情,大概是长大了的缘故。是呀,还有……

他鼓足勇气要抢在琳娜来到之前把衣服脱干净。要是他再迟疑下去结果会更糟糕。

他还没有来得及把裤子褪下,琳娜却已经站在门口了。

"你好呀,来吧。"她直截了当地说道。她脸色红润,无所顾忌。她在这个教区有过四个孩子。"来,朝这里跳进去。"她说着打开了浴室的门。他哆哆嗦嗦地跟在琳娜后面走了进去。

"好,那么我们开始洗吧,"琳娜说道,"水倒挺好的。"

她用手在澡盆里泼了泼水,溅起不少细小的泡沫。他鼓足勇气,尽量举止大方地跨进澡盆,把他年轻的身体浸入水中。琳娜走出去拿了一条浴巾进来。当她回来时,他已经开始对泡在水里洗澡有点适应了。他伸出手去拿起绿色的肥皂,在手臂和腿上擦出一层泡沫。澡盆里的水已不复清澈见底了。琳娜拿起一把干净的毛刷,在他身上前后左右刷擦起来,毛刷起初像刺猬那样扎人,但是在热水里泡了一会儿之后变得柔软了一些。

"好,就这样,现在翻过身脊梁朝天,我们来擦擦背。"
她把他从头颈到脚脖都刷了一遍。

"好,挺好的,现在起来去洗淋浴。"

他站了起来,弄不明白淋浴是怎么洗的,甚至人站到了淋浴喷头底下也还莫名其妙。琳娜把他紧紧地抓住。刹那间,尼亚加拉大瀑布从头顶上倾泻而下,如同千军万马一般荡涤着他的身体。水越来越凉,不好啦,北极圈里的大冰块劈头盖脸地砸下来啦!

"唔,就要这样冲一下才痛快哪!"

一次、两次、三次、四次、五次、六次、七次、八次,她这才松开手放他走,他像闪电一样赶紧逃了出去。他怕得要命。

琳娜把他裹在浴巾里,像是给他披上了一件从头到脚的长袍。他的模样同鬼故事里的幽灵别无二致。她拍拍他,给他拭干了身体。

"好,不错,挺好,把衣服穿上吧!"

琳娜拔掉澡盆里的塞子,把脏水放掉。琳娜像方才来的时候一样干脆利索地走开了。长凳上放着一套新的内衣裤,他起先十分迟疑,不过还是忍不住穿上了。几分钟之后他就来到了走廊上,一个人影都不见,他走过来又踱过去,心里在想着这一天的奇遇。忽然间他明白过来,在洗了这个澡之后他的一生大为改观。方才他畏缩害怕的不是洗澡本身,他并不怕水,常常从湖岸上的大柏树交叉处枝丫上往下跳水游泳。不，他想要挣扎摆脱的是别的什么东西，是想要摆脱自己年轻命运中的一个新的阶段，想要摆脱那条对孩子来说难于理解的人生道路，他不情愿把自己的名字登记在济贫院的花名册上。他真想大哭一场，可是哭不出来反而笑了起来。想想真是可笑，他变成了另外一个人，不再是奥洛夫·托玛逊的儿子，不再是从尼塔老家来的"黄毛孩子"，现在他竟成了一个靠社会救济的养老者，一个年龄最小的仰仗各界恩典在颐养天年的耄耋之辈！

他沿着走廊朝饭厅走去，朝着一只痰盂狠狠地吐了一大口痰。既然如今成了关在这里靠施舍度日等死的养老者，那么他就心如枯木死灰，一切都无所谓了。这时候晚饭的钟声敲响了。那些七老八十的长者都急匆匆却又脚步踉跄地从楼梯上、从四周的房间里赶去饭厅。他也加入到这熙熙攘攘的一群之中。整个世界都充满着胡萝卜泥的味道。

* * *

几天过去了，他注意到所有的一切都是相互排斥的，他以前在那几处农庄上当领养孩子的生活和同领养者打交道的经历都排斥着济贫院里枯燥乏味得令人无法忍受的平静生活。

"这个冬天眼看就要过去，"院长小姐曾对他说，"你再过两三天就去上学。到了夏天你再出去当佃农好了，我们会给你挑一个好农庄的，你可以放心。"

她还相信有好的农庄，这大概是因为她本人心眼相当好。她，这个大个子的院长小姐，身穿养老院院长的白色罩袍，悄然像一张巨大的风帆滑入他的生活之中。她不在的时候，他暗暗地思念她，他对她有好感，甚至觉得她是来"拯救"他的。在这个世界无边无际的教区里，他感到那样孤独，有时不免暗自垂泪哭泣。

在他来到这个"家"的第五天，他被送去上学。到了傍晚，他一路哭着走回来，两只眼睛红肿得像核桃一样。那些孩子们狠狠地揍了他一顿，他们十分讨厌他，因为他居然敢"仰着头两眼笔直瞪人"。他们说，就凭他这副样子也非要给他点颜色看看，教训教训他不可。再说他连双冰鞋都没有，还来上学，真是个不中用的穷光蛋。既然他连冰鞋都没有，那么他们干脆用他脚上的木屐鞋来打他。正因为这个，他得到了"挨脚底板的"这个绰号，到了傍晚他就带着这个绰号回了"家"。

作为教区领养孩子，处境是不断变化的，并不是那么惬意的。有时不错，有时糟糕。教区有权让他们像荡秋千那样在"不错"和"糟糕"之间荡来荡去。领养他们家庭里的所有人和他们家中自己的孩子都有权时不时来推"秋千"一把。在诺达农庄，他们说一，而在维尔纳斯农庄，他们说的却正好相反，到了托勒内农庄又不一样了。正像那个男孩子在做加法时说的话："真他妈的，该相信谁呀？"马丁挨揍后没有到院长小姐那里去寻求安慰。他已经感受到，安慰是没有的，安慰也是不存在的。一直要等到将来玫瑰花红色美好的年月到来，才会想到那个男孩子所说的话："其实，说白了，我告诉你，时间会到来的，那时，自己的问题得自己去解决。"他也想到了这里被收容养老的人说的话："有的人什么时候生，有的人什么时候死，都是有一定之规的。应该这么想：一切都有可能，否则，怎么能过得下去呢？"

马丁在老人院现代化的自来水管底下的梨形水槽里把自己脸上的泪痕洗干净，然后走了出去，来到了最后的冰层即将碎裂的小河旁。他跳到一块浮冰上，顺水漂浮了一段路，直到冰块搁浅，他再跳到另一块浮冰上，这样做倒是其乐无穷，却也有不测之虞。他随波逐流来到了磨坊。他绕着堤坝上堆放的、冰雪覆盖的圆木垛奔跑了一会儿，直到正在为春天开工磨面做准备而忙碌的磨坊主出来连问带骂地轰他走，吆喝道哪里来的见鬼的淘气鬼竟然在这里钻来跑去。于是他只好灰溜溜地"回家"去，木屐鞋踢踏踢踏地沉重得像要把心里的无限幽怨一齐散发出来。在山坡上他同那个羊角风老头迎面相遇，那个老头其实名叫洛德·拉尔斯，不过是患有癫痫症的。那个老头见到他就劈头盖脸说自己的那种毛病又快要犯了。他们走进大门时倒还平安无事，可是刚走到走廊上，洛德·拉尔斯果然犯病了，猝然摔倒、满地乱滚、口吐白沫。马丁见状赶紧去敲院长小姐的房门。高大白净的院长小姐威势十足地走了出来，她吩咐身强力壮的痴呆症患者伊曼纽尔和女工役琳娜把癫痫病人抬到饭厅去，在那里任他翻滚乱爬，痴呆症患者伊曼纽尔龇牙咧嘴地痴痴傻笑，这样的事情对他来说早已是家常便饭了。院长小姐说完便带着马丁走了出去，在走廊上她问起学校里情况如何。

"哦，唔……还好。"马丁支吾着，闪烁其词。

后来她回到自己的房间里去了，那个令人尊敬的巍巍大山般的身体窸窸窣窣地消失在门背后。他对她又是敬畏又是"爱戴"。他的嘴巴发干，一股苦涩味涌上喉咙口；心头纷乱如麻，仿佛被地狱的枝条在抽打。

老人济贫院的生活大致就是这副模样，平日相安无事，忽然一朝会有事发生。平日里，癫痫病患者、痴呆症患者，或者是间歇性疯病患者照样说话、做事、行走与常人无异，犯起病来就大呼小叫，好不热闹。那年冬天马丁的生活就是这样度过的：一部分时间去上学，在学校里他是班上挨揍的孩子；另一部分时间在救济院的走廊里，在男人们的走廊里，也在女人们的走廊里。

女人走廊同男人走廊一样，长得无穷无尽。那个不可亲近的埃莉达整日从走廊这一头到那一头走过来又踱过去。她在26岁那年由于婚姻的挫折患上了精神病，自此就一直沉浮在宗教信仰的大海里。她平日其实不疯癫，只是每月都要发作，每次五天左右，而且大抵都有时间规律的。到了那时候她就被关进女人居住区尽头的囚禁室里。马丁有时候走过，会听到她大哭大喊。她会像暴风雪般号叫，还会发出令人毛骨悚然的哭声，似乎她马上就要窒息了一样。当她发作的日子一过，她又被放出来到处行走了。不过她的疯病时而发作，有时不到一个月就会大哭大闹起来。她对见到的人说道：

"你们人人都要千万小心，白天里魔王的火箭整日飞来飞去，到了晚上他的黑色战车四处奔驰。"

她有个儿子时常来看她，已经7岁了，名叫伦纳特。她对他说道：

"伦纳特，我的孩子，妈妈比去年更不好了。你不应该再来探望妈妈。妈妈真不好。"

她是离开他足足有好几米开外朝他说这些话的，根本不去靠近他。伦纳特总是哭泣着离开她身边。而院长小姐往往会出来照顾这个孩子，拿姜汁饼给他吃，还好言安慰一番。

这就是老人院中的日常生活和所发生的事情。教区领养的孩子马丁进了养老院，而且亲眼看到这个济贫抚老的所在的日常生活。

* * *

被人叫作"山坡上"的安娜不失为济贫院里的巍巍高山，是一位巴多罗斯①，或者可以说是一位病痛缠身的圣女比尔吉塔②，她自己是一个无依无靠被收容的老人，却一心去照料顾怜老人院中别的老人。她待人严峻得像是摩西③，体贴得像石楠花的枝条，柔软却带有韧性，决不像羊毛或者羽绒那样任人摆布。马丁第一次见到她是在养老院的走廊上，她正忙着为一个病人端脸盆打水，左手支撑着一根拐杖。她站在他的面前，直截了当地问他知道不知道上帝。

他回答得支支吾吾，闪烁其词。于是她就老实不客气地数落起他来了。她虔诚地笃信上帝，把他当成冥顽不化的顽石来对待，要用上帝的圣诫训谕来开导他。这个对上帝心存疑惑的小家伙应该尝尝以上帝的神圣名义鞭挞的滋味，她便劈头盖脸地向他训诫起来。

---

① 耶稣的十二门徒之一，见《圣经·马太福音》第10章。
② 比尔吉塔（Birgitta，1303—1373），瑞典女传教士。
③ 以色列的拯救者，创"摩西十诫"，见《圣经·出埃及记》第2—5章。

她被称为"山坡上"的安娜，是因为她大半辈子都住在靠近维兰县的一个荒芜的山坡上古老得不知有多少年代的布兰金厄式的农舍里。她对这家救济贫困的年老孤寡病残的老人院里里外外、大小事宜无一不知、无一不晓，甚至对于怎样管理这家养老院也十分明白，她喋喋不休地说教，训诫大家说穷苦人生来不可动摇的命运就在于：干活、伺候别人还有祈祷。

当她在走廊里经过的时候，吵得人心烦的倒不是她的拐杖敲击地板的笃笃声，而是她用足巨大身躯的丹田之气来宣扬她的伟大信仰的说教声。她年过七旬，一双灰色的眼睛里却仍旧闪烁着钢铁般的严峻凌厉和不屈不挠的光芒。

可以说，从马丁刚踏进老人院的那时起她就对他感兴趣了，其实"感兴趣"这个字眼儿说得还太轻了点，她做起事来无所谓兴趣，而是整个身心都扑上去。她向上帝索要力量来劝谕人们认认真真地祈祷和工作，以便让基督的王国永存。她的外表活像一个教皇，而她的灵魂和思维本身就是上帝的力量。她走到哪里就在哪里传播福音，她边走边劝慰人们。她手里端着为病人打水的脸盆，嘴里念念有词，对随便哪个遇到或见到的人都要宣扬一番那位唯一的、永恒的上帝，马丁后来常常到她房间里去听她念赞美诗，而且不知不觉地又是害怕又是喜欢她的讲道起来。马丁最喜欢听瑞典17世纪诗人鲁茨多尔作词的赞美诗。安娜用尽全力去念这些赞美诗。

被判罪之人所遭受的苦难

> 要经受很多很多年的煎熬
> 多得似晴朗天空中的星星
> 多得似大地的青草和树叶
> 总算有令他们惬意的安慰
> 逃避地狱之火的一线希望
> 当他们认为这是最大苦难
> 这时候苦难又会再度开始

安娜在念赞美诗的时候，还用拐杖连连捶地，为了保险起见，她通常锁上房门，而且把钥匙揣在兜里，这样马丁就无法听到中途便溜走。他只得规规矩矩坐在椅子上听着。她时不时还用拐杖做一个毫不含糊的动作。聆听上帝的话是每个人的义务，只有这样才能升入天国。有一次马丁实在听得忍俊不禁，神经紧张地笑了一声，因为他毕竟还是个孩子。她气得站了起来，起初想要举起拐杖打他，后来举起来的那只手又放了下去。从眼神里不难看出来，她是在想其他法子收拾他，那个法子要比皮肉的痛楚更能折磨人。

"喂，你晓不晓得那些朝着先知埃丽莎发笑的孩子会有什么下场？哼，圣书上写得分明：先知埃丽莎转过身去，以上帝的名义诅咒他们。那么遭到上帝的力量诅咒又会有怎样的结局呢？哼，圣书上写得分明：大森林里会蹿出两只大熊来，把四十三个孩子撕得粉碎。"

她是个正颜厉色之人，这个"山坡上"的安娜，她从宗教里找那些严厉的内容。在她身上，绝对平静是没有的。她崇拜对人毫不宽容、要求严厉的上帝，那个自吹自擂、吓得倔强的孩子跟着他走的上帝。她自己是靠着这个上帝才能活着，她已经太老了，要想返回到不拿着拐杖的火热时代是不可能的了。

*　　*　　*

有一天，那位院长小姐觉察出来马丁似乎心事重重。那天晚上临睡之前，她又思忖起这件事，拿定了这样一个主意：若是他心上压着一块大石头，那么不妨把它掀开去。

第二天，马丁被叫到她的房间里去。他在一张软椅上坐定之后，她便盘问起他过去的生活状况。

"我叫蒂拉小姐，"她说道，"你要找我的时候就这样叫好了。"

"噢，好的。"他说道。

"你来到这里之前生活得怎样呢？"她问道。

"喔，还不错吧。"他回答道。

她听见他拖长了腔调，支支吾吾说出"还不错"这几个字来便意味深长地点了点头。也许她想让他的生活过得好，丰富又美好，为他创造出一个更有勇气、更富活力，能毫不犹豫地说出"喔，还不错吧"这句话来。

"你在诺达农庄待过，那里好不好？你在那里待得惯吗？"

"喔……还可以。"

"那么你为什么要从那里逃跑呢？"

他目光低垂，注视着地板。他无法回答这个问题，因为她肯定不会理解的。

"哦，那么算啦，我不问这个问题了。我只希望你不要也从这里逃走。"

"嗯……好吧。"他回答道，话一出口他就觉察到自己讲错了，马上心急火燎地改口说道："不……行的。"这个回答也不对。他找不出合适的话来回答。他变得越来越惶恐不安，越来越觉得自己犯有过失，紧张得不敢抬起头来，整个思绪像是乱成一团的渔网线。他死死地盯住地板上铺的那块地毯，那地毯上的图案真是别致奇怪，全都是黄色菱形的，上面还有排成梯形的鸟群和一些像草杈又像梳子的东西。他用手去抠坐着的那张软椅，椅子软绵绵的，就好像坐在一个朝天撅起屁股的人的身上一样，就像坐在那个肥胖的贡妮拉的屁股上一样。他被这个奇怪的想法吓了一跳，满脸绯红，几乎忍不住要咧开嘴笑出声来，然而他总算还是咬紧了牙关，抿紧嘴唇没有让笑声逃逸出来。这一段时间里，他一直没有抬起头来。

她伸出一只手来放在他前额的头发上，还用手轻轻地摇晃他的头。他对这种爱抚非常受用，心里十分舒服，然而美中不足的是他清楚地知道这不是父母的爱抚，而是教区的安排，教区在几年的痛苦生活和挨了不知多少耳光之后才轻轻地抚摩他一下。

"现在告诉我，"她说道，"你心头上压着什么事情吗？你说不定在哪个时候偷过什么东西，对不对？"

他斜眼看着那块地毯，却什么东西也看不见了。他竭力回忆他是不是曾经有过偷窃行为，想来想去却怎么也想不出来。没有，他当然从来不曾偷窃，哦，这么说来，他们是在怀疑他干过这样的事情。

他茫茫然拿不定主意了，他犹豫斟酌，说不定最好他说曾经偷过点什么。比方说，有一次偷过点什么，是呀，最好说他有一次偷过……

"有一次我偷过。"他硬着头皮说道，由于明知在说谎而声音颤抖起来。他抬起了头，她以为他在看着她，其实他的目光要深邃得多，虽说笔直对着她的脸，然而却从那长着鼻毛的鼻孔里一直看到了永恒。"我偷过一捆麦子。"他听见自己的声音在信口乱说，他的手在椅子上画来画去。蒂拉小姐继续在他的头上抚摩着。他臆想自己手忙脚乱地把挂在一根木杆上的黄澄澄的麦子拿了下来。

"那么说来，你偷过一捆麦子？"蒂拉小姐仍旧平心静气、态度和蔼可亲地问道，口气里却充满了试探。

"是的，是燕麦，"他说道，咽了一口口水，"挂在木杆上的，我偷了。我现在后悔得不得了。"

蒂拉小姐在他额头上抚摩的那只手变得沉重起来，倒不是更带有惩罚性或者心肠更冷酷些，而是有点严加相逼的意思。

"好吧，一捆小麦没有什么不得了。那么说来你也许还拿过什么。不过我说的是偷窃，难道你从未真正偷过什么值钱的东西或者偷过钱吗？"

他瞅了瞅她的手臂，又陷入沉思。说不定在很小的时候，在他还没有记忆的时候，他曾经偷过钱亦未可知。他过去曾经有过自己的家，也难保不曾发生过这类事情。是呀，这不是不可能的。他看看她的手，他觉得她的手指甲实在太长了。最后他终于下了决心承认自己偷过钱。

"我有一次偷过钱，不过是在很久以前。"他说道。

哦，这么说他终于供认不讳啦，她又抚摩他的头发，不过不再是苦苦相逼。

"多少钱？"她盘问道。

"我偷了11克朗，都用来买明信片和巧克力啦。"

"明信片在哪里？是不是在你的木条手提箱里？"

"我把它们扔进湖里去啦。"

"什么湖？"

"奥登湖，从陡坡上扔下去的。"

"什么时候干的？"

"许多年前。"

"许多年前？你自己也没有多大哇！"

"是的，许多年前，我那时候还那么小，那么小。"他用手势来比画自己那时候有多么小。比画来比画去，他变得越来越小，小得几乎不存在了，甚至比他偷的钱还要小。他比画自己有多么小的那只手开始发抖起来。

蒂拉小姐把手从他的头上挪开去，双手抱住了自己的膝盖，轻轻地敲击着膝盖骨。

"我们以后把这桩事情妥善地安排好，"她说道，"也许有朝一日你可以把钱交回去，这样你的良心可以洗得干干净净。"

他一听到她提到良心这两个字，目光又低垂下去死盯住了地毯。良心对于他来说是一只牛犊形状的。他在托勒内农庄失手砍死了那头牛犊，害得他星期日也不得休息整整干了一天活。那副情景他至今还记得一清二楚，回想起来真吓人，但却没人知道这吓人的一幕。

蒂拉从椅子上站起身来，她看了看他那双抖动不已的手、他那副失魂落魄的样子和茫然无助的眼神。

"我们另外再谈一次吧。"她说道，因为他的模样表明他几乎已经知道羞耻了。她从一只罐子里掏出两块姜汁饼干递给了他。

他深深地鞠了一躬,倒退着身子,踮起脚退到门口,嘴里口齿不清地说了一句感谢的话。她站起身来,自己把房门合上,他在临走之前又朝地板上铺的那块地毯看了一眼。他所犯下的罪过如今成了一笔糊涂账,完全无法再弄清楚了。难道他们有一天会弄清楚他是冤枉的吗?

他在走廊里同那些踱来踱去的老人擦身而过,那些老人嘴里念念有词,苦苦思索着,想要追忆起模糊不清的往昔,仿佛是在咀嚼着无法弄到手的鼻烟一样。他却从这片嘈杂声中听见自己的良心在呐喊,喊声响彻了整个老人院。响彻了整个天宇和深渊:你曾经杀死过一头牛犊!

走廊上的那些老人都看见了马丁忽然浑身震悚、连奔带蹿地在走廊上奔跑起来。惊魂未定中,他竟然开错了房门,一头冲进那个永恒的约翰房中,那个沉湎在永动机里的老工程师朝他投来无限蔑视的一瞥。那目光似乎在说:这个小狗崽子怎么胆大到这种地步,竟然敢闯进永动机的殿堂。他吓得又是浑身一震,头脑倒是清醒过来了。

他走到门外,在露天里站立了半晌。空气中已开始荡漾着春天的气息。晌午时分的炽热阳光照射得屋顶上冰消雪融,雪水滴滴答答地往下流。整幢老人院楼房正在褪下银装素裹的冬衣。在门前三个水泥台阶之间,大堆积雪之中长出了一簇簇雪片莲,这些洁白素净的小花像是传奇故事般一下子焕发出了生机。

这一年的日子正在好过起来,快到黄色的百合花盛开的复活节啦。

饭厅巨大而宽敞，饭钟是一块呈碗状的薄钢片，有点像是一面小小的盾牌。马丁居然获此殊荣专事鸣金司钟之要职，也就是说他用一根小木棒敲响那面饭钟，告诉大家用膳的时间到了。马丁觉得这个职司至关重要，每次都早早站在那里，等候厨娘一声令下："敲！"此时，那些胃口奇佳的老人早已在走廊上踱来踱去不耐烦地鹄候佳音了，男女两边走廊都是如此。

那条走廊朝东向西。老婆婆们都是从东边过来，蹑手蹑脚、偷偷摸摸，那副神情像是往屋子里爬的刺猬一样。老头们都从西边来，他们大摇大摆、心急火燎，而且成群结队组成了一个鼻烟营，虽然其间不乏不抽鼻烟者，但是鼻烟袋在他们当中传来传去，人人身上都有鼻烟味儿，也就弄不清楚谁抽谁不抽了。他们都要眼看耳听马丁敲钟为号方可前进，因此马丁觉得是他在指挥这支鼻烟营的队伍。

马丁觉得这个职司很重要，但是要细细观察研究他们的行为举止不是件容易的事。

老头们匆匆进入饭厅，有拐子，有跛子，还有半痴半呆的，他们挤成一团。拐杖发出吵人的敲击声响，挂双拐的走起路来像是机器一样，两条拐杖轮流地笃笃敲击，往前挪动位置，确切地说，他们是在笃笃地砍地板。他们敲着、砍着就来到了饭桌前。拄着双拐的大拉尔斯总是第一个走进饭厅。每砍一次，他的身子就像荡秋千一样甩出去一大截。在身体僵硬的艰难岁月里，他却练成了比杂技演员更棒的本领。拿着小拐杖和单拐杖的老人们就像小山妖那样跟在他身后。痴呆症患者夹在活动着的拐杖之间往前行走。拐杖敲地板的响声就像马蹄、像羊蹄、像死去的石匠的骨头敲地的声音一样。当患痴呆症的老人们走到餐桌边，他们的灵魂已经熄灭，或者是半熄灭，他们只会傻笑。但是傻笑的样子各不相同：有的和气善良，笑得好看；有的笑得难看，而且恶狠狠的。

他们翻着白眼，笑出一种诅咒、一种缺失、一种需要，笑得迫使你去疯狂地爱他们，被他们的凄惨紧紧抓住，使人难以去想他们的不好。也许偷偷会出现想去惩罚他们的念头："你很艰难吗？过得还可以呀！你活该！"不行！人对命运的抗争是有底线的，上帝的大爱也开始于这条底线，一天，马丁号啕大哭起来，不是为了什么事情而大哭，而是他意识到了这条底线。

这支队伍络绎不断地走进来，拐子、跛子和痴呆症患者先坐到自己的位子上。别人也陆续在那两张马蹄形的餐桌上坐了下来。那些哆哆嗦嗦的人在颤抖，眨眼的一直在眨巴着眼睛，其实，实在大可不必。还有驼背的，眼睛一直盯着地板，如果地板上有钱币，他们一定会立马发现。他们对地板上的裂缝和结节一清二楚，有时候，他们摇晃着脑袋，也看到拄拐杖的人在地板上砍出的凹痕，尤其在冬天，很多拄拐杖人的拐杖上有防滑钉，凹痕就更多了。

有时候，驼背的和哆嗦的会纠缠在一起，譬如总是不断地舔嘴唇的"小斯文"；一天要洗刷17次的"双倍-约翰"；捡线头和火柴梗的老铁匠。老铁匠是个罗锅，经年累月的繁重劳动使他直不起腰来。如今他在地上捡绳头线脑和火柴梗，也说不定正是当铁匠辛苦了一辈子临到老了要换个轻松一点的活计干干以变换一下。现在他总是在找小小的线头啦、头发啦，还有地毯上的小火柴头，铁匠真是个细腻的人。

生活就这样过着，也没有人来打扰那里的生活。马丁郑重其事地向这支队伍看了一遍，看到所有人都坐定了之后，最后才坐到餐桌上老铁匠对面的那个位置上去。老铁匠想给马丁一个好看的微笑，可是他的牙齿全都没了，满口牙齿都让那个在天国里的上帝大铁匠统统打掉了，连一颗都没有剩下。所以他的笑容并不优雅动人，张嘴一笑便露出一个黑魆魆的洞。马丁也报以一个庄重得像政府官员般的微笑，他如今身居敲响饭钟的要津，铁匠"看得起"他才对他满脸堆笑的。互换笑脸之后，铁匠拿起汤匙，文文静静地吃喝起来。每星期二照例是喝浓汤，他们从一个很深的搪瓷碗里用汤匙舀着喝。平心而论，教区并不吝啬，在饭食方面没亏待过这些残疾缠身而又赤贫如洗的老人。这样的场面，可以既不带嘲讽挖苦也不抱仇恨偏见，而是公正大方地称之为"老人院里的晚餐即景"。这栋老人院还是1912年建造的石砌楼房。

晚饭大概吃到一半的时候，蒂拉小姐走了进来，身上仍披着一件从肩到小腿那样长的白色罩袍。刹那间，汤匙的响声安静了下来。她是来交两封信的，交完信之后她就走了出去，可是她那悦耳的声音却仍在饭厅里回荡：

"斯文·荣逊和安德斯·尼尔逊有信来啦！"

这个声音在老人家心里一遍又一遍地回响，真如同一石激起千层浪那样。可是斯文·荣逊和安德斯·尼尔逊照样专心致志地吃着饭食。他们的信就像有钱人家的餐巾那样躺在盛满星期二例汤的大碗旁边，白得耀眼生辉。大家的目光都偷偷地瞟向他们俩，而他们俩照样安详自若、浑然不知一样，其实他们内心也许已紧张得快要晕过去了，只不过外表上不肯流露出来罢了。

马丁心里很不好受，一口气喝了17匙星期二浓汤也没有把那口气顺过来。他妒火中烧地瞅着那两个转眼之间成为众目所瞩的出名人物。现在汤匙的声音又叮当响起来，不过没有方才那么响，因为毕竟发生了事情，蒂拉小姐的声音还在大家心中回荡。马丁忽然注意到有一个信封上是带有志丧的黑框，那么说来，莫非……饭桌东头都已经注意到了那是一封报丧的信，而马蹄形饭桌西头的老婆婆们却还不知道，仍旧在叽叽喳喳地说东道西。安德斯·尼尔逊还有半碗汤没有喝完，就把那封报丧的唁函往腋下一掖，挂起双拐，笨拙地转过身躯就离开了饭厅。铁匠善解人意地笑了笑，随后斯文·荣逊也站起身来，靠着一条还能走动的腿一瘸一拐地走了，他倒精神抖擞年轻了不少。现在老人们陆陆续续站起身来，饭厅里萦绕着笃笃的拐杖击地的响声和老人们的喃喃话语："感谢主施予饭食，荣耀归于上帝。"饭厅里渐渐稀落起来，待到最后一根拐杖、最后一块包头围巾在门外消失之后，这顿晚餐便结束了。最后一个走的是疯子伊曼纽尔，34岁年纪，膀大腰圆，粗壮得像大力神一样，可惜患了痴呆症，只会嘻嘻傻笑。

他很胖，浑身茸毛，像是一株要撒种子的蒲公英。

马丁过去帮女工琳娜收拾餐桌。他们把伊曼纽尔轰了出去，因为他一直乜着眼睛盯着那个女工。然后他们关上门，动手把杯盘收拾起来，摞成高高的一堆，搬到厨房里去冲洗。

每顿饭的情况大抵都是如此。

不过在马蹄形餐桌旁边也往往有点特别的事情发生，比方说每星期吃一次棕豆，这是头脑痴呆的伊曼纽尔大快朵颐的一天，伊曼纽尔把这一天看成是节日盛宴，他迈开穿着袜套的双脚，以欢快的步伐在饭厅里走来走去，他知道今天会有不少剩菜，可以开怀大嚼一番。因为有许多上了年纪的人是注定咬不动棕豆的。岁月不饶人哪，他们的内部器官多半已经不大灵光了，病病歪歪的，风烛残年嘛，所以他们的口味变得特别挑剔。再说衰老往往是从肠胃开始的，从那里发出信号使身体脆弱，使灵魂委顿，所以上了年纪的人往往尽力减少吃那些使内部器官不堪重负的食物。可是到了晚上，他们又在赞美诗中听到了肉体凡胎是何等的脆弱："我们的日子又过去了一天，而且一去不复返。"

上帝为什么要给我们身体呢？上帝为什么要给我们肉体呢？有人想梦到无沾成胎的传说，或者是梦到幽灵和圣人无须进食的传说，难道你会感到奇怪吗？

为了身体和生存，人们常常只好对不少美好的享受忍痛割爱。为了胃里一个特别小的肿瘤，人们会惊吓得寝食难安，而且也把别人欢乐的火焰扑灭掉了。难道不是在传说拿破仑也患有胃癌吗？所以他要不惜一次又一次地打仗。有个老婆婆这样认为："我们可以懂得的。那个人必定是胃里长了肿瘤。凡是身上长肿瘤的人哪怕是在刚开始，浑身总是不好受的。"

"难道报纸上不是在说美国的洛克菲勒胃也很不好吗？说不定这一来他就不愿再捞更多的钱啦，是不是？"

"不错。"有几个老婆婆点头称是。

说话的老婆婆来自托拉瑟波贫瘠的小农庄，外号叫"哎哟哟"，她发育不良，个子矮小，可能是缺少胃蛋白酶的缘故。搪瓷盘子里的豆子冒着热气，喷向她的脸，她对着豆子做了个鬼脸。当她用嘶哑的嗓子讲话的时候，她那有着成千条皱纹、细如小鸟的脖子颤动起来，她一边要大口地吃，一边又要在两口的停顿之间赶快把想说的所有话，一句不落地说出来。

她知道很多事情，完全是靠身体知道的。她贫穷的胃所受的痛苦同洛克菲勒所受的罪是一样的，不多也不少。

由于胃病，她变得很不耐烦。此时此刻，她以这种很不耐烦的眼光看看这个，又看看那个，等待着回答，等待着对棕豆的抗议。

她遇到了"山坡上"的安娜的目光，由于正值春天，安娜的一双眼睛此时变成了类似贝壳的蓝色。

"那些有钱人都为富不仁，他们违背了上帝，""山坡上"的安娜一语定音，"那些大人先生们如今都以为信奉上帝未免太俗气了。"

安娜停顿了一会儿，以上帝的名义看着"哎哟哟"，而今天的"哎哟哟"反过来，却以靠专利发财人的名义看着她,眼睛里闪着青黑色的光。

"可是,你要明白,黄金也是永远帮不了他们什么忙的。""山坡上"的安娜说。

她做了个手势(表明:正像一丛草可以掀翻一大车草一样),并且说道:"他们也会被掀翻的。"

这些老婆婆们在饭桌上你一言我一语地谈论着不同的灵魂和人生之道,从一个老婆婆传到下一个老婆婆。在传的过程中,又出现了新话题,又加了新内容,桌子周围的谈话变得乱七八糟。那些肠胃不佳的便拿了点肉和面包回到自己的房间去了。伊曼纽尔可以尽情享用桌上剩下的棕豆,不过他得同一直注意维护自己权利的双倍-约翰一起分享。他们在分享豆子的时候,相互审视着对方。他们旁边坐着瞎眼的石匠西伯利亚-斯文。他经常说的一句话是:"是的,一天凿了不少墓碑,真的,真的凿了不少。"当他吃完了自己那份豆子,搪瓷盘里已经一点也不剩的时候,他似乎还想再添一些,因为他还坐着,像一个胃口很好的人那样嘴巴还在不断地往下咽。

"还想吃,"他想道,"还有胃口,还想吃。"

他是个瞎子,他看不清楚其他人走了以后到底还剩下多少豆子,而刚才他们分豆子的时候又是默默无声的。双倍-约翰和伊曼纽尔不时地看看斯文。双倍-约翰感到斯文有点可怜,因为他是个瞎子,看不见,而伊曼纽尔并不这么认为。剩下的豆子还要多分一个人,这怎么能容忍,两个人平分已经够呛了,何况要三个人分呢?

"一个人能得到他所需要的,"他想,"就该什么都要得到。"

对于良心，他有自己的小理论，是他自己暗暗想出来的。以斯文为例，因为他不需要用眼睛，所以他比要用眼睛的人容易得到营养，他看不见了以后就不像一般人那样渴望营养。他是这么设想的：为了保持明亮和清楚的视力，要有良好的营养去维持，也许食物中最多的营养都跑到那里去了。"眼睛是灵魂的镜子。"书上就是这么说的。

双倍-约翰不友好地看着伊曼纽尔，自己安心地吃着。对于西伯利亚-斯文，双倍-约翰认为没有必要再去捉摸他了，石匠捻着自己凿了54年石头的双手手指，用"耳朵"听着周围的动静。除了刀叉外，他别的什么都看不见。最好还是看看记忆中有什么吧。

过去，他曾经在奥斯克马尔克斯采石场，每次午饭时，都要从80米深的大西伯利亚石头坑中爬上来，爬到坐落在斜坡上的那座漂亮的黄色房子，在那里扎扎实实地好好吃一顿饭。渐渐地他当上了爆破组的工头。突然有一天厄运降临，那一天中午11点50分，一切都玩完了，眼前变得一片漆黑。

从此之后，他再也看不见斜坡上的这栋黄房子了。他只记得命运是这么说的：我们把他抬进来，对着通常站在电话旁的本特说，你快打电话。西伯利亚-斯文已经看不见东西了，只能朝他自己的灵魂里看了。他只能吞咽和想念食物，想念自己的好胃口，想念自己多年来的工作。在那个时候，我们管凿好的墓碑叫"女人"。"又凿好了一个女人。"他说。

春天，石匠们举着旗子围绕着石坑游行，好像在围绕着小湖游行一般，只不过没有湖水的反光而已。他们举的旗子上都有黑纱，因为总有一个或者几个人在这个张着血盆大口的花岗岩深坑底下丧了性命。是呀，丢掉了性命。

当然石匠们也会想念那里的女人，使人神魂颠倒、非常漂亮的女人。她们包着头巾，是不折不扣的石匠老婆。现在她们戴上了帽子。还有那里的青草、那里周围的环境，一切都是那么美！

斯文从桌旁站立起来，向门口摸索着走去。他听到走廊里蒂拉的裙子发出很响的窸窸窣窣声，他为她让路，尽管看不见，但他知道那是蒂拉，他对蒂拉的裙子单调而坚定的窸窣声是分辨得出来的。

"她是个善解人意的人，"他想，"在走廊里，蒂拉总是穿着毡鞋走路，鞋后跟不会发出敲地板的响声，就不会吵醒病人了。"

石匠的嘴巴还在不断地往下咽，不断地在咽，在这个世界里，他曾经是个挨饿的人，现在仍旧在挨饿。

他向楼上走去。

人们相互这样说道："是呀，'女人'凿好了。凿得很漂亮吧？""当然，那还用说。"他们说。"'女人'慷慨又好客。当工头来让他们干活的时候，他们就会问：'那个死了的人叫什么名字呀？'"

那年春天，癫痫症患者淹死了。冰化雪融，森林里发了大水，而上一年挖的泄洪沟渠又被蚂蚁钻得七穿八孔，大水一来就崩溃了，于是河水泛滥出来，乌黑而深不可测的洪水汹涌而来，涨出河岸，迅速漫过草地。回旋急转的涡流在河岸两边的草地上冲出了一个个水塘，草丛四周浪花拍岸涛声哗哗。老人院里许多人都患上了喉症。灰黑色的澡堂在滚滚洪水的冲击下摇摇欲坠，那冰凉的湍流却还从古老的石桥底下的双重拱形桥洞里源源涌过来。

偶尔还有一两块尚未消融的冰块，像是水上信件一样顺流漂浮过来，绕着澡堂摇摇晃晃的柱脚转了一圈，又从另一端漂浮出去。

复活节过去后的第六天，大水涨到了最高峰的时候，也正赶上济贫院里大洗涤的日子，他们在地下室里洗濯，然后再拿到河边去漂清。癫痫症患者把要漂洗的衣物装在筐篓里，抬到河岸上，琳娜等在那里，站到桥墩上去把那些衣物浸到水里去洗净漂清。她瞅都不瞅那个癫痫症患者，就把堆得高高的筐篓接了过去放在桥墩上，那桥墩上仿佛一下鼓出了一个大肚皮。她把洗净漂清的衣物放在自己的左边，癫痫症患者自会来把它们抬回去的。

他们一连洗了三天。济贫院地下室的天窗里喷出一团团水蒸气，还时不时地传出来拖鞋的嗒嗒声、叽叽喳喳的说话声和歌唱声。马丁在干完别的事情和劈完木柴之后也有时被派到这里帮忙。他的身影在雾蒙蒙的水泥地上出现之后，她们的谈话便不再肆无忌惮，要收敛得多，而且也不会太大声。至于蒂拉小姐偶尔下来看看的时候，她们就干脆噤若寒蝉了。

有一次，马丁走进去的时候正好被水蒸气的浓雾裹得不见人影，而且水声哗哗，别人也听不见他的脚步声。他并不想去偷听她们的交谈，可是无意之中偏偏听到了，事情就是这么凑巧。他耳朵里听到的女人们火辣辣的说话声音以毫不掩饰的方式讲述着夜间的人生秘密。

他赶紧从洗衣房里溜了出来，去问还有别的什么事情要吩咐他干的。

"哎哟，你的脸怎么这样红呀？"蒂拉小姐惊讶道。她莫名其妙地问他是不是生病了。

马丁被派出去取邮件。一路上电话线都在嗖嗖地唱着春之歌，一首几分悲哀几分深沉的、无休无止的歌儿，也许是从很远很远的世界胸口中那边来的，是在穿过很多教区和地方来到这里的神经里唱出来的，是从一把永恒的吉他里弹出来的。他赶紧顺着这些歌唱着的电话线杆往前走。电话线杆按照自己的方式在心中唱着歌，像被关起来的蜜蜂和蚂蚁那样嗡嗡地唱着，也像钢粉从歌的筛子中筛下那样唱着。四周一切都在歌唱，一切都焕发出生机，也会用和谐悦耳的声音吓人一跳。他真想把扑面吹来的和风一口吞进嘴里。他真想飞到空中去遨游一番，或在这个无边无际的海洋里一口气游到加利福尼亚去。

在镀锌的电线上端坐着一排排小鸟，都是麻雀。电线穿过成百教区，无穷无尽。他自己也不禁像电话线杆、电线和风儿一样放开喉咙引吭高歌起来。在去邮局的路上，他唱道："砖砌的邮局，招牌上画着奶黄色的角，闷声不吭的出纳员。"在回家的路上，他唱道："石砌的老人院，造于1912年。"

蒂拉收到了五封公函，还有一封私信，她一见到那封信，脸顿时绯红起来，并顺手绾了一下云鬓整齐的头发。她出奇地一声不吭朝他点点头，他识相地走开了。夜幕降临，白天产生的各种想法收起来了，收进沸腾的牲畜栏里。

就在大洗濯的第三天的下午3点钟，癫痫症患者从桥墩上翻身落入水里。12点钟吃的午饭已经没有剩下多少，都快消化掉了。这大概是命中注定的。平日他犯病总是在陆地上，而这一回却摔倒在水里发起羊角风来。他先漂浮了几下，然后很快就沉没在水里，沉没时还在犯病，咬牙切齿，两手握拳拼命捶胸。琳娜大声高喊救人。狂喊声传向四面八方。从河岸上，从河对面的一个农庄里，人们应声匆匆赶来搭救。老人院来的人摇摇晃晃、一瘸一拐，有的缺胳膊，有的缺腿。小农庄来的人，有脸颊红润的，有疯癫的，有留着毛茸茸的胡子的，他们跳着、蹦着，像是一群好心的山妖，沿着河岸排起了一字长龙。

蒂拉也来了，身穿一袭从头到脚的新罩袍，像是一艘雪白的、速度快得吓人的帆船，风风火火地抢在别人面前来到出事地点，她边走边吆喝叫人把澡堂里所有的绳子和浴巾统统拿来。然而为时已晚，癫痫症患者已经不见踪影。他们在水里打捞了好几个小时，这一带的人愈来愈多。医生一直在河岸上守候着，万一把他打捞起来了而他还有一口气，就可以把他救活过来。然而这一切都是徒劳的。

直到次日，癫痫症患者的尸体才漂了起来，被阻挡在磨坊的水槽外面。蒂拉得了重感冒，发起高烧来，但是仍在济贫院的走廊上来回走动忙碌。头一天她在深及脖颈的水里站了很长时间忙着打捞，以至于感冒发烧。不过那些洗濯好的衣物倒在骀荡的春风中晾干了，为济贫院带来了半是悲切半是自然的气氛。

* * *

邻近教区的老人济贫院要简朴和寒碜得多，它倒是大得多，而且收容了更多的孤寡老人，不过那幢房子是圆木盖的，漆成红色，虽然全是平房，地方倒很宽敞，侧屋、旁屋、边屋等一应俱全。邻近教区的这个老人院真可谓是货真价实的七臂济贫院，因为它设有瘸拐部、慢性病部、疯狂症部、渴望症部、忧郁症部，还有永远是乐天派的老年海员部，等等。

蒂拉要到这个七臂老人院去拜访她的同事。那是4月底的事情。她带着马丁一起去，马丁帮她背几个纸箱。

他们乘火车去，路程近得要命，也就是一站之遥，刚坐上火车还没有来得及过瘾就已经到站了。蒂拉有点心不在焉，对马丁很少说话。她的神情似乎仍旧在发烧而且心浮气躁。她不像过去是图画中的人，现在倒像是在教区楼里花上25奥尔就可以看到的电影中的人，情绪变化莫测。

"你今年夏天就要离开我们啦。马蒂[①]。"她上车后过了

---

① 马丁的爱称。

很长时间，两眼眺望着窗外说道。他也看着车窗外面，忽然间觉得一股悲伤之情涌上了心头。她居然叫他马蒂，而这个名字也只有她一个人叫，每次他听到她这样称呼他，他的心里就暖融融的，觉得十分高兴。此时此刻一种热烘烘的温馨也油然而生。

"是的。"他的脸颊有点发热。

"你要好好争口气，这样我就可以为你而自豪，好不好？"

"好的，蒂拉小姐。"

他的双眼垂了下去，那股伤感如今已经升到了额头上，他只消把眼皮一挤，热泪就会扑簌簌地淌下来。他强自把呜咽忍住，目光直盯在她的手上。她的手挪动了，他却不敢把目光顺着她的手移到她的粗花呢裙子上去。他在等待着什么，隐隐约约地期望着那只手能来抚摩他一下。就在这时，她举起手来，亲昵地摸摸他的面颊。于是他的心里涌起了一种奇妙的感情，一种可以称之为感激涕零的感情。他只觉得脑袋沉甸甸、晕乎乎。不敢抬起头去看她。他用手使劲儿地攥住自己身体底下的木长凳，想要回答她的问题，然而喉咙里好像被什么东西堵住了，他清了清嗓子，可是声音还是含糊沉浊的。他认为他还没有回答蒂拉的问题，就说道："是的，蒂拉小姐。"

他终于说出声来。就在这一刹那，马丁被一股突如其来的情绪抓住，这种情绪在他的灵魂中天真无邪的小书里是没有名字的。他忽然有了个想法：为什么非要叫她小姐呢，叫小姐太沉重，没有等到他想怎么说，而喉咙里却在响着渴望：不能叫小姐！不能这样叫呀！可惜这时候火车到站了,他赶紧把他们放在行李架上的东西取下来,他们就匆匆忙忙下车了。站台上站着的站长鼻子冻得通红,同手里的信号旗颜色相差无几。他用色狼般的眼光逼视着蒂拉。蒂拉小姐只当没有看见却顾盼四周景色。

火车长鸣一声又开走了。他们俩走在一条乡间的小路上。男孩子马丁和蒂拉小姐,马丁和蒂拉。她说她可以拿两个纸箱。

"用不着,"他推辞道,"没有什么重的东西。又轻又好拿,再说路很好走。"不知怎么,他话很多,尽量把推辞说得委婉一些。然后他们默默地走了一段路。

"天气真好,马蒂,"她说道,"看样子会有一个风调雨顺、气候宜人的春天。看哪,路边的青草已经长得那么高了,哦,这里的马蹄莲都开花了。"

马丁在草丛中细细搜索,哦,他看到马蹄莲了。

"蒂拉……蒂拉小姐想要一两株马蹄莲吗?"

"不要,不要去摘!这么长着才最美。"

马丁回答道:"好的,它们真美。不过只摘一枝,蒂拉……蒂拉小姐。"

他说着赶忙弯下腰去掐了一枝,把花茎摘掉,只留下花朵。

"小小的伞,"他说道,"布娃娃用的小黄伞。"他觉得自己在说傻话,不过心里却高兴极了。他有满肚子的话要对自己的女保护神倾诉,却碍于脸面说不出来。如今总算一吐为快,虽然就只说了这么一句。

她的脸上漾起了笑容,还忍俊不禁粲然一笑,笑声是那么温柔可亲。

"它也像一只真正的蘑菇,就是那种名叫'肯塔里尔'的小蘑菇,你知道到了秋天马儿老爱用鼻子去嗅它们。"

"是呀,真的有多美啊!"他说。他心里充满了喜悦,因为他毕竟把这句话说出口了。今天说的这句话的价值是不能用金银珠宝来衡量的。他真心想说出来蒂拉是美丽的,可是话到嘴边却只说了:"真的有多美啊!"这句泛泛的话是包罗万象的,他把世上一切美好的东西都包括进去了,比方说洁白的睡莲、地理学上的哥伦比亚、俄罗斯的鄂毕河和叶尼塞河、在非洲奔跑跳跃的羚羊,还有哈拉湖旁王家森林中的麋鹿。

现在他想要把这句话再说一遍,他想朝着蒂拉再说一遍:"真的有多美啊!"他说这句话时,脑子中浮现的是有蒂拉的图画。他说的时候能把他所想的完全真正地表达出来,这样她就会留神起来,注意到图画里含着一种特别的意思。可是他总归不能够没头没脑地先说这么一句:"真的有多美啊",最好她先说点什么,她说点能够叫人接得上腔的话,那么他就可以再堂堂正正地说一遍:"真的有多美啊!"他等待着。他们走过几幢刷得雪白的农舍。他们走过一棵华盖亭亭的古老橡树,它那巨大的树干可以几个人合抱。他们走过一棵白杨树,一条好看的小狗蹲在狗窝的圆洞门口,用明亮的大眼睛瞅着他们。他们走过一个稀稀落落长着几棵山毛榉树的小山脊,山坡底下的农田周围镶嵌着像是细波碎浪般的、蓝湛湛的银莲花,一只漆成绿色的带轮水桶像是竖井一般耸立在农田中间。有人在路面上打翻了石灰，把路面撒得像一幅白色的西里伯斯岛[①]的地图一样。可是蒂拉没有说一句话，他也只好不说什么。他们默默地走进一扇红色的木栅门，再往前走了一段就来到了目的地。触目所见的是一群胆小羞怯、很怕生的老人。他们一见这两个不速之客，便聚到一起看着他们走上卵石甬道，然后就像惊弓之鸟一样趁他们还没有走近时就纷纷躲进屋里去了。他们是另外一个教区收容抚养的孤寡病残老人，几乎像是外国的老人一样。那个院长从七臂老人院正中房舍的台阶上迎了出来。蒂拉高喊一声："亲爱的伊迪。"她们俩又是紧紧握手，又是紧紧拥抱彼此拍着背脊。还亲吻了前额和脸颊，一连吻了三次：一次为了同事之间的交往，一次为了同志之爱，还有一次为了友情私谊。

"亲爱的，请进来，请到我的领地里来。哦，你还带了一个贴身小厮来。好吧，我们院长之间有点正事要谈。这里反正也有孩子可以在一起玩耍。没关系的，我的孩子，你去找斯蒂格和西格里特玩去吧。朝这边走！"伊迪院长说道，顺手打开了门廊里的一扇门，门里是一条黑得像鼻烟袋、长得像制造绳索的工厂的狭长过道。她态度温和却不由分说，把马丁领进去（其实是推进去），她接过马丁拎着的纸箱后就用力地却没有发出多大响声把那扇门关上。马丁一直扭头看着蒂拉，心想她会有话要说，会出来劝阻，可惜她来不及那样做了。那位院长像连珠炮般左一个"亲爱的朋友"，右一个"好心的女神"，还有"善良的心"等等，使得她根本没有置喙的余地。他听见她们走进伊迪的

[①] 现为印尼苏拉威西岛。

房间,大概院长室是个两间或者三间的套居,因为她们的说话声音愈来愈远。马丁只得老大不乐意地顺着那条暗淡不明的长过道往前走去,愈走心里就愈发难受。过道上一扇扇房门里不断探出一个个脑袋来。这是男人的居住区,不消说一望便知:不是童山濯濯的秃顶,便是雪白的蓬松短发。那一双双奇里古怪的眼睛,有恭顺的眼睛、温和的眼睛、虔诚的眼睛、痴呆的眼睛和恶狠狠的眼睛,一齐盯住了这个在过道里走着的陌生小男孩。他满肚子委屈,慢吞吞地往前走去,寻找一个叫斯蒂格和另一个叫西格里特的孩子。

"他就是大个儿小姐领来的那个孩子,"有个老人忽然说道:"他大概要搬到这里来住啦,难道说他是个私生子吗?"

马丁走过他们身边,却不瞅他们一眼。走到过道尽头,却不料一拐弯又是一条同样长的过道,赫然出现在眼前。他站在拐弯角上沉思起来。

他们把她叫作大个儿小姐。那么说来莫非除了他还有许多人都觉得她又高又大,魁梧粗壮。不过也许他们并不觉得她那么魁梧粗壮,仅仅觉得她有点高大而已。那么他们对大个儿小姐知道点什么呢?他不无嘲讽地笑了笑。"真是大惊小怪!"马丁自言自语地说,然后自顾自地走进黑暗之中。

这算什么地方呀!他蔑视地注视着走廊地板上一块块地砖,又嘲讽地斜视墙壁上的接缝。他斜视了很多很多次,眼光一次比一次斜,他的双眼几乎都要斜到外面去了。他对墙壁越来越蔑视,真是少见的傻瓜墙壁!

他看了看那些老头们的房门,不禁拿这里同自己的济贫院相比较，真是不可同日而语，这里实在太寒碜了。他又讥嘲地笑了笑，又一次把自己嘲讪的目光盯住地板上一块又一块的地砖，继续顺着过道一直走到头。他对自己的那个济贫院充满了骄傲。

过道尽头处是一个大厅，里面放着几张长凳，还有两三只踏脚的小板凳。壁炉里余烬未熄，还在燃烧着。余光照到三只花罐子上。罐子里装着刺猬般的插针球。一只老猫躺在窗台上，见了他没有喵喵叫，连动都不动弹一下，只是无精打采地看着炉火。

马丁在一条长凳上坐了下来。黄昏徐徐来临，暮色像鼻烟的精灵来到长廊。他也像那只老猫一样，坐在那里无精打采地看着壁炉里的火焰。这时，那只老猫发出愉快的咕噜声，好像是对着它自己。它像是一只聪明的印度猫，或者像是格林兄弟童话故事里的猫，跟着骑扫把的巫婆和音乐家到不来梅去。暮色越来越浓，室内愈来愈暗。也许这个老人院就是在炉火中度过黄昏的，也许有人会进来，一边咕哝一边来烤火治头疼。

就这样过了一刻钟，或许更长时间，他烤着壁炉里的余烬，迷迷糊糊地打起瞌睡，就像窗台上的那只老猫一样，不过他内心还在牵挂着那个大个儿小姐蒂拉。蒂拉，大个儿蒂拉！是呀，她们一定还在那里，暮色笼罩在伊迪小姐身上，让暮色把她抹掉，把她的鼻烟庙，她的老旧的、阴暗的和有那么多长廊的老人院统统抹掉。可恨的地方！这个有那么多老旧鼻烟长廊的贫穷洞穴！蒂拉！大个儿蒂拉！

马丁就这样坐在暮色之中，大厅里已经黑下来了。有两个老人从过道走进来在一张长凳上坐下。他们并没有看到马丁也坐在那里。其中有一个把拐杖放在身边,因腰痛、屁股痛、膝盖痛、腿肚子痛,还有脚和肩膀痛而哎哟哎哟地呻吟着;另一个伸伸自己的手臂说是肌肉酸麻倒是见好了一些,几乎都舒展自如了。真要感谢上帝啊!过了半晌,他们谈到一些别的事情上去了。他们说到那个大个儿小姐的来访,说话的腔调十分轻俏,讲得慢吞吞的:"那个妞儿胖乎乎的,挺合我的意。"他们还讲到她带来的那个小男孩是个新来的教区抚养的孩子,"那是个地位高贵的爵爷同侍女搞出来的私生子哪!"

马丁听到了这些,生怕被他们发现。他觉得最好是在他们走进来的时候就同他们说一句"晚上好",可是他们进来的时候他偏偏没有想起来,现在已经来不及了。

他们的谈话扯开去了,先是围绕着本教区的命运,也谈到死神的降临,安东已经入土为安;幸福的道路是曲折的。最后他们都沉浸在自己以往广阔而模糊的记忆中,从本教区谈到遥远的悉尼和马六甲海峡,最后他们为海湾暖流的温度而争执起来了。一听便知,这两个是漂洋过海、饱经风浪的老水手,是运茶时代的老水手。马丁忘记了他们说过的其他事情,他同他们一起摇晃,同他们一起在昏暗的暮色中摇晃,在咸涩的大海中永恒地流着血的梦境中摇晃。

他们俩过去都是海员,在印度东部的马德拉斯港见到过双腿挂着铃铛的女跳舞者。

"是呀,那时候就是这样。"他们说,还用拐杖打拍子。

他们知道大西洋上巨幅的古老帆索、帆面,以及各种帆布，是它们组成了二桅纵帆船、多桅帆船和小渔船的正面。船上最长的缆绳叫猎绳，最短的绳子是船上敲值班钟的绳子。他们还谈到了海上有七千种不同的绳结：滑轮结、星状结、钻石结、伊丽莎白眼睛结和风眼结，等等。

这曾经是一种专门的课程，有千百种变化，可不容易学了。从澳大利亚出发，他们遭遇了大风，穿越一个叫"一再出现西风的风和水之国"。那里到处都是冰，索具上都是冰，冻得绷硬。他们驾着船在风中作绝望的挣扎。他们在弯曲的桅杆和风帆下拼命搏斗，被澳大利亚地球末端的飓风吹向远方。他们的双脚因脚气病而发软，牙床出血。有一天他们被扔进了贸易风里。他们跪在甲板上，一天又一天，用浮石擦磨甲板。严厉的清规戒律使他们像生活在地狱里一般。他们装载着麦子的船漂流到飞舞着煤灰的赫尔港。他们最后离开的港口叫乌鲁莫鲁，这是一个根据当地一种现在已经灭绝的野人命名的城市，这种野人似野兽，用油腻的回旋镖作武器。孩子们把这种飞镖当作游戏来玩，玩得十分着迷，不肯放下。乌鲁莫鲁这个城市名字里有8个"乌"字母。

这些海员都已经上了年纪。没有一个老海员是因肥胖而去世的，他们像是长长航线上的干瘪的咸肉。

英国的一座城市里有个博物馆，里面有个昏暗的大厅，陈列着一艘用干咸肉做的船，像冬青树枝那么坚硬，后来变得像河马皮一样硬，船的支索和缆绳是腱子肉做的，船身是咸牛肉做的，船帆是羊肉做的，甲板舱室和罗盘箱是用骨头和碎骨做成的。这艘船是一个海员做出来的，是的，是一个海员做出来的，这个眼睛的光芒已经熄灭的海员，他的身体也在埃塞克斯腐烂了。

他们交谈着,在相互的天平上称出自己记忆的分量。他们的拐杖像缆绳滑轮在台风里有节奏地敲打着。最后他们争吵起来,吵得不可开交。他们争吵的是墨西哥湾暖流的温度,这股暖流往东是不是到了佛罗里达的坦帕。

这时候,有人进来点亮了灯,照亮了这两个瘦弱的人,也照亮了那只老猫和角落里的男孩子。于是男孩子被发现,赫然出现在他们眼前。当他们发现男孩子一直在大厅时,他们俩尴尬得面面相觑出不得声。

往伊德方向走一段路，有一家地区医院。在松树的树杈之间能看到医院黄色的房屋，十分显眼。护士长叫玛琳，她也是院长兼护理员，58岁，戴着眼镜。她有一个来自乌普萨拉的、有点神经质的助理，她们俩都讲乌普萨拉一带的标准国语，因此在所有人面前有一定的威望。住在加德湖周围的人都讲着难听的地方土话，他们自己也能感到这一点，因此多少有些自卑，语言粗俗，低人一等。如果13世纪的瑞典统治者比尔耶尔·雅尔还活着，说一口漂亮的瑞典国语，那么，无论他说什么，说天气也好，谈跳蚤也罢，他都能够统治这个地方。松树林里这两个乌普兰女人对这一点心知肚明，因此，她们讲起话来就更加清楚标准，是的，非常标准，清楚标准得连她们在自己老家乌普兰的时候也从来都不这么讲的。她们叽叽喳喳、尖声尖气地说话，用含义相近的词，她们大声嚷着，银铃般地笑着，像两只画眉鸟那样，声音悦耳动听。受疼痛和发热折磨的白喉和猩红热年轻病人听到她们说话，觉得自己好像来到了天堂般的、讲着标准瑞典语的美好地方。免疫血清和标准的瑞典语、治病的药物和悦耳的音乐，充满感激之情的、发痒的鼓膜在愉悦中颤抖。地区医生每天3点会驾着马车准时来巡诊，他开处方打针，也讲乌普兰瑞典语，但不十分标准。这一点更增加了孩子们心目中的想象，那就是真正了不起的、纯粹的人是住在乌普兰和苏德曼兰的，上帝本人也是住在那里的。是呀，为什么不是呢？不管怎么说，大家都认为所有纯粹的、美好的和响当当的都是从那里来的。也许北部诺尔兰和南部博胡斯省的孩子们也把眼睛呆呆地盯住乌普兰平原。很可能，所有书籍，地理书、自然书、基督教的《教理问答》，"瑞典人和他们的统治者"的书以及关于印第安人的书都是用乌普兰省语言写的。所有来自梅拉伦湖和雅尔姆的人都说着同书中一样的语言。

学校里的孩子们都知道他们所居住的省份被称为"瑞典的花园"，不过他们从来不怎么相信这种说法，因为他们的灵魂像天气箭头标志，是指向美好的乌普兰的。

蒂拉小姐自然也是来自乌普兰，她和玛琳院长来往密切，每天都在一起散步。她们朝伊德方向走去。在3公里开外有栋小别墅，有她们的一个朋友，她是斯考耐人，曾是一位家庭教师。这位家庭教师语言能力很强，会讲很多方言，标准的斯考耐话、布莱金厄话、乌普兰话，根据她的兴致，她可以随心所欲地交替使用。她叫安娜，是女管事类型的人物，"阿姨"这个可笑的称呼在这个地区是不存在的。后来从别的地方引进了这个称呼。孩子们用"老师""小姐"这类词，而只有穿半截袜子的孩子才用"阿姨"这个称呼。这样的孩子在教区里有三个，但是马丁同他们来往不多，只是偶尔看到他们。他们总是跟他们的老师艾丽在一起。艾丽是蒂拉圈子里的第四个朋友。她身上带着一股香味，她们叽叽喳喳讲着乌普兰话。奢侈品的味道向人袭来，使人难以喘气。

有时候，这个地区没有传染病，这家坐落在松树林里的医院几乎就关门了。地区医生也不会驾着马车来巡诊。蒂拉和玛琳会长时间地散步，在安娜小姐家中坐很长时间。安娜家有一个漂亮的凉亭，她的小别墅四周全是山毛榉树林。

在没有传染病的间歇时间里，那个来自乌普萨拉的助理单独留在医院里，煮两个人的饭，同病房里可能存活着的病菌作斗争。玛琳院长在安娜小姐的凉亭里就一些事情作了细致交流之后，到了傍晚，沿着蜿蜒曲折的道路回到自己的医院吃晚饭。她们谈论的其实都是一些道听途说的闲言碎语，不过带点药味。这些在文明世界中有民主思想的女士们远离凌乱邋遢，穿着熨烫整齐的白大褂，坐着叽叽喳喳地交谈着她们心爱的事情。那些看到她们这样的人们很容易感到世界是美好的。她们在凉亭里谈论和琢磨的"可怕的事情"实际上是非常非常小的事情，譬如说一只很小很小的狗狗为它的女主人而感到悲哀，尊敬的王室成员喜欢的鲜花诸如此类的小事情，叽叽喳喳地说着。有时她们压低嗓门，窃窃私语（因为保不准有人会在橡树林里偷听），通过窃窃私语和神秘兮兮的样子会使小小的信任扩大成分量很重的事情，其实根本没有什么大不了的事情，只是健康女神手下穿着白大褂的女仆在树林中谈论一些无足轻重的琐碎小事而已。

这里的气氛实在是让人不知所措。马丁被派出去送信的时候，玛琳小姐说他是个"能干的孩子"。如果他严肃点，她就会说"一个男孩子可不能这样情绪低落"，或者类似这样的话，一些漂亮的、活泼轻快的、符合常理的话。

这是一种适合《家庭杂志》的气氛，掩盖着闲言碎语和控制得不怎么样的歇斯底里。

蒂拉当然也参与其中，不过由于自身原因，尚未完全适应。她的胸部有点过于丰满，连讲话的语调和表情中都会透露出来。安娜小姐跟她是一路人，当她们两人面对面在一起的时候，就有点放荡不羁了。有一两次马丁听到她们谈话的内容，没想到这种话会从她们嘴里说出来。

夏天，艾丽小姐也来了，参加到在凉亭里喝咖啡的朋友圈中。她带来了三个由她照看的、穿短袜子的小孩。这三个孩子像小王子那样被抚摸着，还喝着果汁。他们一边咂嘴一边不停地问："阿姨，你说什么呀？阿姨，你说什么呀？"

马丁想道，他们肯定是聋了。马丁也得到了一杯果汁，他一个人远远地坐在小路旁的草地上，坐着听他们交谈。玛琳小姐同这三个穿短袜的小孩说话的时候语调同平时不同，比较柔软地说："喔，是吗，是呀。"拿普通老百姓的话来说是有点做作，虚情假意。

这三个孩子由于一直处于中心位置而被宠坏了，现在喋喋不休地唠叨着，说着他们一些了不起的成就，譬如和纽扣和弹珠有关的事情啦，"一个小狗狗"和"昨天我练习钢琴的时候"啦。马丁听了一会儿，走过来，把果汁杯交还给玛琳小姐，鞠了躬，就走开了。玛琳小姐张大着嘴，坐在那里倾听着这些肯定能接受到大笔遗产的天使们的谈话。他们靠着其先人的资源，可以到斯莫根海边游泳洗澡，可以在仲夏节到斯内哈藤山顶扔雪球。马丁去还杯子的时候，玛琳小姐好像还有点生气，她忘记了她平时所说的话，什么要有风度啦，要热诚啦，等等，原来这些话只是属于那些健康而又有蓬乱头发的孩子们的。马丁往养老院方向走了一大段路后，还能看到面前的空气中有一个牙刷刷过的大洞，那就是玛琳小姐张着的大嘴巴。

当马丁回到自己"家"的时候，正好是养老院里忙着摆餐具为老人们准备喝咖啡的时间。老人们都急不可耐地聚集到走廊上。傻子伊曼纽尔捋着蓬松的胡须在傻笑。瞎子石匠斯文用手掌摸索着油腻腻的墙面，找到了放痰盂的角落，于是站在那里不辨东西地啐了起来，大概总会有点鼻烟沫屑吐进痰盂里去的。

从女人居住区那边，"山坡上"的安娜一马当先过来了。每天下午她总是第一个站在饭厅门口，因为她嗜好喝咖啡。她把身躯沉重地倚在拐杖上，从门缝中朝马丁投过去气势汹汹的眼光，似乎在盘诘："你为啥要这样磨磨蹭蹭？"马丁手忙脚乱地摆好38个杯子和同样多的盘子，还放上76块方糖——每个老人两块。鲜奶油不必单独放出来，而是倒在大咖啡壶里，这样每人喝到的分量都会均等。厨娘玛丽亚却不见露面，因为这个夏天的天气非常好。当马丁无意中朝着面对河岸的那扇窗户望出去，只见那个年轻的厨娘一丝不挂、赤裸着身体站在河里洗澡，想必初夏的天气已经热不可耐，她趁着动手烧晚饭之前的空闲先浸在河水里凉快凉快，而且这段时间里不至于会有哪个男人躲在灌木丛中偷看她，可是她却疏忽了，没有想到马丁在倒咖啡时也可以看得见她。真是防不胜防哪！如果裸体诱惑不了人，那么生活就更诱惑不了人了。马丁变得燥热起来，像水烧开了一样。马丁站着愣了神，把要喝咖啡的人给忘掉了，咖啡壶伸得太靠外面，咖啡溅到了自己的脚背上。就在这个时候，"山坡上"的安娜被这种拖拉磨蹭惹得火冒三丈，大声喝道："敲钟，现在马上就敲钟！"马丁只好乖乖放下咖啡壶，拿起了小木棒，用全身力气敲响了饭钟。老人们蜂拥而入，他当仁不让地担当起饭厅里摄政王的重任，统率这支大军的入侵，英武睿智得俨若恺撒大帝和农民军的首领。可惜老人们都没有留意。他们自顾自地在马蹄形餐桌旁边各自的座位上坐了下来，啜饮着咖啡，清清自己的喉咙，天南海北地交谈起来。马丁趁别人没有看见，偷偷地塞给"山坡上"的安娜两块额外的方糖，安娜眉开眼笑起来，样子就像教皇十世。她缓慢地摇摆着走到自己的座位上。她旁边坐着那个软弱的、声音刺耳的有胃病的、外号叫"哦－哦－哦"的小老太婆艾尔纳。安娜也"趁别人没有看见"，把糖给了艾尔纳。艾尔纳是一个眼光松散、连笑容都松散的老婆婆。由于宗教方面的苦恼，艾尔纳曾经有好几年过得十分困难，在隆德的精神病院住过三年，最后被转送到这里。她有时候会同马丁谈起在"隆恩"的日子，带着一些自豪并做出感动的姿态。她讲到她坐火车时窗外闪过的村庄和树林。她描述了这趟火车和这次对她意义非凡的旅行。"由于出了点小事，火车在乌斯村停了下来，你知道，那时守卫还给我吃了华夫饼。"她特别友好地强调这个守卫。"但是在哈斯勒霍尔姆站，我永远也忘不了这个地方，一个坏蛋上了车，守卫没有看见他，而我看见了他，告诉了守卫。守卫就把他扔了出去。'他肯定被摔死了。'守卫说。'是呀，摔死才好呢，'我说，'坏蛋是死不了的。'守卫听后大笑了起来。护送我的医生助理也笑了起来。我们有单独的车厢。喔，是呀，那里是个非常漂亮的地方。"

艾尔纳喜欢沉浸在这次旅行的回忆之中。她忘不了这次旅行。这是一场美好的旅行。这也是她一生中唯一的一次旅行。在养老院里，她是"山坡上"安娜的朋友。她们之间有本能的同情，不过有意思的是她们在一起时从不谈宗教。她们默契得如同一对基石。对待艾尔纳，"山坡上"的安娜可能在比良心还良心的内心深处有一种特别的农民般的姐妹情谊。因为艾尔纳已经被上帝毁坏了，没有必要再遭毁坏了。

"艾尔纳，你还好吗？"蒂拉有时会这样问。

"好，行，这里还不错。"艾尔纳回答。艾尔纳这么说的意思是这里挺好的。她过得不错，挺舒服。她有她自己的词汇。她把在老人院里被大家宠坏的猫叫作"酷然"，这个猫的篮子和碗都在她的屋里。它在走廊里永远能找到她的房门，不会出错。不会错的，在这个世界上，在14号房间，有它的地盘。在这间房间，在艾尔纳满是皱纹的手底下，这只猫能喵出一首歌，舔一点艾尔纳的牛奶粥。这只猫在那里感到舒坦和美好。

另外一个老婆婆名叫"织篮筐的莉娜"。她来自本教区最北部的一个编织篮筐的小村，如今已经83岁，而且非常迷信。在她年轻的时候，她曾经到过波拉美尼亚去学编织篮筐的技术，并且还学到了一手高超的十字补花技术。她的弟弟帕特里克也在这老年之家里，而且也曾经到过波拉美尼亚，不过并不像他的姐姐那样只在那里待了7年，而是滞留了整整40年。他在12个波拉美尼亚农庄上当过赶马车的驭手。他的两条腿完全劳累垮了，可以朝四面八方转动，腿关节肿得像是两根被裤子紧紧包住的、歪歪扭扭的粗大树根一样。他撑着双拐，把身体和那两条所谓的腿像布袋一样往前荡过去，这样算是走路。他有时就这样走到女人居住区去看望他的姐姐莉娜。他们姐弟俩没有多少话讲。不过他总会在那里多坐一会儿，聊尽姐弟之谊，因为"应该如此"。他们坐着倾听着挂钟的嘀嗒声。这面老家托儿斯托儿普的挂钟有两个很大的石头钟摆，经过百年汗手的抚摸，它闪着光，挂在墙上，上下爬动着。莉娜被允许可以带着这面挂钟到老人院来，此外，她还带来一些其他东西：一幅《耶稣之心》的油印画和典型的纽伦堡物件。耶稣站着，目光温柔，婴儿般的肌肤光滑得如肥皂，黑色的胡子修剪得很整齐，袍子有点往下卷，头上的光环光芒四射。这位大师用一只白净的、保养良好而柔软的手指指着自己胸口上樱桃般鲜红的心。马丁在无数的屋子里都看到过同样的画。这种从工厂里生产出来的圣像如同泡在梅果汁里的东西，是对上帝和人类的亵渎。在圣像对面的墙上挂着油印的《三驾马车猎狼》名画。除了这两幅画之外，还有一些其他油印画，正像他们姐弟俩一样，就"应该如此"。尽管人们对画没有欣赏力，但还是要挂些画。这是一个马丁在他后来的生命中一直在思索的问题。这显然是一种传统，从一个农庄流传到另一个农庄，从一个屋子传到另一个屋子，从未有过很深刻的意义，但是在这个国家的每个角落都能看到。这是瘟疫，是一种传染病，有紫丁香的颜色。

莉娜和帕特里克坐在这些东西之中，没有说话。他们彼此没有什么话可说了。他们只听到久已去世的父母夜以继日的、沉重的干活脚步声，如同从挂钟里传出来的回声一样。他们不时地看看挂着的、毫无生活气息的画像。这些画像透过表面油光光的薄膜注视着被贫穷一年年折磨压迫着的这些人。折磨扭曲了光和影子，白天和黑夜。这些人相信——也最不信——生活"本应该如此"。可是他们从来不肯定，不能肯定什么。他们只想跨过深渊，拯救自己，耐心等待。是的，耐心等待，等呀，等呀，永远也什么都等不到。但总是感到恐惧，总是恐惧，来自心里和外来的恐惧，来自上面和下面的恐惧。尽管这样，在这个世界上，仍旧有许多东西是美好的，有许多东西是可以去爱的，还有很多值得思考的东西。当帕特里克从波拉美尼亚回来的时候，他的腿像冬青一样扭曲，他的脚和关节像石膏一样僵硬，但是在这栋年久失修、破败的农舍里还总是有很多的爱，奶油像黄金一样从山羊的乳头里往外流。

帕特里克看到报纸上的战况报道中叙述法国索姆河上大残杀的、血淋淋的场面时曾经对马丁这样说过："那些被生活宠坏了的人、懒惰得不能再懒的家伙才想要战争。那些没有尝过被生活的苦难折磨得死去活来的滋味的人才想得出来这样互相厮杀。他们从来没有看见过在森林里的苔藓上飘来游去的幽灵把刀剑般的霜雪吹到穷人的家里和他们的田野上。是呀，这些人从来没有在挖泥煤时抽过筋，没有感受过胃癌在他们的肚子里像火球炭团般炙烧。他们生活中没有痛苦，于是他们便去寻找痛苦。我1871年在波拉美尼亚就见识和领教过这种人啦。他们高唱着战歌，气昂昂地开拔到前线去，可是瞎了眼睛、缺胳膊少腿地回到家里，他们想要在一片颂扬声中凯旋，光荣地返回波拉美尼亚。他们倒果真凯旋了，可见不少人也因为这份光荣而丢了脑袋，而且大多数落了这个下场。他们追求光荣、光荣、光荣，可是我想他们得到的却只是恶鬼自己罢了。待到有些人终于明白过来却又为时已晚了。英雄愿意被叫作可怜的英雄，而不是可怜虫。古苏姆－卡勒当时就是这么说的，他是一个勇敢的人，在丹麦和德国军队里打过仗。"

帕特里克也向马丁讲述他的两条腿是怎样在波拉美尼亚弄垮的。他一直是波拉美尼亚平原上驾驭四匹马的大车驭手，在马鞍上整整消磨了40个春秋。他也驾驭四匹马套辕的马拉犁，在那边都是用这种马拉犁在农田里干活的。

"我的两条腿是被那里的砭骨寒风吹坏的，"他说道，"波拉美尼亚的长工受够了从山间小道上吹过来的冰凉寒风。第一年你一点都感觉不到什么，可是在车辕上坐了40年，那就把两条腿吹坏了，不得不拄起拐杖，或者坐上轮椅，只落得在老人济贫院里了却残生。现在我就坐在这里了。你看看我，波拉美尼亚的长工结局都惨得很，哈、哈、哈！真见鬼，我为何不像别人一样当个篮筐编织匠安安生生过一辈子？"

他对自己没有安心当篮筐编织匠安安生生过一辈子后悔莫及，永远不能原谅自己。

"想当初我在斯摩兰省到处跑，走遍了全省各地。我的两条腿是笔直的，十分好看。我肩宽背厚，胖墩墩的，身上前前后后都挂满了篮子，活像披了一件石楠花蔓条的大鳖。可惜我鬼迷心窍,去了波拉美尼亚那个地狱,这下子走上了邪路。戈登克鲁奇,那个普鲁士地主真是可恨。他每天早上天不亮就叫大家把马套好,我们排成一排。'注意,'他吼叫道,'你们应该像公鸡打鸣那样把太阳叫醒!'我真希望他挨颗子弹,这个狠心的恶棍。要知道学会摆弄炸药的人迟早会被炸药炸得粉碎。"

帕特里克的脾气总是随着痛楚的大小而变化无常,他的脾气好坏其实是他身上疼痛的反映,有时候他痛得七窍生烟,坐在椅子上用拐杖朝四处乱打。在那种情况下,他宁可单独一人待着,咬紧牙关,不发出呻吟号叫来。有一天他闷声不响待着的时候,蒂拉小姐探头进来,友善地问道:

"怎么样?"

他没有搭腔。一根拐杖却朝着房门飞了过来,幸亏蒂拉眼疾手快闪躲开去了,那根拐杖像一块大石块般砰地砸在门上。她从地板上捡起拐杖,放回到椅子边上,同时用冷峻严厉的眼光瞪了他一眼。

"莫非帕特里克精神有点失常,"她说道,"莫非帕特里克对我有怨气?"

他泪眼莹莹地看着她,拼命地摇头,似乎恨不得把头摇下来。

"唉,我发疯啦,小姐。我疼得快要发疯啦!你能不能给我点药?给我点毒药好吗?我不会忘记你的大恩大德,你就权且当回护士吧!"

"毒药?!帕特里克,你这是什么意思?"

"我说的就是那能毒死人的毒药。"

"不可以往那条绝路上想，帕特里克。"

"你身上没有疼痛自然可以这么说。"

"疼得那么厉害！不过我觉得……"

"有没有那种叫吗啡的东西？"

"有倒是有，不过院里不能给老人这东西。"

"噢，那就只好算啦。也许我问得很傻。"

"不过有些药粉可以镇痛。你吃一包镇痛药粉就能克制住自己了。"

"不行，我吃了就会冒虚汗，而且会难受得大呼小喊。"

蒂拉站在那里怔怔地望着窗外，手指在丰满的嘴唇上弹来弹去，看样子她在思索着别的治疗方法。按摩？热敷？不行，都不管用，她曾经都试用过。她记起了省城来的医生曾经下过这样的诊断：小儿佝偻病落下的后遗症，长期韧带扭伤和骨骼脱臼、跗骨和膝关节萎缩。是不是曾经长期坐着一动不动？是呀，因为他是个赶马车的。真是要命。他一直在波拉美尼亚干活。那就没治啦，他早该做矫形手术，而耽误掉啦。蒂拉想起来，可以试用点消炎药，喝点开水，呼吸一点新鲜空气，这也许管用。

"我有一种消炎药粉叫安提皮林，"蒂拉说道，"也许能够……"

"算了啦，别用你的药粉来烦我啦。"他伸出一根瘦骨嶙峋但又关节肿大的手指来，指着自己肿得像瓦罐般、已经变形了的膝盖说道："唯一能帮得上忙把这两条腿撑起来的是千斤顶，而且要在腿下面安装上铁轨才能行走。可惜我腿下铺不了铁轨，你也就免开尊口吧。有一次，我亲眼看到人家是怎样把脱轨陷入贡森沼泽地里的火车头拉出来的。不过这些事情像你这样的小姑娘是不大明白的。哦……哦……哦……你既然帮不上忙，还站在这里瞪大了眼睛干什么？真见鬼，用不着你跑来问我感觉怎样。除非你给我喝点吗啡或者别的这类东西，否则你就见鬼去吧！"

"不行呀，帕特里克！"

"别说啦，我不听。我疼得受不了啦。你别站在这里扭来扭去。趁我没有举起拐杖砸碎你脑袋之前，你快滚蛋吧。"

蒂拉力图镇静自若，保持住自己的尊严，从容地退到房门外。她在走廊里站了片刻，听到帕特里克开始呻吟起来。这是拼命想要克制却又忍不住喊出声来的沉闷的号叫，是疾病的痛楚同被病魔折磨得苦不堪言的患者之间含糊不清的交谈。她若有所思地走下楼梯，在楼下的走廊里正好同刚从学校回来、胳膊下掖着书本的马丁劈面相遇。马丁嘴里吹着口哨："瑞典国土上的上帝教堂，是世界上最美好的地方。"

"我已经吩咐过你不许吹口哨，"蒂拉连招呼也不打一声就勃然发作，"这里住着需要安静的老人。这里是老人院，你明白吗？"

"是的，小姐。"他羞愧地低下了头，吓得连气都不敢喘一下。他沮丧不已，甚至陷入绝望，因为蒂拉小姐从来不曾这样严厉地对待他。

蒂拉小姐面孔铁青地回到她自己的房间里。马丁把书本往自己的房间里一撂，就奔进饭厅忙着张罗杯盘，为老人们喝咖啡做准备，他瞪着那些默然无语的杯盘，悔恨和伤心袭上他的心头，他第一次真正感觉到自己的心灵和感情是如何从属于蒂拉。他在祝愿她的同时，深深懊悔自己不该吹口哨惹她生气。他在自己的心里把这桩事情看得很重，觉得这一下闯下了天大的祸。他拼命地咬自己的嘴唇，咬得生疼，咬得鲜血淋漓，他还是在咬，恨不得把它们咬得粉碎。这样两片闯祸惹事的嘴唇，要它们有什么用。他敲响饭钟，把老人们领进饭厅喝咖啡之后，就朝外走出了玻璃门。外面的天气真好，5月的天气。他快步奔到河边，脱去衣服，一个猛子扎进河里，河水还很凉，他游了一段时间渐渐适应过来，便顺着流水斜淌下去。小河不宽，还不到25米。他扯了一些水草。大批水草像地毯在水中上下漂动。一群小鱼游进了支流里，这些小鱼闪闪发光，犹如播种时滚动的麦粒。有时候，马丁常常会拿一只小盆守在支流口旁去捕捞这种小鱼。每次，一小盆能捕捞到至少50条，大多时候他都把它们放生了。他把小盆放在水中，小鱼一下子像箭一样射了出去，消失了。不过，就只有那么一次，马丁油煎了一两条。小鱼实在太小，一煎就看不到什么了。欧白鱼跟这种小鱼比起来就算是大鱼了，它们比蒂拉最小的、镶有珍珠的小刀还小。他是把小鱼放在一个马口铁的盖子上煎的，它们看上去非常可怜，它们的眼睛因灼热而凸起。他小心翼翼地把它们吃掉了。他只尝到了马口铁的味道。他想道，要是加上点盐，在饥荒的时候还是能管点用的。他幻想了起来：在饥荒的时候，饥饿的人们悲哀地坐在水声潺潺的小河边的马口铁上煎着小鱼。

他的幻想往往是围着溪流展开的，可能是在布伦恩河口，也可能是在里肯河，或者是任何一条印第安人会沿着溪流冲过来的河流。

埃德文常常会过来同他玩，尤其是星期天晚上。那时，他们就会玩这一类的幻想游戏。用木头当作印第安人的武器把自己武装起来，在茂密的榛树林里转来转去，又有一点不好意思，多少有点看到了自己的幼稚。一个星期天的晚上，他们到林地里去找安营扎寨的童子军。童子军们友好地，但是带着过分少年老成和虚情假意的保留态度迎接他们。双方交往不多。埃德文和马丁都感到这些童子军都有一股男孩子的虚假，尽管他们并不在乎。当他们看到童子军里的一种惩罚手段后就离开了。有一个童子军在那天说了句骂人的粗话就被在衬衫袖口上泼了杯冷水。回家的路上，他们俩一致同意这种做法简直愚蠢之极。为了真正说服自己，他们就开始大说粗话，连续不断。其实，这里就有一些对童子军的嫉妒（因为童子军带有军刀和帽子），不是嫉妒，还会是别的什么呢？至少他们尚未感觉到他们已经通过缝隙看到了世界。

夏天变得越来越美丽，阳光普照。海上的阳光使重峦叠嶂的贡纳尔幽谷也一片明亮。夜莺啁啾，这一年，它们不仅来到了内特拉村，而且在整个布莱金厄教区都可以听到它们的歌声。夜莺在奥耶鲁姆教堂墓地的查普曼墓碑旁歌唱，在莫尔鲁姆，在弗雅尔京和内索姆啁啾，是的，它们甚至还飞到了厄尔肯内德，在靠近石楠花丛那儿啼鸣。人们从编篮筐的屋里走出来，坐在树丛里倾听。他们有的是包着头巾的老妇人，有的是大半辈子在波拉美尼亚编篮筐的老匠人。他们讲的是石楠丛地区方言和波拉美尼亚文德语的混合语言。很多人根本一点都听不懂。包着波拉美尼亚头巾的老妇人聚集在一起，像荒原上的女巫。石楠丛中的小径在通向尤英格的方向消失了。在尤英格，她们会坐在特别要好的姐妹们的棚屋里，查看篮筐碎片，倾听夜莺的啭鸣，喝着咖啡，谈谈波拉美尼亚的事情。她们可以眺望远方利斯特北部尚未种上树木的荒原和斯特拉尔周围的平原。她们能看到很远地方的小径变得越来越窄，最后变得像一根头发丝那样细小后就消失了。这些小径就像她们自己头上的头路一样；要是沿着石楠丛往太阳下山的方向走的话，往春天空中羊毛般的云层方向走的话，或是往西边蓝莓色雷雨天空的方向走——那里的闪电像蛇一样盘缠着——的话，就会使人看到并且感觉到这条小径不单单是小径，而是一条长久以来被踩踏出来的千万块层层叠叠的泥土板；这些泥土板是很久以来被已经死去的和被遗忘的维兰德人、赫鲁里人和文德人的家园。是呀，即使这些老妇人没有意识到这一点，她们坐在那里喝着咖啡，咯咯地笑着，也忘记了夜莺的歌唱，但是她们同荒原融为一体，也知道从前的这些精灵。她们同森林、同森林里的人一起生活在固执的敌意之中。她们从森林人那里买来碎木片，支付很少的钱，然后对他们没完没了地唠叨。

石楠荒原也许曾经是一片通向大海干燥而起伏不平的地方。这些老妇人可能也察觉到了这一点，因此她们的唠叨中总带着"外出"过的骄傲口气；他们到过崎岖起伏的石楠花丛，在漫长的夏天里，蜜蜂合唱队唱着石楠花蜜歌，歌声响遍方圆十里的荒原。有一个名叫灰色卡伊萨的老妇人，清楚地意识到了这一点。有一天，当他们坐在一起喝劣质苦咖啡的时候，她建议为所有用碎木片编织篮筐的人起一个共同的名字叫"我们海员"，那些在一起闲聊的人都点头赞成，相互拍着背，扯着头巾，表示一致同意，完全赞同。大家都在波拉美尼亚待过，在生活中有很多共同之处。她们都遭受过波拉美尼亚冬天刺骨的寒风，用过同样的、来自奥德尔的蜡黄的木片和来自印度的竹子，也犯过同波拉美尼亚兵营中士兵们一样的罪孽。

但是随着夏天越来越美丽和夜莺的歌声在直到厄尔根尼特荒原附近一带都可以听到，也发生了一些别的事情：从森林大路那边涌出来了一条条长长的人龙，他们都朝荒原走去。几个身穿制服的人走在最前面，边走边指指点点。

森林管理人员按照他们指出的每个地点在荒原上刨出一个个小坑。后面跟着来了一大群孩子，他们抬着杠杆弹簧喷水桶，压着弹簧往每个挖出来的小坑里浇水。

这支植树队伍在荒原上稀稀落落的几幢农舍之间穿来绕去。到了晚上，他们在夕阳衔西的路上已经走了一半。这时候，他们返回森林里去了。第二天他们又来了。一连几天森林管理人员忙碌极了，一会儿在这边撒种，一会儿在那边栽种树苗。荒原四周的居民都惶惶不安，茫然不知所措。男人们抽着掺有石楠花根的烟袋，他们依然编织着篮筐，可是往篮筐上烫图案的那双手却不禁微微抖动起来。老婆婆们不断地嘿嘿发笑。

到了第七天傍晚，这一带的荒原上再也听不见夜莺的欢歌，取而代之的是在整个荒原上都响起了鸨的咕咕抱怨声，因为这一带栽上的柏树幼苗已经开始生长。

几天以后，一个老妇人，一手拄着一根弯曲的拐杖，一手提着一只水桶，一瘸一拐地行走着。她像一只刺猬那样来回忙碌。她没有走在赫鲁里人踩出来的、古老的荒原小径上。她是一个没有牙齿、忧郁的老妇人，名叫蓝色卡亚，是灰色卡伊萨的姐妹，不过两人合不来。至少有14天时间，她每天晚上提着装满水的水桶在荒原上来回走动，从一棵树苗走到另一棵树苗，为它们浇水。不过浇的是浓盐水。她还用拐杖头把树苗给刨了出来。

这是7月中旬的事情，到了7月底，她因年老体衰、过度劳累而去世了，不过那个时候，几乎所有的树苗也死去了。老妇人躺着，微笑着死了。她的棺材像一块黑色的木头沿着石楠丛小径被抬到等待在森林边大路旁的灵车上。

可是，那些树苗呢，死去的树苗呢，也在喃喃细语！

"不要把云杉树枝放在我周围！"这是她的最后遗言，所以她的灵柩旁没有云杉树枝。

蓝色卡亚下葬后的第五天，森林管理委员会派人来视察。判决结果也很快到达。一切都写在判决报告里，王室要驱逐所有住在荒原上的非法居民。地方报纸用粗体黑字标题写出了告示的缘由："石楠花丛新林区发生骇人听闻的毁坏行径。"

这件事情的结果是：夏暮之时，那幢石砌的济贫养老院又多收留了5个新的老人。当马丁用他的权势节杖，也就是那根小木棒，敲响饭钟的时候，又有3个新的老婆婆和2个新的老头在走廊里同其他老人们一样急不可耐地踱来踱去等着进饭厅。

对于马丁来说，日子就这样一天天过去，只要夏天还在，总不乏有事可做。马丁在心灵上、脑海中和血液里都同对未来的渴望追求一刀两断。他不再梦想到遥远的印度去寻找枝茂叶盛的远东之竹，而一心只想着那根逢到开饭和喝咖啡的时候去用来敲响饭钟的小木棒。

不久，从石楠丛荒原来的赫鲁里人的厉害开始显现。他们使济贫院里的人惶惶不安。他们的阴谋诡计和爱唠叨的劲头很快引起济贫院里老人们的敌意。首先牵涉的是上帝和"山坡上"的安娜。

从荒原上来的人中间有个名叫图萨的，他是整个地区出了名的最会搞阴谋诡计、最会嚼舌根、坏透了的女人。她散布无数流言蜚语，而且总爱在大家喝咖啡时散布。她还无端生事，找人碴儿，多得跟石楠花丛中的石楠花一样多。

她是地狱最深处的发报机,一台不断演奏出虚假曲调的仪器。她用散布谣言的舌根不费劲地总能想出"新花样",总能搞出一些新的鬼玩意儿。

她在二楼的过道里碰到了"山坡上"的安娜。

"你们在石楠丛那里同上帝过得怎么样呀?""山坡上"的安娜问。

"哦,不错呀。"图萨一面回答一面在头发里挠痒。"你自己过得怎么样呀?"

"多谢了,我过得还行,我相信上帝是我的靠山。"

"喔,那就好。"图萨咬着牙说道。

"你别这么说话,""山坡上"的安娜打断了她,"你以为你到这里来可以耍花样,对吧,老太婆?"

"别管我。"她顶了一句。

"这话你可以对活着的上帝去说,你这个差劲儿的人!总有一天你会高声叫喊:'山哪,砸过来吧,降罪于我吧。'你知道吗,《圣经》上是这么说的。"

图萨勉强地笑了起来。

"你《圣经》学得真好,你说什么就是什么呗。好了,别说了,我可没你有学问,再说了,我也没有时间学。"

"山坡上"的安娜把这个爱散布谣言的人从她的头巾打量到她的鞋子。

"原来你也是到过波拉美尼亚的人呀。"

"是呀,怎么啦?"

"波拉美尼亚那边的人根本不知道有个上帝,那地方是愚蠢得不能再愚蠢了。"

她走上前去，抓住图萨的肩膀。

"跟我到房间里去。"她说。

图萨很不情愿地跟着安娜走到房间，"山坡上"的安娜立即把房门锁上，把钥匙装进自己的裙子口袋。图萨僵住了，又惊又怕地站在那里，干瘪的上下牙床像打摆子似的摆动起来。

《圣经》像从上帝坚硬岩石上敲下来的一块花岗石一样摆放在桌上。"山坡上"的安娜走上前，拿起《圣经》朗读，非常大声而且带着威胁的口气。图萨像石楠荒原上秋天暴风雨中的石楠一样瑟瑟发抖。

斗转星移，荏苒间暮夏即将过去。这一带忽然流行高烧不退的时疫瘟病。玛丽亚同蒂拉几乎同时都染上了这种瘟疫。到处流传着可怕的传言。教堂所在的那个村子已经有一个人死掉了，于是人们莫不谈虎色变。教区医疗站人满为患。每天都有不少可疑的患者被抬到这里来隔离。蒂拉和玛丽亚就是第一批被抬进来隔离的。马丁直到几天后才听说她们俩的病情"非常糟糕"。他一听到这个消息，如同五雷轰顶一般，顾不得伺候老人们进餐，他如疯似癫地询问见到的每一个人，甚至屋里的老人："小姐今天怎么样？她好一点没有？"

老人们多半含糊不清地喃喃，说不出真情实况来，因此，他怪他们，因为他们淡然处之，似乎这件事同他们毫不相干。他恨他们，因为他们没有把这件事看成是天大的灾祸。

在医疗站，他被拒之门外，甚至连庭院里都没有被允许踏进一步。白色的木栅门上赫然张贴着一张告示：

"鉴于瘟疫性质严重，一切探视均即暂停。"

他在大门入口处等候着，想要见到护士莫莉问问情况。等了足足一个半小时，她总算穿过庭院过来问他为什么站在那里不肯走开。

"我绝对不是来看热闹的，请你相信。我想知道蒂拉小姐的病情如何。"他警觉地看着莫莉护士，可是她却只是大发恻隐地凄然一笑。他在她面前苦苦哀求，她叹了口气说道："管好你自己吧，我的孩子，你根本就不应该到这里来！"

他只好离开木栅门，往回走去。

"谢谢你说的这番好心的话，"他朝着她轻声咕哝，说着两行热泪不由自主地夺眶而出顺着脸蛋淌了下来，"谢谢！谢谢！"他转过身来问道：

"护士小姐能告诉我玛丽亚怎么样了吗？"可是莫莉护士早已走掉了。

这几天她委实忙得不可开交，疲劳得自己都快要倒下了。而马丁跟所有的孩子一样，总是从自己出发，从自己的饥饿、自己的需求出发去理解生活。

此后一连三天，他都到那里去，茫茫然，哭泣流泪，茶饭不思。他不同任何人打招呼，逢到有人问话也总是态度蛮横地不理不睬。他听说那个邻近教区的七臂济贫院的院长也染上了瘟病，心里感到一种幸灾乐祸的满足，一种安慰。现在院里由新派来的代理院长领导，也来了新的代理厨娘。对于这个整天在河边榛树林里像疯子一样转悠逛荡，却从不向人打招呼也不吃不喝的、被骄纵得桀骜不驯的男孩子,她们感到莫名其妙,也想不出办法来对付他。

代理院长亲自出马,把他找了回来。她长着一个朝天鼻子,一双浅蓝色的眼睛,颜色实在太淡了,但是既严肃而又善良。她的一头长发也是浅色的,淡得像是9月阳光底下晒干了的麦秸一样。她为人开朗爽快。似乎她的整个心灵都是浅颜色的,而且被阳光映照得璀璨晶莹、金光灿灿。

她抓住他的手臂问道:"你为什么总是这样怒气冲冲,我的孩子?"

他没有回答,不过忍不住打量起她来,她那双浅蓝色的大眼睛恰似一泓秋水,那么清澈,全无半点诡谲荫翳,能够看得出来充满了开朗的生活欢愉和勤奋度日的愿望。尽管他觉得她的一双手不像蒂拉那样柔软,不过……不过她确实要比蒂拉和蔼可亲得多,不过不是那种。

"现在你务必要吃点东西。"她说道,用手抚摩他的脸颊。

马丁从她那里挣脱开,跑到墙角,愤怒地呼哧着。

"蒂拉小姐的病情究竟怎么样啦?"他问道,一边咬住自己的手。他是怀着敌对的心情来打量她的,这种心情流露在脸上便凝成了尴尬相十足的惨笑。他想要掩饰,便一次又一次地咬自己的手,手上被咬得鲜血淋漓。

那位站在他面前的浅颜色眼睛和头发的撒玛利亚人[①]素来不善于撒谎,她支吾着想要回避这个问题。这反而使得他的眼光中更充满了怀疑的光芒。她反问了一句,却无济于事。

[①] 撒玛利亚人指慈善为怀的人,见《圣经·新约》路加福音第10章。

"蒂拉小姐和蔼可亲,是吧,对你挺好,对吗?"她问道。

他没有回答,他听得出来她是用过去式的口气提到蒂拉的。他猛地从墙角蹿了出来,把整个身体扑向那个代理院长。

"蒂拉小姐还活着吗?"他嗓门嘶哑地叫喊道,"她还活着吗?她还活着吗?我要知道她究竟是否还活着!!!"

他捏紧了拳头拼命朝她胸脯上乱捶乱打,直到后来终于从她嘴里逼出了一句他所不想听到的话:

"死啦!她死啦!"

"北欧文学译丛"已出版书目

（按出版顺序依次列出）

［挪威］《神秘》（克努特·汉姆生 著 石琴娥 译）

［丹麦］《慢性天真》（克劳斯·里夫比耶 著 王宇辰 于琦 译）

［瑞典］《屋顶上星光闪烁》（乔安娜·瑟戴尔 著 王梦达 译）

［丹麦］《关于同一个男人简单生活的想象》（海勒·海勒 著 郗旌辰 译）

［冰岛］《夜逝之时》（弗丽达·奥·西古尔达多蒂尔 著 张欣彧 译）

［丹麦］《短工》（汉斯·基尔克 著 周永铭 译）

［挪威］《在我焚毁之前》（高乌特·海伊沃尔 著 邹雯燕 译）

［丹麦］《童年的街道》（图凡·狄特莱夫森 著 周一云 译）

［挪威］《冰宫》（塔尔耶·韦索斯 著 张莹冰 译）

［丹麦］《国王之败》（约翰纳斯·威尔海姆·延森 著 京不特 译）

［瑞典］《把孩子抱回家》（希拉·璐曼 著 徐昕 译）

［瑞典］《独自绽放》（奥萨·林德堡 著 王梦达 译）

［芬兰］《最后的旅程：芬兰短篇小说选集》（阿历克西斯·基维 明娜·康特 等著 余志远 译）

［丹麦］《第七带》（斯文·欧·麦森 著 郗旌辰 译）

［挪威］《神之子》（拉斯·彼得·斯维恩 著 邹雯燕 译）

［芬兰］《牧师的女儿》（尤哈尼·阿霍 著 倪晓京 译）

［瑞典］《幸运派尔的旅行》（奥古斯特·斯特林堡 著 张可 译）

［芬兰］《四道口》（汤米·基诺宁 著 李颖 王紫轩 覃芝榕 译）

［瑞典］《荨麻开花》（哈里·马丁松 著 斯文 石琴娥 译）

［丹麦］《露卡》（耶斯·克里斯汀·格鲁达尔 著 任智群 译）